KB268038

지도자는 소통해야 한다

안재윤 지음

지도자는 소통해야 한다

초판 1쇄 인쇄 2012년 2월 06일
초판 1쇄 발행 2012년 2월 10일

지은이 | 안 재 윤
펴낸이 | 손 형 국
펴낸곳 | (주)에세이퍼블리싱
출판등록 | 2004. 12. 1(제2011-77호)
주소 | 서울시 금천구 가산동 371-28 우림라이온스밸리 C동 101호
홈페이지 | www.book.co.kr
전화번호 | (02)2026-5777
팩스 | (02)2026-5747

ISBN 978-89-6023-753-7 03810

지도자는 소통 해야한다

안 재 윤 지음

ESSAY

서문

  세상은 끊임없이 변화를 계속하고 있다. 수렵 농경 사회 문화가 인간 삶의 전부인 줄로만 알고 살던 시대에서 공업화, 산업화 시대를 거쳐 지금은 서비스, 정보화의 시대에까지 와 우리들이 서 있는 것이다. 참으로 눈부신 발전적 변화라고 아니할 수 없다.

  이런 시대의 발전적인 변천 과정을 거쳐 오는 동안 그 어느 시대에서나 소통은 우리 삶과 직결된 것이었다고 할 수 있다. 그러나 과거 시대에는 오늘날처럼 소통의 다양한 형태가 사람이 세상을 살아가는 데 있어서의 필수적인 요소는 아니었다. 과거 농경 산업화 시대에는 그저 정해진 일, 시키는 일만 잘하고 살아가면 큰 문제가 없었다. 또 가족 간에 적절한 소통이 이루어지고 주변의 가까운 사람들과 어느 정도의 소통이 이루어질 수만 있으면 사람이 삶을 살아가는 데 그렇게 큰 어려움을 느끼며 살지 않아도 되었다.

  그러나 국제화, 정보화, 다양화된 시대를 살아가고 있는 오늘날에는 개인적으로나 국가적으로나 소통이 잘 이루어지지 않고서는 창조적이며 미래지향적인 발전을 기약하기는 어려운 시대라고 할 수 있다. 즉, 소통이 삶의 필수적인 요소가 된 시대인 것이다.

  저자는 계절의 변화에 따라 산짐승들의 울음소리가 다르게 들려오고 밤에는 등잔불을 밝혀야만 하는 조그만 강원도 두메산골에서 태어

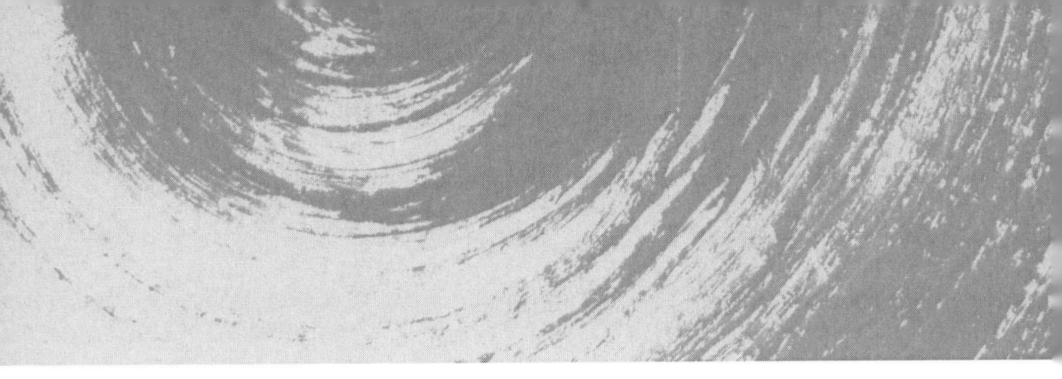

났다. 일생을 도전과 응전의 세월을 반복하며 때로는 깊은 절망의 상태에 빠지기도 하고, 또 절망을 딛고 일어나 희망을 노래하기도 하면서, 한 세월을 길 잃은 나그네처럼 풍미하며 살아왔다. 지금은 어느새 백발이 지름길로 찾아와 오십의 나이를 바라보고 있으며, 일반적인 사회적 관점에서 본다면 어쩌면 실패한 인생을 살아온 사람의 표본일지도 모른다. 또한 깊은 산중에서 깨달음을 얻기 위한 수행의 노력을 해본 적은 없지만 인간이 살아가는 세상 속에서 실증적인 경험을 통해 인간과 삶을 이해하기 위해 끊임없이 노력을 해 온 사람이기도 하다. 그렇기 때문에 이 책은 과학적인 실험 결과를 토대로 하거나 유능한 철학자의 논리를 배경으로 하지 않았고, 오직 저자 자신의 철학적 사고와 현실을 바라보는 시각적 판단에 따라 쓴 글이라는 것을 말하고 싶다.

『지도자는 소통해야 한다』라는 이 책을 쓰기 전에 근 20여 년 전쯤 되는 30대 초반에 저자가 저술했던 『그래도 희망은 있다』라는 책을 들춰보면서 얼굴이 뜨거워짐을 느꼈다. 지금 이 책도 그때까지 살 수 있을지는 모르지만 70대의 나이에 가서 펼쳐보면 많은 쑥스러움을 느낄지도 모르겠다. 하지만 저자의 단순 주장이 아닌 경험을 통하여 얻은 객관적인 논거에 의하여 글을 쓰고자 많은 노력을 기울인 것은 사실이다.

우리는 그동안 소통의 부재로 일어난 여러 가지 일들을 눈으로 또 귀를 통하여 확인하며 살아왔다. 작게는 개인 간의 다툼에서부터 크게는 국가와 국가의 전쟁에 이르기까지 소통 부재가 우리의 삶에 미치는 영향이 무엇인지를 또한 경험을 통해 우리는 알 수 있었다. 그리고 이런 과정을 통하여 우리는 개인 간, 남녀 간, 사회의 다양한 계층 간, 국가와 국가 간의 소통이 얼마나 중요한 것인지를 인식하게 된 것이다.

변혁의 시대인 21세기를 살아가고 있는 오늘날에 한 나라의 소통 역량 지수는 그 나라가 세계화, 선진화로 갈 수 있느냐 없느냐를 판가름하는 잣대이기도 하다. 사람이 피가 통하지 않고 기가 통하지 않으면 건강에 문제가 발생하듯이 국가나 어떤 사회에서도 소통이 이루어지지 않는다면 부패하게 된다. 또한 경제가 아무리 성장했다고 해도 하나의 나라 안에서 국민들 사이에, 또는 국민과 정부, 정치권과의 사이에 소통이 잘 이루어지지 않는다면 그 나라를 선진국이라고 말할 수는 없는 것이다.

오늘의 우리 대한민국을 선진국이냐 아니냐 하는 논란에 서서 본다면 경제는 선진국의 문턱에 와 있지만 국가의 소통 수준은 매우 낮다고 생각한다. 개인과 개인 간의 불신, 이기주의, 또 공직 사회의 부패, 정치권의 후진적인 행태, 외적으로는 분단된 한반도의 불안정한 정세,

이런 요소들이 소통 선진국으로 가는 대한민국의 길목을 막아서고 있는 것이다.

이와 같은 현실적인 상황에서 소통의 다양한 형태를 소개하고 진정으로 행복한 소통이 이루어질 수 있는 방법을 저자의 철학적 사상을 기초로 하여 비록 세련된 문장이 동원되지는 않았지만 책을 통해 독자 여러분께 선을 보이게 되었다.

이 책을 통해 많은 사람들이 소통을 이해하고, 또한 한반도의 처해진 현실적인 문제를 해결하는 데 조금이나마 기여할 수 있기를 기대해본다. 그리고 이 책을 읽는 많은 사람들이 평화롭고 행복한 삶을 살아갈 수 있기 바란다. 끝으로 책이 출판되도록 도움을 준 친구들을 비롯한 많은 분들께 진심으로 감사를 드린다.

안 재 윤

차례

Ⅲ. 거시적 소통학 ·153

I

소통의 리더십

소통

1. 어떻게 말할 것인가

우리 인간은 얼마나 많은 재산을 소유하고 있느냐, 또는 얼마나 깊이 있는 지식과 학위 같은 것을 가지고 있느냐에 따라 평가되기도 하지만, 일반적으로 사람을 평가하는 것은 어떤 이야기를, 어떤 상황에서, 어떤 형태로 말하느냐에 따라, 그 기준이 달라지기도 한다. 그렇기 때문에 사람은 말을 할 수 있는 능력의 정도에 따라 그 사람의 인격적인 수준도 평가되어질 수 있다고 말할 수 있다.

또한, 사람들이 하는 말은 때로는 듣는 사람으로 하여금 기쁘게도, 슬프게도, 화가 나도록 할 수도 있다. 심지어는 말이 씨앗이 되어 싸우기도 하고, 인간의 관계가 극단적인 상황으로 치달을 수 있는 경우가 있기도 하다.

사람은 누구나 말을 하고 살아가지만 듣는 사람이 공감할 수 있도록 말을 잘할 수 있는 방법은 결코 쉬운 일이 아니다. 개인적이든 여러 사람 앞에서의 공개적이든 자신의 이야기를 듣고 많은 사람들이 공감을 느끼도록 할 수 있는 능력을 스스로 가지고 있는 사람이라면, 분명히 그 사람은 말을 잘하는 사람이고 소통을 잘할 수 있는 사람임이 틀림없다.

오늘의 현실을 살아가는 우리는 가정에서나 직장에서나 각종 단체 속에서 사회생활을 하는 과정에서나 말을 해야만 한다. 말을 하지 않고 살아갈 수는 없다. 그렇다면 우리는 무슨 말을 어떻게 하여야 할 것인가?

따뜻한 마음을 담아 진심으로 말해야 한다

사람의 마음을 움직일 수 있는 말은, 그 말 속에 진정성이 담겨 있어야만 한다. 아무리 올바르고 사실적인 이야기라 해도 자기 자신의 정신적인 사고나 행동과 일치하지 않는다면, 그 말이 상대의 가슴으로 전달되기는 매우 어렵다. 그러나 비록 사소한 주제라 할지라도, 자기 자신의 가슴속에서부터 우러나오는 진실을 가지고 이야기한다면 그 이야기는 반드시 감동적인 이야기가 될 수 있다.

얼마 전, 내가 관여하고 있는 남북통일을 위한 모임에서, 남북문제에 대하여 전문가라고 하는 어느 강사가 '남북통일에 관한 우리의 자세'라는 제목으로 강연하는 것을 들은 적이 있다. 그런데 그 강사는 통일을 이룩해야만 하는 당위성을 설명하는 데도 부족하였지만, 강사 자신이 통일에 대한 뚜렷한 신념이나 소신을 가지고 있는 것처럼 보이지도 않았다. 강의가 끝나고 난 후, 강의를 들은 사람들 대부분이 투덜대고, 몇몇 사람은 강의 도중에 시간이 아깝다며 집으로 가버리는 난처한 상황이 발생하기도 하였다. 강의를 하든 어떤 사람을 상대로 이야기를 하든, 상대에게 의견을 전달한다는 것은 그 이야기를 듣는 사람들과의 호흡이라 할 수 있는데, 전달하고자 하는 사람의 진심이 담겨 있지 않은 이야기는 듣는 사람들을 맥 빠지게 하고 시간 낭비라는 생각을 갖게 하기에 충분하다.

사람들에게 이야기할 때, 말을 하는 주체가 말 속에 진심을 담아서 이야기하지 않는다면 그것은 상대에게 의사를 전달함에 있어 반드시 실패한다는 것을 알아야 한다. 또한, 그런 이야기로는 원활한 소통이 이루어질 수 없다는 것을 우리가 알아야만 한다. 우리는 어린 시절부터 말 속에 진심을 담아 이야기하는 것을 배워 왔다. "거짓말을 하면 안 된다"라고 아이를 가르치는 것은 진심으로 말하는 법을 가르치는 첫 번째 단계이기도 하다.

따뜻한 진심이 담겨져 있는 이야기는 사람을 감동시키기도 한다. 아내를 불의에 사고로 인해 하늘나라로 보내고 어린 딸과 둘이 살아가는 아버지가 있었다. 하루는 피곤한 몸과 마음의 상태로 집에 돌아와서 방바닥에 깔려 있는 이불을 덮으려는 순간, 이불 속에 있던 컵라면이 확 쏟아지고 말았다. 아버지는 화가 나서 "이런 장난하지 말라고 했잖아" 하면서 아이를 때리면서 왜 이런 장난을 했느냐고 물었다. 아이는 배가 고파서 보일러를 통해 나오는 따뜻한 수돗물로 컵라면을 데워서 먹고, 아빠 오시면 주려고 물을 부어 놓았는데 컵라면이 식을까 봐 이불로 덮어 놓았던 것이라고 말했다. 아이의 말을 듣고 그 아버지가 하염없이 울었다는 이 이야기를 언젠가 나의 아내에게서 들었다. 그 아버지가 눈물을 흘릴 수밖에 없었던 것은, 아이의 울먹이는 이야기 속에 따뜻한 진실의 마음이 담겨져 있다는 것을 느꼈기 때문일 것이다.

누구나 자녀가 성장하는 과정에서 경험하는 일이겠지만 나 자신도 아이를 키우면서 그런 감정을 느낄 때가 많이 있었다. 우리 아이는 이제 다섯 살인데 엄마보다는 아빠와 같이 있는 시간이 많다. 그런데 꼭 맛있는 것을 먹을 때면 "엄마 것은 어디에 있어? 엄마가 병원에서 힘들게 일하니까 엄마 것을 남겨 놓아야지" 하며 슬프게 말을 하고는 눈물을 글썽인다. 아이들이 이런 말을 할 때 아이의 말 속에 따뜻한 진심이 담겨져 있다는 것을 알기 때문에 우리는 감동을 하지 않을 수가 없다.

우리가 다른 사람에게 의사를 전달하고자 할 때, 비록 어린아이처럼 조금도 꾸밈이 없이 따뜻한 진심을 담아 이야기할 수는 없다 하더라도, 가슴속에서부터 우러나오는 따뜻한 진심을 근본으로 하지 않는다면, 상대방이 공감하고 감동할 수 있도록 자신의 이야기를 전달할 수는 없다는 것을 우리가 또한 깨달아야 하는 것이다.

객관성을 잃어서는 안 된다

사람들이 대화를 하거나 강연을 할 때 공감할 만한 논증 없이 주관적인 주장을 하는 경우를 흔히 볼 수가 있다. 우리가 이유와 원인이 충분하지 않은 주장은 객관성을 잃을 수가 있다는 것을 잊어서는 안 된다. 우리가 이야기할 때 객관성을 상실한 논리나 주장으로는 상대방을 설득하기가 어렵다. 또한, 객관성 없이 말하는 사람은 자아도취의 세계에 파묻힌 독선적인 사람이 될 수도 있고, 다른 사람들로부터 비합리적인 사람으로 평가받을 수 있다. 그런 사람은 남을 배려하는 마음이 부족하기 때문에 주변에 친한 사람들도 많이 없을 것이다.

다양한 사고를 하며 많은 사람이 살아가는 세상에서 객관성을 잃고 주관적인 주장만을 하는 사람은 가정에서나 사회적으로나 성공적인 삶을 살아가기가 어려울 수밖에 없다.

우리가 객관성을 잃지 않고 이유와 원인이 충분한 논증을 들어 다른 사람들에게 이야기할 수 있다는 능력은 결코 하루아침에 이루어지지 않는다. 그렇다고 해서 그것이 노력해도 이루어질 수 없는 불가능한 일도 아니다. 물론 사람이 태어나면서부터 언어능력이 뛰어난 사람도 있을 수 있겠지만, 말을 잘할 수 있는 능력은 학습과 연습을 통해 얼마든지 생길 수 있다.

한국의 학교교육 현장에서는 입시 위주의 주입식 교육을 많이 시켜왔기 때문에 이야기를 듣는 것에는 익숙하지만, 자신이 주체가 되어 말하는 것에 대해서는 어색해 하는 사람들이 많이 있다. 특히 대중 앞에서 이야기하는 것에 대하여는 사회적인 지위와 관계없이 어려움을 호소하는 사람들이 더욱더 많다. 사람들 앞에서 이야기한다는 것이 쉬운 일은 아니지만, 그래도 우리는 여러 사람들을 만나야 하고 사람들과 이야기하면서 자신을 표현해가며 삶을 살아가야만 한다.

이 세상에 살아가는 모든 사람은 눈, 코, 귀, 입 등이 달린 닮은 형상을 하고 있지만 똑같이 생긴 사람은 하나도 없듯이, 우리가 같은 말을 하고 있기는 하지만 똑같이 말할 수는 없다. 사람은 각자가 개성을 가지고 있는 독립적인 존재이기 때문에 이야기하는 방법을 일률적으로 공식화해서 말할 수는 없는 것이다. 그렇기 때문에 말을 통해 각각 가인의 특성이 나타날 수밖에 없다고 볼 수 있다. 개인의 특성이라는 것은 한 인간으로서 존립한다는 의미가 있는 것이고, 사람 사이에 구별되어진다는 의미에서 인간의 아름다움이라고 말할 수도 있다.

그런데 이 개인적인 특성이라는 것이 다른 사람들의 입장은 고려하지 않은 채 자기주장만 하는 형태로 나타난다면 어떠하겠는가? 아마도 주변 여러 사람들이 괴로울 수밖에 없을 것이다. 그래서 우리가 이야기할 때는 개인적인 특성을 갖고 있으되 객관성을 잃지 않아야 한다는 것이다. 그렇다고 해서 자기 소신 없이 이것도 좋고 저것도 좋다는 식으로 말하라는 뜻은 더욱더 아니다. 자신의 철학을 중심에 두고 단지 다른 사람들이 나와는 다른 생각과 사고로 사물이나 상황을 바라볼 수도 있다는 것을 깊이 이해하고 대화를 하라는 의미이다.

집중하고 이야기해야 한다

이 세상 대부분의 일들은 집중하여 열정을 갖고 임하지 않으면 뜻한 대로 일이 이루어지기가 어렵다. 그와 마찬가지로 대화를 하거나 여러 사람 앞에서 이야기할 때도 이야기하고자 하는 주제에 집중을 하지 않고 열정을 갖지 않는다면 자신이 말하고자 하는 의미가 상대방에게 제대로 전달되기 어렵다. 사람이 말을 하는 과정 속에 집중과 열정이 없으면 아무리 화려하고 올바른 이야기를 한다 하더라도 그 말이 다른 사람들에게 영향을 미치는 의미는 크지 않다.

호랑이가 토끼 한 마리를 잡더라도 정확히 집중을 하고 자신의 온갖 열정을 쏟아 공격을 하듯이, 사람이 말을 할 때도 이런 자세를 가지고 이야기해야 한다. 그렇지 않으면 전하고자 했던 주제가 흐트러져 전혀 다른 방향으로 이야기가 전개될 수도 있다. 말이라는 것은 전달하고자 하는 사람이 집중과 열정을 다해 이야기하지 않는다면, 그것은 아마도 아기에게 잠이 오도록 하기 위하여 자장가의 의미로 책을 읽어주는 경우와 다르지 않다고도 말할 수 있다.

얼마 전, 어느 강사가 성인들을 상대로 '건강한 삶' 이란 주제를 가지고 강의하는 것을 우연히 들은 적이 있다. 그 강사는 강의를 시작하면서부터 시간이 부족해서 준비를 많이 하지 못해 죄송하다고 말하더니, 마지막으로는 두서없는 강의를 이해해 달라고 하면서 강의를 마쳤다. 말 그대로 두서도 없고 준비도 안 된 형편없는 강의라는 생각이 들었다.

강의를 하거나 대화를 하거나 우리가 다른 사람에게 어떤 의미를 전달하고자 할 때는, 많은 연구를 하고 철저하게 준비를 해야 한다. 특히 강연을 하고자 할 때는 많은 시간을 할애해 연습을 해야 한다. 그렇지 않으면 전하고자 하는 주제에 대하여 집중력이 생길 수도 없고 열정은 더욱더 생길 수가 없다. 집중과 열정이 없는 말은 듣는 사람들에게 신뢰를 줄 수 없어 이야기하고자 하는 의미가 완전히 퇴색될 수밖에 없고, 말을 하는 사람이나 듣는 사람이나 맥 빠지게 할 것이 분명하다.

우리는 일상적인 생활에서 사람들이 대화를 나눌 때 상대방을 정확히 응시하지 않은 채, 흥미도 없는 자신의 이야기를 열정 없이 하고 있는 경우를 흔히 볼 수 있다. 그런 경우에는 듣는 사람의 가슴으로 의미 있는 말이 전달되도록 할 수는 거의 없을 것이다.

결국, 이야기를 전달한다는 것은 그 말의 주제에 집중하고 열정을 다해서 이야기할 때에만 감정이 이입되어서 상대에게 정확한 의미가 전해지는 것이라는 것을 알 필요가 있다.

경험을 근거로 이야기하라

많은 사람들이 어떤 이야기를 전개하고자 할 때 다른 사람들의 경험적인 이야기를 예로 들어 설명하고자 하는 경우가 흔히 있다. 물론, 자신의 이야기가 아니더라도 다른 사람의 사례를 들어 이야기하는 것이 단순하게 말하는 것보다는 상황을 더 명확하게 전하고 이해력을 높게 할 수도 있을 것이다. 하지만 그보다 더 흥미진진한 상황적 이야기로 다른 사람들에게 의미를 전달하고자 한다면 자신이 경험한 이야기를 예로 들어 이야기하라고 말하고 싶다.

왜냐하면, 사람들은 자신이 경험한 이야기는 여러 사람들에게 감동을 주지 못할 거라고 생각을 하지만, 자신의 경험적인 이야기야말로 말을 할 때 가장 자연스럽게 이야기를 전개해 나갈 수 있기 때문에 그것이 듣는 사람들에게는 더 큰 흥미가 될 수 있으며 더 큰 감동이 될 수도 있는 것이다.

나는 어디에서건 강의를 할 때 나 자신이 경험한 일들을 예로 들어가며 강의를 한다. 나 자신도 처음 강의를 할 때는 나의 이야기가 다른 사람들에게 무슨 감동이 될 수 있겠는가, 하는 생각에 나와는 관계없는 사람들의 이야기를 많이 했었는데, 이야기를 듣는 사람들의 반응을 보고 자기 자신이 경험한 이야기가 상대에게 감동을 주고 가장 자연스럽게 말을 전개해 나갈 수 있는 것이라는 사실을 어느 순간에 깨닫게 되었다.

이 세상에 살아가는 모든 사람들은 인생이라는 무대 위에서 각자의 삶을 연기하는 배우라고도 할 수 있다. 결국 자기 자신이 자신의 인생 무대에서는 최고의 연기자가 될 수 있기 때문에 자신의 이야기가 상대에게 감동을 줄 수 있는 것이다. 사람들이 직접 경험한 이야기를 듣는다는 것은 TV에서 이미 본 적이 있는 드라마를 또 보는 느낌이 아닌, 새로운 드라마를 호기심 가득한 눈빛으로 흥미 있게 지켜보는 것과 같은 것일 수도 있다.

아무리 깊은 의미가 담겨져 있는 이야기라 해도, 자신이 경험한 이야기처럼 자연스럽게 상대에게 내용을 전달하지 못한다면 소통의 요소인 의사 전달이 제대로 이루어졌다고 말하기 어렵다. 바로 그 자연스러움이 많은 사람들에게 공감과 감동을 줄 수 있다는 것을 우리들이 깨달아야 한다.

2. 듣는 것도 기술이 필요하다

우리 인간이 언어를 통해 소통을 한다는 것은 어느 한쪽의 일방적인 것이 아니라 양쪽 서로 오고 가는 쌍방향의 작용이다. 많은 사람들이 대화를 할 때 이런 기본적인 사실을 망각하고 자기 자신의 일방적인 주장만 전달하려고만 하는 경우를 볼 때가 있다. 우리가 자신의 편협한 가치관이나 사고, 지식 등을 일방적으로 주장하다 보면 소통의 최대 요소라 할 수 있는 경청을 소홀히 할 수 있다.

경청은 단순히 듣는다는 의미가 아니라 상대방의 이야기에 적극적으로 참여하는 행위적 소통의 커다란 요소다. 그렇기 때문에 사람과 사람 사이의 소통 과정에서 경청이라는 것은 이야기를 하는 기술만큼이나 중요하다.

우리는 사람들과 어울리며 사회생활을 하는 과정에서 다른 사람이 말하는 것은 귀를 기울이지 않고 자신의 이야기만을 쉴 틈 없이 하는 사람들을 흔히 볼 수 있다. 대체로 그런 사람들의 이야기는 논리적이지 못하다. 만약에 논리적으로 이야기할 수 있는 사람이라면 상대방의 말에 경청한다는 것의 의미를 모른 채 그렇게 일방적으로 말하지는 않을 것이기 때문이다.

아마도 대부분의 사람들은 어떤 통제된 공간 안에서 이야기를 듣거나 강연을 듣는다면 싫든 좋든 이야기를 들을 수밖에 없겠지만, 사람들 사이의 자율적인 만남에서는 많은 인내를 필요로 하는 일방적인 이야기를 들으려 하지 않는다. 특히, 여러 사람 앞에서 강의를 할 때 강사가 지나치게 일방적이어서 듣는 사람들이 공감하지 못한다면, 듣는 사람들은 졸거나 다른 생각을 하고 있을 수밖에 없다.

이처럼 이야기를 상대에게 전달한다는 것과 듣는다는 것과의 관계는 양쪽 방향으로 서로 오고 가는 교류의 작용이다. 그렇기 때문에 경청을 한다는 것은 단순하게 듣는 것이 아니고 상대방의 이야기에 여러 가지 표정, 표현 등으로 대화에 적극적으로 참여하는 것이다.

경청은 사람의 마음을 움직이게 한다

대부분의 사람들은 자신의 이야기를 잘 들어주는 사람을 좋아한다. 인간이란 동물 자체가 삶을 살아가는 과정 속에서 인생의 진정한 가치와 의미를 느낄 수 있는 것은, 다른 사람들과 언어적이든 비언어적이든 소통하고 있다는 사실을 스스로 인지하고 있을 때만이 가능하다. 그렇기 때문에 결국 인간은 자기 자신의 이야기를 잘 들어주는 사람을 자신과 생각을 공유할 수 있는 사람이라고 생각하게 된다.

얼마 전, 어느 친목 모임에서 교사로 일을 하다가 사업을 해 결국에는 회사가 망해 문을 닫았다고 하는 한 친구 앞에 우연히 앉게 된 적이 있었다. 사람의 마음이 불안정할 때는 말하는 사람의 의도와는 다르게 듣는 사람이 상처를 받거나 오해를 할 수도 있다. 그래서 이 친구가 심적으로 어렵겠구나, 하는 마음에서 말을 아끼고 듣기만 해야겠다고 생각을 하고 있었는데, 정말로 이 친구는 망한 자기의 사업에 대하여 한 시간이 넘도록 나에게 이야기를 하는 것이었다. 어쨌든 내가 관심이 있는 분야도 아니고 평소에 친하게 지내는 사이도 아니어서 이야기를 들어주는 데 조금은 힘들기도 하였지만 인내심을 발휘해 경청을 해 주었다. 그날 이후, 그 친구는 수시로 나를 찾아와 마치 오랫동안 친하게 지내온 사이였던 것처럼 가정사는 물론 온갖 이야기를 털어 놓곤 하였다.

이와 같은 경우처럼, 사람이 다른 사람의 이야기에 경청을 하고 공감을 표현해 주면, 말을 전달하고자 하는 사람으로 하여금 상대방이 자신의 마음을 이해해 주고 있구나, 하는 생각을 하게끔 만들어 준다.

경청은 소통의 가장 기본적인 요건이다

많은 사람들이 경청은 대화의 과정에서 주체적인 행위의 요소가 아니라고 생각을 하기도 하는데 경청은 대화의 주체적인 행위이며 능동적인 행위라고 할 수 있다. 양방향으로 감정이나 언어가 오고 가는 대화의 과정 중에 한쪽에서 경청을 하지 않는다면 원활한 소통이 이루어지기는 어렵다. 그렇기 때문에 경청은 감성이 교류하는 대화의 필수적인 요소라 할 수 있다.

우리가 가정에서나 각종 단체 생활을 하는 과정에서 소통이 잘 이루어지지 않고 심한 갈등이 생기는 경우는, 경청의 의미를 너무 적게 생각하거나 잘못 이해하고 있기 때문이라고 할 수도 있다. 다른 사람도 나와 생각이 같겠지, 하고 자신의 사고나 관념을 고정시켜 놓은 채 주관적인 입장과 견해를 상대방에게 주입시키려고만 해서는 대화가 성공할 수 없다.

또한 상대방이 이야기할 때 무슨 생각과 의미로 이야기하고자 하는 것인가를 경청하지 않고 전달하고자 하는 말의 의미를 파악하지 않는다면 결코 성공적인 대화를 할 수 없으며 갈등이 생길 수도 있다. 심한 경우 폭력적이든 비폭력적이든 싸움으로 발전할 수도 있다. 때로는 한쪽에서 모든 상황을 인내하며 들어만 주는 경우도 있을 수 있는데, 이런 경우에 소통이 잘 이루어지고 있다고 생각한다면 그것은 큰 착각이다.

어느 여론 조사 기관이 조사한 바에 의하면, 한국에서는 남자의 경우 아내와 소통이 잘 이루어지고 있다고 생각하는 사람이 80%인데, 여자의 경우는 20%가 소통이 잘 이루어지고 있다고 답변하고 나머지는 소통이 잘 이루어지지 않는다고 응답했다 한다. 이와 같은 통계적인 조사는 나의 생각과 상대방의 생각이 많이 다를 수 있다는 사실을 실질적으로 증명하는 사례이기도 하다.

우리는 인생을 살아가면서 때로는 분노하기도 하고 좌절하기도 하며, 고통의 짐이 너무 무거워서 삶에 회의를 느껴 극단적인 선택을 하고 싶을 때가 있기도 하다. 이러한 인생의 과정 속에서 겪는 인간의 심적인 아픔은 그 내면 깊은 곳을 자세히 들여다보면 결국 사람과 사람 사이에서의 소통이 제대로 이루어지지 않기 때문에 생기는 경우가 많다. 그렇기 때문에 상대방의 이야기에 경청을 하지 않는 사람은 가슴속에 간직한 진심과는 달리 주변의 가까운 사람에게 아픔을 안겨줄 수도 있고 상대방을 끝없는 절망의 나락으로 떨어트릴 수도 있다.

아무리 유능하고 명석한 사람이라고 하여도 상대방의 이야기에 경청을 하지 않고 소통을 잘할 수는 없다. 만약 그렇게 생각하는 사람이 있다면 그 사람은 인생의 어떠한 상황을 앞에 놓고도 잘못 이해할 수 있는 사람임이 분명하다. 대화의 과정에 경청의 중요성을 인식한다는 것은 그만큼 성숙된 인간으로서의 표현 능력을 가지고 있는 것이라고 말할 수도 있다.

우리가 대화의 과정에서 경청을 하며 참여할 기능적인 방법은 여러 가지가 있다. 얼굴 표정, 몸의 행동 등 다양하게 교감할 수 있다. 비록 말은 하지 않지만 여러 가지 교감적인 행위로 경청한다는 것은, 이야기를 전달하고자 하는 상대에게 여러 형태의 신호로 자신의 의사가 전달되게 하는 것이다. 또한 다른 사람이 자신의 이야기에 경청을 하고 호흡할 수 있도록 말할 수 있는 능력을 가진 사람은 경청을 잘할 수 있는 사람임과 동시에, 훌륭한 대화를 이끌어가는 지도력을 갖춘 사람임이 분명하다.

　상대방의 이야기를 적극적인 행위로 경청한다는 것은 그 사람의 입장에서 사물을 바라보겠다는 배려의 자세이다. 사람이 생활하는 과정 속에서 상대의 입장을 배려하지 않고, 상대의 마음을 이해하지 못한다면 어떻게 되겠는가? 아마도 그런 사람들은 생각의 세계가 매우 좁고 자신만을 생각하는 이기적인 사람일 가능성이 매우 높다.

　오늘 우리가 살고 있는 다양성의 사회에서 공존의 사회를 만들어가기 위해 더없이 필요한 덕목 중 하나가 바로 배려이다. 또한, 경청은 나의 입장과 견해를 뒤로 하고 상대의 입장에서 사고하는 행위이기 때문에 인간의 내면적인 성숙을 요구하는 행위라고도 할 수 있다. 이런 배려의 마음을 바탕으로 하는 경청은 다른 관점에서 사물을 바라보는 능력을 길러주기도 하지만 자기 자신을 돌아보는 성찰의 힘을 만들어 주기도 한다. 사람은 상대방의 이야기에 경청을 하면서 자신이 살아온 삶을 계속해 반추해 보기 때문이다. 대화의 과정에서 듣는 사람의 마음 저변에 배려가 깔려있다고 할 수 있는 이런 경청은 말을 하는 사람으로부터 신뢰를 얻을 수 있는 최고의 행동이기도 하다.

　소통은 배려와 더불어 상대에 대한 신뢰를 바탕으로 이루어질 수 있는 것이기 때문에 이러한 전제를 이해하고 경청하는 자세를 갖는다는 것은 하나의 인간으로서 숙련된 비언어적인 기술을 가지고 있는 것이라고 말할 수 있다. 또한 상대의 말에 경청을 한다는 것은 한 개인 입장에서만의 관점으로 사물을 바라본다는 것이 아니라, 여러 시각에서의 다양성을 이해하려고 노력하는 것이고 또한 이해 한다는 뜻이기도 하다.

오늘 우리가 살아가고 있는 이 시대는 물질문명의 다양성뿐만 아니라 정신의 다양성을 이해해야 하는 시기이기도 하다. 아무리 물질적 풍요를 누리며 살아간다고 해도 정신의 다양성을 받아들이지 못하고 이해하지 못한다면, 어떤 위기의 상황이 닥쳤을 때 그 벽을 넘지 못하고 위험한 상태로 빠져들 수도 있다.

우리는 사회적으로 명성이 있고 부귀영화를 누리며 아쉬운 것이 없을 것 같은 사람들이 자신의 좁은 정신세계에서 벗어나지 못하여 삶의 의미를 상실하고 마침내 극단적인 선택을 하는 경우를 지켜 본 적이 있다. 재벌 그룹 회장이나 유명 연예인이나 심지어 최고의 권력을 가졌던 분까지도 말이다. 이런 사회적으로 불행한 사건들은 아마도 성숙된 인간 내면의 세계를 깊이 이해하지 못했거나, 다양한 사고의 인간세계에 대한 이해가 부족하였기 때문일지도 모른다.

몇 년 전, 행복 전도사를 자처하며 행복을 주제로 많은 사람들 앞에서 강연을 하던 분이 병마가 너무 고통스럽다며 배우자와 함께 목숨을 끊어버린 충격적인 사건이 한국에서 있었다. 배우자의 고통에 일심동체의 행위를 죽음으로 보여준 이 사건을 보고 인간에게서 진정한 행복의 의미가 무엇인가를 고민하며 한동안 깊은 사색에 빠졌다.

인간의 육체적인 통증이 얼마나 참기 어려운 것인가를 경험을 통해 나는 어느 정도 이해할 수 있다. 그러나 누구나 병들면 찾아올 수밖에 없는 통증의 아픔 때문에 일회성을 가진 목숨을 끊어버린다는 것을, 특히 여러 사람들에게 행복을 이야기하던 사람으로서의 행위를 나로서는 이해하기가 어려웠던 것이다. 더욱이 한 개인의 고통과 더불어 배우자가 함께 삶을 포기했다는 것에 대하여 사랑이라는 이름을 아무리 아름답게 승화시킨다 하여도 이해하기가 어려웠다.

우리는 독립적인 인간의 존엄한 가치를 인정해야 하고 이해해야 한다. 내가 아닌 다른 사람은, 비록 자녀나 배우자라 할지라도 나와는 다른 다양한 사고와 창조적인 사고를 하며 살아갈 수 있다는 것을 이해해 줄 뿐만 아니라 존중해 주어야 한다. 다른 사람의 이야기에 경청을 한다는 것은 자신의 높은 철학적 사고로 이 다양성을 이해할 수 있다는 폭넓은 사고의 행위인 것이다.

대부분의 많은 사람들이 세상의 다양성을 충분히 이해하고 있기는 하지만, 자신의 좁은 사고의 틀을 벗어나지 못하거나 다양한 정신의 세계로 가슴의 문을 활짝 열지 않는 경우가 우리의 주변에 흔히 있다. 이러한 마음 자세가 때로는 고집이나 아집적인 행동으로 이어져 주변의 다른 사람들과 조화를 이루어가는 삶을 살아가는 데 큰 장애가 되기도 한다.

요즈음은 연세가 많으신 분들도 컴퓨터나 교육 프로그램에 참여해 열심히 배우고자 하는 분들을 주변에서 흔히 볼 수 있다. 아마도 그것은 오랜 세월을 살아온 경험을 통하여 다양성을 알고 이해했기 때문에 비록 늦은 감이 없지 않지만 새로운 정신세계에서의 배움으로 얻는 기쁨을 충분히 이해하고 깨달았기 때문일 것이다.

우리가 두 귀를 열고 다른 사람의 이야기에 경청을 하며 자신의 좁은 마음의 틀에서 벗어나 자유로운 정신세계에서의 행복을 느낀다는 것은, 인생의 깊은 내면적인 깨달음을 얻었을 때만이 가능한 일일 것이다.

3. 비언어적인 소통도 있다

우리는 사람들과 소통을 하기 위해 듣고, 말하고, 쓰고, 읽으면서 언어를 통해 자기의 의사를 상대에게 전달하기도 하며, 또한 다른 사람이 전달하고자 하는 뜻을 이해하기도 한다. 하지만 이런 말과 글을 통하지 않고서도 우리 인간은 서로 교감할 수 있는 능력을 가지고 있다. 그것은 아마도 다른 동물들과의 차이라고도 할 수 있는, 인간들만의 능력이라고도 할 수 있을 것이다.

사람들 사이에서뿐만 아니라 자신이 믿고 있는 신과의 사이에서도 비언어적인 무언의 소통을 하기 위해 우리 인간은 깊은 명상을 하거나 기도를 하기도 한다. 이런 수행적인 명상이나 기도 같은 것은 자신이 믿는 신에게 어떤 이야기를 전할 것인가, 하는 문제에 앞서 나라는 껍데기를 벗어 버리고 무아의 세계로 들어가 교감하지 않으면 소통할 수 없으며, 또한 우리가 증명할 수도 없는 종교적인 행위이기 때문에 높은 정신적 세계의 소통 능력을 필요로 하는 것이기도 하다.

세계의 여러 나라들이 각각 다른 언어를 쓰고 다른 문화 속에서 살아가고 있기 때문에, 각자가 믿고 있는 신과의 비언어적인 소통의 표현 방법도 각각의 나라마다 다를 수밖에 없을 것이다. 종교적인 소통에서도 비언어적인 소통이 한 부분을 차지하듯이 사람들 사이에서도 감성이 교류하는 행위인 비언어적인 소통은 인간관계의 큰 부분을 차지하고 있다.

비언어적인 표현은 무거운 소통 행위이기도 하다

사람들 사이에 심한 갈등이 있은 후에 말을 하지 않는 경우가 있다. 그만큼 비언어적인 표현의 소통적인 행위는 말로 표현하는 것보다 무겁고 심오한 감정의 반응이기도 하다. 상대방의 이야기를 듣고 그에 대한 답변을 표정으로 한다는 것은 쉬운 일도 아니지만 거기에는 여러 가지의 의미를 담고 있기 때문에 때로는 말로 응답하는 것보다도 더 큰 위력을 가질 수도 있다.

대부분의 사람들은 오랜 세월을 거쳐 함께 살아온 사이에서는 반드시 언어적인 행위로만 소통을 하지 않는다. 부모와 자녀 사이에서도 말없이 표정이나 몸짓으로 소통하는 경우가 많이 있으며, 특히 부부 사이에서는 이런 무언의 행위로 의사를 전달할 수밖에 없을 때가 많이 발생하기도 한다.

어린아이들의 경우에는 부모의 표정을 보고 부모의 감정 상태를 읽기도 한다. 우리 아이의 경우 내가 조금 기분 나쁜 표정을 지으면 "아빠, 그러지마" 하며 울기 시작한다. 나의 아내는 내가 얼굴 표정만 보면 아내의 감정을 알아차려 나 역시 표정으로 기분 상태를 전달하곤 한다. 때로는 꽤 여러 날을 말없이 비언어적인 소통을 할 때도 있다. 이처럼 비언어적인 소통은 비교적 오랜 기간 동안 삶을 함께 공유하며 살아온 사람들 사이에서 많이 할 수 있는 의사 전달 행위이기도 하다. 또한 언어적인 소통을 하는 과정에서도 비언어적인 소통 행위와 얼마만큼 잘 융화되느냐가 의사 전달 효과의 척도로 나타나기도 한다.

사람이 이야기할 때 몸짓이나 표정 없이 말한다면 아마도 그것은 아무 감정 없이 로봇이 말하는 것과 다를 바 없으며, 안내 방송을 하는 정도의 이야기 전달 효과밖에 없을 것이다. 우리가 감정을 이야기 속에 실어서 상대방에게 말을 전하고자 한다면 반드시 언어만이 아닌 표정과 자세, 몸짓 등을 함께 해야 한다.

그런데 이런 것들은 많은 연습을 통해 얼마든지 변화되고 발전시킬 수도 있다. 감각적인 표현 행위라 할 수 있는 비언어적인 소통의 요소들을 우리가 연습을 통해 스스로 향상시키지 않는다면 여러 사람들과 어울려 사회생활을 하는 과정 속에서 감각 능력이 떨어져 현실 상황을 공유하는 인지능력이 다른 사람들과 비교해서 많이 뒤처질 수도 있다. 여러 사람이 모여 이야기할 때, "꼭 말로 해야 알아들어?" 하고 이야기할 때가 있듯이 어떤 대화의 분위기 속에는 언어 이외에 쌍방이 교류하는 감각적인 소통의 요소들이 많이 작용하고 있는 것이라 말할 수 있다.

예를 들어, 하나의 코미디 장면을 보고도 바로 웃는 사람이 있는가 하면, 천천히 웃는 사람이 있고, 아예 웃지 않는 사람이 있을 수 있다. 물론 받아들이는 정도의 차이에 따라 시차가 있을 수 있지만 언어적이거나 비언어적이거나 소통의 요소인 감각적인 능력이 부족해서 발생하는 현상이라고 볼 수도 있다는 말이다. 우리가 이런 소통의 요소에 대하여 그 능력을 향상시키기 위해서는 개인적인 관계의 대화를 통해서든 여러 사람 앞에서 이야기를 하든 끊임없는 연습을 통해서만 가능하다는 것을 이해해야 할 것이다.

4. 진실이 필요하다

이 세상 모든 사람들의 인간관계 속에는 진실이라는 매개가 있다. 그 척도에 따라 인간의 관계는 한없이 가까울 수도 있고, 또한 가까이 있다 하여도 한없이 멀게만 느껴질 수도 있다. 사람들 사이에서의 관계 속에서 진실이라는 바탕이 없다면 아마도 그 관계는 모래 위에 성을 쌓은 것과 크게 다를 바가 없다.

자신이 낳고 기른 자식을 기약 없이 멀리 떠나보내며 그 뒷모습을 바라보고 입가에 엷은 미소를 보내면서, 두 눈에서는 눈물이 흘러내리는 어느 어머니의 마음 깊은 곳에는 자식을 자신의 목숨보다 아끼는 사랑과 진실의 마음이 곱게 깔려 있다.

우리가 부모나 자녀, 가족들 사이에서 오고 가는 모든 말과 행동에는 사랑이라는 진실이 담겨있기 때문에 삶을 살아가는 과정 속에서 때로는 커다란 힘이 되기도 하고, 그 관계를 떼려야 뗄 수 없는 불가분의 관계라고 말하기도 한다.

인간이 여러 사람들과 소통하는 과정에서 진실을 바탕으로 상대방을 대하지 않는다면 아무리 화려한 언어를 동원해 이야기한다고 하여도 상대에게 전하고자 하는 뜻이 가슴 깊이 전달되기는 어렵다.

얼마 전에 강사들의 모임에서, 두 명의 강사가 '리더십'이라는 주제를 가지고 강의하는 것을 들은 적이 있다. 한 명의 강사는 아무 원고도 없이 자신이 운영하는 회사 이야기와 함께 자신이 살아오면서 경험한 이야기를 예로 들어가며 마치 나와 단둘이 대화하는 것같이 강의를 하였다. 또 다른 강사는 노트 한 권 분량의 자료를 준비해 와 이론적으로 서세한 설명을 덧붙여가며 다소 학술적으로 강의를 하였다.

처음 강연을 한 강사의 이야기를 들을 때는 마치 나 자신이 강사가 경험한 현장에 함께 있었던 것처럼 나의 감정이 빨려 들어가는 것 같은 느낌이었다. 하지만 많은 자료를 준비해 와 자료를 읽어주고 영상물까지 보여주면서 강의를 한 강사의 시간에는 나도 모르게 두 눈이 감기고 있다는 것을 느낌으로 알 수 있었다.

나는 두 명의 강사가 같은 주제를 가지고 강의를 하였는데 왜 한쪽은 가슴에 직접 와 닿는 느낌을 받았고, 또 다른 한쪽의 이야기는 마치 자장가처럼 내 귓가에 들려온 것일까 생각해 보았다. 아마도 그것은 이야기 속에 얼마나 자신의 내면적인 진실이 담겨져 있는가의 차이일 것이다. 사람이 말할 때 말 속에 진실을 담아 이야기한다면 그 이야기를 듣는 사람의 마음이 반드시 움직일 수밖에 없다. 진실이 담겨진 이야기 속에는 상대가 공감할 수밖에 없는 인간의 심오한 감정이 실려 있기 때문이다.

인간이라는 동물 자체가 감성적인 사고를 하는 존재이기 때문에 전달하고자 하는 이야기 속에 진실이 담겨져 있지 않다면 그것은 그저 우리가 일상적으로 미디어 등을 통하여 접할 수 있는 정보 전달 수준의 이야기밖에 될 수 없다. 하지만 우리가 이야기 속에 진실을 담아 이야기할 수 있다면, 이야기를 전해 듣는 모든 사람들의 가슴으로 진실이 울려 퍼져 사람을 움직이게 할 수도 있고 사고의 큰 변화를 가져오게 할 수도 있다.

이런 진실의 위대한 힘은 우리가 어린아이를 키울 때에도 그대로 적용된다. 어린아이에게 진실한 사랑을 듬뿍 담아 항상 따뜻한 눈빛으로 부모들이 대한다면, 그런 아이들은 진정한 사랑의 가치를 깨달아 마음이 아름다운 인간으로 성장할 수 있다. 또한 그런 아이들은 항상 사랑을 가슴에 안고 살아 비록 겉모습은 약하게 보일지 모르지만 그 어떤 어려움도 헤쳐 나갈 수 있는 내면이 강하면서도 따뜻한, 그런 인간으로 성장할 수 있다.

이 세상에서 우리 인간에게 진실한 사랑만큼 큰 안정과 위안, 그리고 변화를 가져다줄 수 있는 것은 없을 거라 생각된다. 진실한 사랑을 받고 자란다는 것은 하나의 인간으로 성장해서 짧은 머리로만 세상을 살려 하지 않고 가슴으로 세상을 살아갈 수 있도록 할 수 있는, 훌륭한 교육적 방법의 행위이기도 한 것이다. 진실을 담긴 이야기 속에는 이 세상에 존재하는 모든 것들을 춤추게도 할 수도 있다는 것을 우리들이 또한 이해해야 할 것이다.

진실은 자기 자신의 근본적인 표현이다

우리가 사람들과의 관계에서 진실하게 이야기해야 한다는 것은 그 이야기 속에서 자신이 주체적으로 이야기해야만 한다는 의미이기도 하다. 그렇게 하기 위해서는 말하고자 하는 사람이 결국 이야기 속의 주인공으로 들어갈 수밖에 없다. 사람들 사이에 대화가 오고 가는 과정에서 가장 강한 전달의 힘을 가진 것은 자기 자신의 경험을 이야기할 때라고 말한 바 있다. 사람들이 자신의 이야기가 무슨 화젯거리가 될 수 있겠는가, 생각하겠지만 최고의 이야기 소재가 될 수 있다고 나는 확신한다.

이 세상에 존재하는 모든 것은 각각 나름의 가치가 있다. 풀 한 포기, 돌멩이 하나, 들판에 핀 꽃 한 송이, 어느 것 하나 가치가 없는 것이 없다. 그렇듯이 우리가 사소하게 생각하는 경험적인 일들이 훌륭한 이야깃거리가 될 수 있다는 것을 항상 생각하고 이야기의 주인공이 바로 자신이라는 생각을 잊어서는 안 된다.

그렇지만 우리가 세상의 모든 것을 경험을 통해 얻고 이해할 수는 없다. 그렇기 때문에 비록 자신이 실제적으로 경험한 이야기는 아닐지라도 이야기를 자신의 이야기로 받아들이고 자신이 그 상황에 처해 있다고 몰입하여 이야기를 전개해 나아가야 한다는 것이다.

이야기 속에 진실을 담아 말한다는 것은 그 이야기에 신뢰를 줄 수 있는 최고의 의사 전달 방법이라고 말할 수 있다. 우리가 이야기를 전달하고자 할 때 상대방이 신뢰감을 갖게 된다면 그 이야기는 상대에게 공감을 느끼게 한다. 하지만 인간적인 신뢰를 잃은 사람이 아무리 진실을 이야기하려 한다고 해도 그 말이 상대방에게 공감을 얻기에는 매우 어렵다. 그렇기 때문에 신뢰는 진실한 이야기를 전달하고자 할 때 반드시 전제되어야만 하는 의사소통의 필수적인 요소이다.

인간관계의 신뢰라는 것은 내면의 근본적인 감성의 교류에서 성립될 수 있다. 그렇기 때문에 인간의 깊은 신뢰 관계는 간단하고 쉽게 하루아침에 이루어지기는 어렵다. 하지만 우리가 비록 오랜 세월을 함께 하지는 않았더라도 상대방에게 신뢰의 이미지를 전달할 수는 있다. 그것은 항상 세상에 존재하는 모든 사물을 진실한 사색의 자세로 바라보면서 진솔한 삶을 살아가게 된다면, 비록 오랜 세월의 인간적인 교류를 하지 않았더라도 자신이 진솔하게 인생을 살아가고 있다는 것을 상대방이 이해할 수 있을 것이다. 그것은 많은 지식, 유창한 말솜씨 같은 것과는 다른, 인간의 근본적인 정신적 사상의 성숙된 표현이기도 하다.

우리는 가정에서나, 직장에서나, 사회적인 활동을 하거나, 인생을 살아가는 과정 속에서, 진실을 항상 가슴에 담고 살아가야만 한다. 진실한 마음을 저버린 채 살아가는 사람은 삶의 의미를 잘못 이해해서 무엇 때문에 무엇을 위해 살아가야 하는 것인가, 하는 인간의 존재 의미를 망각해 허황된 방향으로 인생을 살아갈 수도 있다. 그런 삶은 우리가 망망대해에서 길을 잃고 어느 쪽으로 가야만 하는지도 모르면서 열심히 노를 젓고 있는 것이나 다를 바가 없다.

많은 사람들이 진실이라는 광장의 문을 좁게 걸어 잠그려 하고 있다. 나의 자녀, 나의 부모, 나의 아내, 나의 친구, 나라는 존재를 기준으로 좁게 한정하여 집을 짓고 있는 것이다. 이렇게 좁은 진실의 집을 각자가 짓고 있기 때문에 세상이 삭막하고 이기적인 사회로 점점 변해가는 것인지도 모른다. 우리 인간 삶의 근원적 가치라고도 할 수 있는 진실이 이처럼 좁은 영역의 틀에 갇혀 있게만 된다면 진실의 진정한 가치, 위대한 힘은 제대로 발휘될 수가 없다.

진실이라는 마음의 광장은 거대하고 위대한 것이다. 아무리 권모술수가 뛰어난 사람이라고 하여도 진실한 사람 앞에서의 모든 언행은 찻잔 속의 미풍 정도밖에 되지 못한다. 진실한 마음을 갖고 세상을 살아가는 사람은 어떤 거대한 고난의 폭풍이 자신을 향해 몰아쳐 온다 하여도 담담하게 맞이할 준비가 된 사람이라고도 할 수 있다. 또한, 그런 사람은 인생의 모든 문제에 대하여 일희일비하지 않고 묵묵히 삶을 살아갈 수 있는 사람이기도 하다.

오늘날 비약적으로 발전하고 있는 문명의 속도만큼 우리 인간의 마음도 성숙된 발전을 거듭하고 있는가? 이러한 질문에 대하여 우리는 그렇다고 말하기 어려운 시대를 살아가고 있다. 물질적인 발전의 변화로 혼란스러운 세상을 그래도 성숙한 마음 자세로 담담하게 걸으며 살아갈 수 있는 방법은 진실을 가슴속에 간직한 채 세상을 진실의 눈으로 바라보면서 따뜻한 사랑의 눈빛으로 사물을 응시하며 인생의 길을 걸어가는 것이다. 아마도 그런 진실한 사람은 결코 삶이 외롭거나 쓸쓸하지 않을 것이다.

5. 지도자는 소통해야 한다

이 지구상에는 다양한 민족들이 다양한 문화적 형태를 가지고 때로는 서로 서로 협력하기도 하면서 함께 더불어 공존하는 삶을 살아가고 있다. 지구라는 하나의 땅덩어리에서 공생의 삶을 살아가고 있기는 하지만, 각각의 국가라는 체제 아래서 또 다른 삶의 형태로 각자가 생을 살아가고 있기도 한다.

세계 제일의 경제적인 부를 누리고 있는 미국의 담장을 끊임없이 넘어 경제적인 문제를 해결해 보고자 하는 가난한 나라의 사람들이 있는가 하면, 미국이라는 영토 안에서 태어나 미국 국민이라는 이유 하나 때문에 그런 위험한 행위를 시도하지 않아도 되는 사람들도 있는 것이다. 또한, 같은 민족이지만 음식물이 남아돌아 그 쓰레기 비용으로 수조 원이 낭비되는 대한민국이라는 국가가 있는가 하면, 독재자가 사망하기는 했지만 수백만 명의 주민을 굶어 죽게 만든 불행한 나라가 철조망 하나를 사이에 두고 공존하며 살아가고 있다.

우주의 태양계 속에 지구라는 하나의 행성에서 살아가고 있는 인간이란 생명체가 국가라는 체제에 따라 왜 이렇게 다른 환경으로 살아가고 있는 것일까? 그것은 아마도 각각의 나라를 이끌어가는 지도자들이 얼마만큼 국민과 세계와의 소통 능력을 갖추고 있느냐 하는 소통 능력의 차이에서 나타날 수 있는 것이라 할 수도 있다.

국민과 소통하지 않는 독재정권의 종말은 비참하다

우리는 리비아의 카다피라는 독재자가 비굴하면서도 비참하게 생의 최후를 맞이하고 있는 장면을 영상을 통해 지켜보았다. 리비아뿐만 아니라 튀니지, 이집트, 코트디부아르의 독재 정권이 무너졌고, 예멘에서는 독재자 살레 대통령이 권력 이양에 서명했다.

한반도의 북쪽에서는 자신이 통치하는 나라의 주민을 잔인무도하게 학살하고, 지구상의 어디에서도 찾아보기 힘든 공개 처형이라는 사형 집행을 하며, 수백만 명의 주민을 굶어 죽게 만든 독재자 김정일이 정확한 시점을 알 수는 없으나 2011년 12월 17일 오전 8시 30분에 사망했다고 북한에서는 발표했다. 결국, 자기가 통치하는 나라의 국민들에게 밥도 제대로 못 먹이면서 온갖 탄압과 만행을 저지르던 독재자가 인간의 삶이 그렇게도 허망한 것인지를 살아 있는 동안 끝끝내 깨닫지 못하고 마침내 쓸쓸하게 죽고 만 것이다.

이제 북한은 그 지독한 독재자 김정일의 아들 김정은이라는 20대의 젊은 청년, 그가 어떤 지도력을 발휘하느냐에 따라 국가의 운명이 결정되어질 수밖에 없는 그런 상황에 놓여 있다. 그동안 북한의 김정일은 철두철미하게 주민을 통제하면서 정권에 불만이 있거나 비판하는 기미가 조금이라도 보이면 가차 없이 감옥으로 보내거나 처단하는 공포의 통치를 하며 체제를 유지해 왔다. 사람을 처형하는 것도 가장 잔인하게 여러 주민이 지켜보는 가운데 매달아 놓고 시체의 형체를 알아볼 수 없을 정도로 여러 발의 총을 쏴, 주민들이 "나는 저렇게 비참하게 죽을 수는 없어" 하는 생각이 들도록 잔혹하게 총살을 해왔다고 한다.

북한의 보위부 최고위 간부라는 어떤 사람은, 2011년 초 한밤중에 김정일이 갑자기 불러 관저로 들어오는 것을 체포해 도끼로 찍어 죽였다는 소문이 있을 정도로 처참하게 처형당했다고 한다. 김정일이 생명을 하나 죽이는 것은 생소한 일이 아니며 평생 감옥으로 보내는 것은 눈도 깜짝할 일이 아니라고 한다. 그렇기 때문에 북한 전역에는 감옥소가 헤아릴 수 없을 정도로 많이 있으며, 또한 감옥소에는 사람들이 수없이 넘쳐나고 있다는 것을 탈북자들은 생생하게 증언하고 있다.

과연, 20대의 젊은 김정은이 이 비정상적인 체제의 국가를 원만하게 이끌어 갈 능력을 가지고 있겠는가? 나는 결코 그럴 수 없을 것이라고 생각한다. 왜냐하면 비정상적인 체제라도 유지하려면 자신의 아버지가 했던 것보다도 더 강력하게 통치를 해야 하고 수많은 사람을 처형해야만 하는 상황에 놓일 수도 있을 텐데, 김정은이라는 젊은이가 그렇게 사악한 통치행위를 할 수 없을 것이라고 판단하기 때문이다. 또한, 20대의 나이는 하나의 국가라는 체제를 이끌어 갈 만한 정신적 성숙이 이루어졌다고 보기 어렵다. 그렇기 때문

에 미국에서는 대통령의 피선거권을 35세 이상으로 제한하고 한국
에서도 40세 이상으로 제한하는 법률적 규정을 두고 있는 것이라
는 생각이 든다.

그리고 무엇보다 북한의 주민들은 지금 너무 배가 고프다. 그 수
를 헤아릴 수조차 없을 정도로 많은 주민이 비참하게 굶어 죽어갔
는데도 김정일 독재 정권에 기생하면서 자신들은 호의호식하던 북
한의 노쇠한 지도세력들이 북한이 처한 현실적인 경제 문제를 자구
적으로 해결하기는 어려울 듯하다. 결국, 북한은 김정은이 강력한
지도력을 발휘하든 집단 지도 체제가 되든, 새로운 정치 세력이 등
장하든, 결국 개혁 개방의 길로 나아가지 않고서는 경제를 회생시
킬 수 없을 것이다.

그렇다고 해서 북한이라는 국가 체제가 단시일 내에 붕괴되지는
않을 것이다. 20대의 젊은이 김정은이라는 적통의 지도자를 앞에
내세워 뒤에서 실질적인 권력을 행사하는 형태의 불안정한 정권이
당분간 북한 체제를 이끌어 갈 것이기 때문이다. 그렇지만 그런 불
안정한 정권은 대외적으로나 북한의 내부적인 환경요인으로 보나
그리 오래갈 수는 없을 것 같다.

미국과 중국은 북한을 어떤 지도자, 어떤 정치 세력이 이끌어 가
든 자신들이 동북아 패권을 장악하는 데 도움이 될 수 있는 지도
자나 정치 세력에게 아낌없는 지원을 할 수밖에 없을 것이라는 생
각이 든다. 하지만 미국이든 중국이든 북한의 비정상적인 정권이든
절대적인 독재자가 사라진 북한 체제의 자생적인 변화를 막을 수는

없을 것이다. 자생적인 변화라는 것, 바로 폐쇄적인 구조에서 살아온 북한 주민의 생존을 위한 투쟁과 민주화에 대한 요구일 것임이 분명하다.

또 다른 측면에서 보면, 북한은 군부의 쿠데타 같은 혁명이 일어날 가능성도 있다. 현실적으로는 북한의 지도 세력들이 공생하기 위해서 김정은을 앞에 내세우고 실권을 행사하는 섭정의 권력 구조로 체제를 이끌어 갈 수밖에 없으나, 권력이라는 것은 공동으로 똑같이 나누어 가질 수 없는 살아 있는 힘이라고 할 수 있기 때문에 결국 어느 특정인에게 집중되는 현상이 일어날 수밖에 없다. 아마도 장성택이라는 인물을 중심으로 북한의 경제난을 해결해 보려는 움직임이 나타나겠지만 이는 권력의 집중으로 이어질 수 있다. 또한, 그것은 집단 지도 체제의 균형이 깨지는 것이기도 하다. 그렇게 되면 불만을 가진 세력이 생겨나게 되고 권력을 장악하려는 야망을 가진 사람이 나타나 쿠데타든 친위 쿠데타든 혁명이 일어날 수도 있다는 것이다.

북한은 줄기차게 선군 정치를 외치며 핵 보유를 국가 체제 유지에 절대적인 요건으로 주장해 온 군국주의의 나라다. 결국 군이 실권을 장악하고 있는 나라인 것이다. 그렇기 때문에 독재자 김정일도 군을 최우선시하는 선군 정치를 외쳐온 것이다.

일부에서는 김정은의 고모부가 실권을 장악하고 섭정의 형태로 북한 체제를 이끌어갈 것이라고 생각하기도 하나 그렇게 된다면 실질적인 힘을 가지고 있는 군부에서 쿠데타를 일으킬 수도 있다. 과거 한국에서처럼 박정희, 전두환 같은 군인 정치인이 등장할 수도 있다는 말이다. 그렇게 된다면 그 군인 정치인의 정책 방향에 따라 한반도는 또다시 긴 분단의 시대가 이어질 것이냐, 새로운 통일의 시대로 접어들 것이냐, 하는 것이 결정될지도 모른다. 많은 사람들이 독재자 김정일이 사망하고 권력을 승계한 그의 아들 20대의 애송이 지도자 김정은을 주시하지 않고 그 뒤에 있는 권력자들의 행동을 유심히 바라보고 있는 이유가 바로 여기에 있기도 하다.

북한은 지금 폭풍 전야의 고요가 흐르고 있는 불안정한 체제의 나라라고 볼 수 있다. 폭풍과 함께 몰아칠 파도가 북한을 어떻게 덮치게 될지 아무도 모른다. 김정은은 새해 들어 처음으로 군부를 방문했다. 이는 군부의 지도부가 아마도 정권을 장악하고 있다는 의미이다. 또한 해외로 떠도는 김정남은 3대 세습은 있을 수 없다고 말하고 있다. 모든 면에서 북한은 불안정하다. 소통 능력을 갖추고 있지 못한 저 북한의 정치 세력들에 의해 또다시 한반도에 위기가 찾아올지도 모른다. 이런 한반도의 엄중한 현실은 이 땅 위에서 살아가고 있는 우리 민족 모두에게는 진정으로 슬픈 일이다.

어쩌면 북한은 핵을 절대 포기하지 않을지도 모른다. 줄기차게 선군 정치를 외쳐온 북한 정권이 배고픈 인민들을 달랠 수 있는 방법이 현실적으로 없기 때문이다. 결국, 북한은 한반도에 적절한 긴장을 유지하며 선군 정치와 군사적 강성 대국의 허황된 구호로 체제를 이끌어갈 수밖에 없다. 또한, 북한은 독재 정권을 유지하기 위해서 연평도 포격 사건과 같은 도발을 감행할 수도 있다. 대한민국이 국지적인 도발을 한다 해도 전면적인 전쟁으로 응전할 수 없다는 것을 북한 정권이 너무도 잘 알고 있기 때문이다.

하지만 독재자 김정일이 사망하고 그 독재자가 하던 방식 그대로 북한 체제를 이끌어 가겠다고 북한의 권력자들이 생각을 하고 있다면 이는 북한 독재 정권의 종말을 재촉하는 결과로 이어질 것이 분명하다. 이제 김정일 독재 정권 아래서 기생해 왔고, 불안정한 김정은을 떠받들고 있는 북한의 나쁜 권력자들은 국민과 소통하지 않은 리비아의 독재자 카다피가 어떻게 최후를 맞이했고, 그 옆에서 기생해 오던 자들이 어떻게 되었는가를 깊이 생각해 보아야 할 것이다.

중국은 불안하다

중국을 1인 독재 체저라고는 할 수 없지만 소수의 공산당 간부들이 기득권을 독점하고 있는, 국민과 소통하지 않는 나라라고 할 수 있다. 경제적인 성장을 이룩해 미국과 더불어 G2라고까지 불리는 중국은 아직까지 기득권자들만이 풍요로운 생활을 누리면서도 대다수 중국의 인민들은 가난하고 고통스러운 삶을 살아가고 있다.

중국에서는 문화혁명 이후, 반정부 시위라 할 수 있는 천안문 사태가 발생해 정부의 진압군이 무자비하게 시위대를 학살한 적이 있다. 그 이후, 중국의 대다수 인민들은 정부군의 총칼이 무서워 숨죽이며 살아가고 있다. 하지만 중국도 이제는 넓고 넓은 영토 구석구석까지 인터넷이 되고 SNS가 되는 온라인의 소통 시대를 맞이하고 있다. 만약에 중국에서 소수 기득권자들의 부패와 독선에 항거하는 제2의 천안문 사태가 발생한다면 권력의 총구로 사태를 제압할 수 없을지도 모르며, 중국 공산당 독재 체제가 무너지지 않는다는 보장을 할 수도 없다.

그렇기 때문에 세계인들은 불안하다. 북한의 독재자 김정일이 사망한 후 중국 정부가 북한을 대하는 입장만 보더라도 알 수 있는 일이지만 중국의 국내외적인 정치 행보는 주변 국가들에게 큰 영향을 미치고 있다. 또한, 중국은 이미 전 세계 경제적 패권의 중심에 서 있는 나라이기도 하다. 만약에 중국이 내부 분란으로 위기에 처한다면 세계의 경제가 침체를 넘어 붕괴의 위험까지 불러올 수도 있다. 미국뿐만 아니라 일본, 대한민국 등 전 세계의 국가들이 중국 경제와 직간접적으로 연결되어 있기 때문이다.

결국 중국의 불안정한 국가 체제는 중국만의 문제가 아닌 전 세계인의 문제인 그런 시대가 된 것이다. 그렇기 때문에 중국은 자국의 미래를 위해서이기도 하겠지만 세계의 평화와 여러 나라 공동의 경제적인 번영을 위해서라도 중국의 인민과 지도자들이 소통하고 이익을 분배할 수 있는 국가 체제를 하루빨리 갖추어야 한다.

중국은 미국식 자본주의 체제가 아니더라도 경제성장을 이룩할 수도 있다는 사실을 증명하려 했고 또한 증명하였다. 그러나 민주주의를 기반으로 하지 않은 중국식 경제 체제가 성공했다고 결론을 짓기에는 아직 이르다. 왜냐하면 중국의 경제 체제는 아직 분배의 공정성을 인정하기 어렵기 때문이다. 경제성장으로 엄청난 부를 누리고 있는 당의 고위 간부나 관료들이 열심히 일해도 희망이 보이지 않는 대다수의 노동자, 농어민, 도시 빈민들에게 성장의 혜택을 나누어주지 않는다면 결국 중국은 거대한 민중의 저항으로 수습할 수 없는 위기에 봉착하게 되는 상황을 맞을지도 모른다.

그렇기 때문에 중국의 미래는 중국공산당의 기득권자들이 자신들의 배만 불리면서도 인민들의 아픔을 외면하고 있다는 것을 마치 다 알고 있다는 시선으로 바라보고 있는 중국 인민들의 눈빛, 중국의 기득권자들이 얼마만큼 의식하고 있느냐에 달려 있다 해도 결코 과언은 아니다. 그러나 현실적으로 소수의 공산당 기득권자들이 자신들의 권력과 부를 중국의 인민들에게 과감하게 분배할 수 있을지는 미지수다.

이제 중국의 인민들은 새롭게 등장할 시진핑이 어떤 리더십을 발휘해 당과 공직 사회를 개혁하고 분배 정의를 실현할 수 있을 것인가를 기대와 더불어 예의 주시하고 있다. 이제 시진핑은 가난한 중국 인민들의 소리에 귀를 기울여 자신이 늘 주장해 오던 바른 정치를 실현해야 할 것이다. 부패한 탐관오리들을 개혁하고 계층 간, 지역 간의 차별을 최소화해야 한다. 이는 달리 말해, 중국의 지도자도 21세기에는 중국의 인민들과 소통할 수 있는 능력을 갖추어야 한다는 말이다.

중국의 지도자들이 인민들과의 소통을 외면한 채 경제성장의 과실을 계속해서 독차지하려고만 한다면 중국 경제는 지속적인 발전을 할 수 없을 뿐더러 공산당 체제도 결코 안정적이지 못할 것이다. 또한, 중국이 어떤 대외적인 경제 정책을 추진할 것인가를 지금 세계의 많은 나라들이 세심하게 응시하고 있다는 것을 새롭게 등장할 시진핑 공산당 정권이 잊어서는 안 된다.

전 세계가 중국과 직간접적인 경제의 고리로 연결되어 있다. 그렇기 때문에 중국뿐만이 아니라 중국의 주변국 세계 여러 나라가 중국을 바라보며 불안해하고 있는 것이기도 하다.

자본주의도 이대로는 안 된다

경제적인 불균형의 문제는 비단 중국과 독재국가들만의 문제는 아니다. 자본주의 경제 체제하에서 민주주의를 표방하고 있는 미국을 비롯한 서방 선진국에서뿐만 아니라, 한국을 비롯한 신흥 경제 국가에서도 자본의 부익부 빈익빈 현상은 점점 더 심화되고 있다.

1%의 소수 상류 계층이 지나치게 자본을 많이 축적해 중산층이 사라져가고 다수의 민중이 경제적으로 불안정한 삶을 살아가고 있는 것이 오늘날 세계의 대부분 국가들이 지향하고 있는 자율 경쟁 체제의 시장 자본주의이다. 공산주의 체제가 붕괴되고 각각의 국가들이 추구하는 이념적인 제도가 미국식 자본주의 외에는 특별한 다른 대안이 없는 것이다.

마르크스 레닌에 의해 구체화된 프롤레타리아 혁명 이론에 입각한 공산주의 체제는 사유재산에 근거를 둔 계급 지배를 철폐하고 생산 수단을 사회화, 공동화하여 무계급사회를 만들겠다는 것이었다. 그러나 이 공산주의는 체제 운영이 이론처럼 되지 못하고 소수의 엘리트 권력자들만이 특권을 누려 결국 공산주의는 몰락했고 그 이후 국가 운영의 경제 이념 제도로 미국식 자본주의 이외에, 다른 제도적 체제가 나타나지 않고 있는 것이 오늘의 현실이기도 하다. 결국 세계 여러 나라가 시장 자본주의 체제로 나가는 길 이외에 다른 대안이 없는 것이다.

자본주의는 생산 수단의 대부분이 사적으로 소유되고 시장의 작동에 의해 생산이 이루어지며 소득이 분배된다. 서구의 봉건제도가 붕괴된 이후, 전 세계의 지배적인 경제 체제인 자본주의도 여러 한계점이 드러나고 있다. 공산주의의 가장 큰 모순이 특권층의 부와 권력의 집중에 있듯이 자본주의도 자본을 중심으로 소수의 계층이 권력을 독점하는 모순이 나타나고 이 특권층에 대항하는 다수의 민중 세력이 형성되고 있는 것이다.

공산주의나 자본주의나 인민에 의한 지배, 국민에 의한, 국민이 주권을 행사하는, 즉 민주주의적인 외형적 형태를 표방하고 있는 것은 마찬가지이나, 이 두 제도 모두가 실질적으로 국민을 위한 최상의 이념적인 제도라고 하기에는 그 한계가 있다는 것이 여러 가지 이유로 증명되고 있다.

이제 세계의 모든 나라들은 이런 자본주의의 모순을 심각하게 고민하고 연구해 미국식 자본주의보다 더 발전된 체제 이념을 만들어내야 하는 시기가 왔다. 이런 근원적인 경제 시스템의 문제가 해결되지 않는다면 가진 자와 가지지 못한 자와의 소통이 이루어지지 않아 많은 나라들이 심각한 국가적 위기에 처하는 상황을 맞을지도 모른다. 21세기의 지도자는 전 세계적인 문제라 할 수 있는 이런 경제적 불균형을 해결할 능력을 얼마나 가지고 있느냐에 따라 지도자로서의 자질을 평가받게 될 것이다.

지도자는 넓은 시야를 가져야 한다

우리 인간들은 사물을 각자의 시각으로 바라보고 다른 사람의 이야기를 귀로 들으며 사고하고 생각을 하면서 살아가고 있다. 또한, 어떤 사람들은 자신이 보고 들은 것만을 기준으로 하고 다양한 시각의 해석을 외면한 채 사고의 폭이 한정된 생각을 하기도 한다. 우리 인간에게 있어 생각이라는 것은 행동을 유발하게 하는 근원이기도 하다. 그렇기 때문에 보고 들은 것만을 기준으로 하여 생각하고 행동한다는 것은, 다양성을 이해하지 못하는 것이며 창의적이지 못한 것이라고 말할 수 있다. 특히, 지도자가 자신의 눈과 귀만을 근거로 생각하고 행동한다면 그런 사람을 훌륭한 지도자라고 말할 수 없다.

인간이 생각을 하는 한계는 0에서부터 무한대까지라고도 할 수 있는데 지도자가 사물을 바라보는 생각의 폭이 자신을 정점으로 한 일정한 한계점에 멈추어 있다면 그 지도자를 믿고 따르는 많은 사람들이 불행해질 수도 있는 것이다. 그렇기 때문에 지도자는 하나의 국가라는 체제의 틀에 갇혀 논쟁에 휘말리거나 대립해서는 안 된다.

예를 들어, 대한민국이라는 나라를 전 세계적으로 보면 동북아의 아주 작은 반도, 그것도 반쪽으로 갈라진 조그만 영토를 가지고 있는 나라에 불과하다. 옆에 있는 일본이라는 나라도 큰 영토를 가진 나라라고 할 수 없는데 그 나라의 4분의 1 정도밖에 안 되는 나라에서 영남, 호남, 충청으로 갈려 지도자가 국내적인 파벌의 정쟁에만 휘말려 있게 된다면 대한민국의 미래는 정말 암담할 수밖에 없다.

대한민국은 자체적인 국내 생산만을 가지고 경제적인 부를 이룩할 수 없는 영토적인 한계를 가지고 있다. 그렇다고 석유 같은 지하자원이 풍부한 나라도 아니다. 결국 대한민국은 좋은 물건을 만들고 인재를 키워내 세계시장으로 나아갈 수밖에 없는 것이다.

한국의 대통령이 소통 부재로 인하여 많은 국민들의 저항에 부딪치는 상황을 맞기도 하였었지만 그래도 임기 내에 대통령으로서의 책무를 다한 것이 있다면 대한민국의 이런 한계점들을 깨닫고 끊임없이 해외 순방의 외교 활동을 한 것이라고 평가를 하고 싶다.

2012년 말, 대한민국에서는 국가 최고의 행정 수반인 대통령을 선출해야만 한다. 어떤 지도자를 선출하느냐에 따라 대한민국은 세계의 중추 국가로 도약할 수도 있고 반대로 선진국의 문턱에서 더 이상 앞으로 나아가지 못하거나 더 퇴보된 상황으로 떨어질 가능성도 있다. 그렇기 때문에 전 세계의 미래를 예측하며 예리한 판단력과 넓은 혜안을 가진 지도자를 대한민국 국민이 골라내서 선출해야만 하는 엄중한 책임이 대한민국의 국민 모두에게 주어져 있다.

국내적 논쟁인 좌냐 우냐, 어느 지역 출신이냐, 이런 소모적인 정쟁이 아니라, 변화하는 세계의 질서 속에서 조그만 땅덩어리를 가진 대한민국은 어떻게 세계와의 소통을 해야만 할 것인가 하는 미래의 비전을 정책으로 제시할 수 있는 지도자를 선출해야만 한다는 뜻이다. 과연, 전 세계의 구석구석을 세밀하게 들여다볼 수 있는 훌륭한 지도자가 국민의 선택지 안에 있게 될 것인지 궁금하다.

따뜻한 마음, 그것은 지도자가 갖추어야 할 덕목이다

우리는 유구한 역사를 통해 포악하기도 한 사람, 인자하기도 한 사람, 너그러운 사람, 따뜻한 가슴을 가진 사람 등 여러 가지 형태의 인격을 소유한 지도자들이 권좌에 앉아 국민을 위한다는 명분을 내세우며 여러 형태로 하는 정치적인 행위를 지켜본 적이 있고 또한, 그런 행위들을 생생하게 기억을 하고 있기도 하다.

절대적인 왕권이 보장되어 있었던 고대나 근세 시대에는 왕의 통치 행위가 모든 법률 위에 있어 왕의 말 한마디에 사람의 목숨을 살리기도 하고 죽이기도 하였기 때문에 하나의 개인이 합리적인 인권을 보장받기에는 매우 어려움이 있었을 것이다.

근·현세 시대에 들어서도 국가의 최고 지도자가 절대적인 독재 권력을 행사한 나라들이 많이 있다. 내적으로는 권력 투쟁을 하고 외적으로는 자국의 이익을 위해 전쟁도 불사하던 냉전 시대에는 강력한 권력을 행사하고 독선적인 카리스마가 있는 사람이어야만이 지도자로서의 덕목을 갖추었다고 평가되기도 하였다. 반면, 그런 강하고 독선적인 리더십이 없으면 무능한 지도자로 많은 사람들이 기억하기도 하였다.

물론 21세기의 지도자들에게도 냉철한 판단력과 추진력 같은 단호한 결정의 능력이 반드시 필요하다는 것을 부인할 수는 없다. 하지만 21세기 혼란과 갈등의 새로운 변혁의 시대에는 그런 독선적인 지도력보다는, 먼저 모든 사물을 따뜻한 마음으로 바라볼 수 있는 인간의 기본적인 심성을 가지고 있느냐, 하는 것이 지도자로서 갖추어야 할 또 하나의 덕목이라는 것을 명심해야만 한다.

인간이란 고귀한 존재를 무한한 사랑으로 대하고 항상 따뜻한 마음으로 감싸주어야만 한다는 철학적인 가치를 이해하지 못하는 사람이 국민을 이끌어가는 지도자가 된다면 국가 체제나 사회는 비민주적으로 운영될 수밖에 없을 것이며 국민 역시도 인권을 유린당하는 상황이 생길 수밖에 없다. 또한, 권력자가 자신의 권위에 도전하는 사람은 배신자나 반역자로 자신에게 대항하는 국가는 정복의 대상으로 여기며 피비린내 나는 전쟁도 불사할지 모른다.

지도자가 따뜻한 마음을 갖는다는 것은 자신의 가족, 자신 주변의 몇몇 사람들에게 한정해서 가지고 있는 마음을 의미하는 것이 아니다. 널리 모든 사물을 사랑의 관점으로 바라보고 나와 다른 의견을 가진 사람들조차도 협력과 공생의 대상으로 생각하여 마음의 문을 넓게 열 수 있는 사람이어야 한다는 뜻이다.

역사적으로 볼 때 수많은 인명이 죽어갔던 전쟁이 일어난 근본 원인에는 이와 같은 따뜻한 마음 자세를 갖추지 못한 포악한 지도자들이 있었기 때문이기도 하다. 지금도 이런 인간의 근본적인 심성을 갖추고 있지 못한 많은 독재 권력자들 때문에 전 세계가 완전한 평화의 시대로 접어들지 못하고 있는 것이다. 따뜻한 마음을 가지고 있지 않은 지도자 아래서 살아가는 많은 사람들은 고통스러운 삶을 살아갈 수밖에 없다.

또한 따뜻함이 없는 지도자는 권력을 행사한다 해도 하나의 인간으로서 스스로 불행한 삶을 살아갈 수밖에 없고, 비참하게 또는 쓸쓸하게 생을 마감하게 될 수도 있다. 왜냐하면 인간으로서 성숙된 내면을 갖추지 못한 지도자의 권력 행사는 항상 허무함을 낳을 수밖에 없고, 그런 행위들의 무상함을 결국에는 생을 마감하게 되면서 철저하게 깨닫게 될 수밖에 없기 때문이다. 그렇기 때문에 작은 단체를 이끄는 지도자든 국가라는 체제를 이끌어 가는 지도자든 인간, 삶, 사랑 같은 근본적인 철학을 깨달은 사람이어야 한다는 것이다.

또한, 지도자는 자신의 욕망을 모두 벗어 던지고 언제든 한줌의 흙 자연으로 돌아갈 자세가 되어 있는 사람이어야 하기도 하다. 우리 인간이 살아가는 삶이라는 무게는 누구에게나 결코 가볍지 않다. 그 짐의 무게는 각각의 사람마다 모두 다르며 그 사람의 내면적인 크기에 따라 짊어진 짐의 크기도 다르다 할 수 있다. 하지만 그 짐이 비록 작든 크든 각자에게는 소중한 가치이기도 한 것이다. 그렇기 때문에 지도자에게는 항상 따뜻한 마음 자세로 인생의 무거운 짐을 짊어지고 가는 수많은 사람들의 발걸음이 조금이라도 가벼워질 수 있도록 자신의 내면을 돌아보고 또 돌아보는 따뜻한 마음의 정신적인 자세가 반드시 필요하다.

국민과의 소통이 필요하다

지도자가 국민과 소통을 하기 위해서는 먼저 국민의 소리를 진심 어린 마음과 귀로 경청해야 한다. 물론 국민이 요구하는 소리는 통일되어 있지 않고 다양하며 때로는 국익에 반하는 것일 수도 있다. 그렇더라도 국민들이 왜 불만을 가지고 있는 것인지, 왜 다수는 침묵하고 있는 것인가를 깊이 사색해 보고 또 깊이 고뇌해야만 한다.

사람들이 살아가고 있는 이 세상에서 절대적인 것은 있을 수 없다. 아무리 대다수의 국민에게 이익이 되는 좋은 정책이라고 해도 반대하는 세력은 항상 존재할 수밖에 없다. 반대하는 세력의 주장이 옳지 않다고 하여 그들을 적대시하거나 그들의 이야기에 지도자가 귀를 닫아 버린다면 국론은 분열되고 국가는 혼란한 상황을 맞이하게 될 수밖에 없다. 급속한 사회적 변화의 흐름에 적응하지 못하고 눈앞의 현실적인 작은 이익에만 집착하고 있는 그런 근시안적인 사람들에게조차도 지도자는 그들이 주장하고자 하는 소리에 귀 기울이고 아픔을 감싸주어야겠다는 생각과 마음의 자세를 가져야만 한다.

지도자인 자신이 생각하는 것만이 옳고 또한 국가적인 이익에 부합한다는 이유 하나만으로, 누구든 자신이 추진하고자 하는 정책에 반대해서는 안 된다는 사고를 가지고 무조건 밀어붙이기만 한다면 그런 지도자의 정치 행위는 옳지 않다. 아마도 그러한 지도자는 소수의 의견을 무시하는 비민주적인 지도자임이 분명하고 역사는 그를 독재자로 평가할 수밖에 없다.

그렇다고 해서 지도자가 극소수의 급진 과격주의자들만의 주장과 소리에 휘둘려 소신 없이 미래의 발전적인 정책의 추진까지 중단해도 된다는 그런 의미는 절대 아니다. 항상 지도자는 실증적인 자신의 경험이나 다양한 사람들이 주장하는 소리를 경청하여 종합되어진 결과를 근거로 냉철한 판단을 하여야 한다. 그렇게 심사숙고하여 결정된 사안에 대하여는 굳건한 신념을 가지고 흔들림 없이 과감하게 추진할 수 있는 역량도 함께 가지고 있어야 한다.

특히 지도자는 정치적이든 비정치적이든 사익을 우선하는 행위를 해서는 안 된다. 다시 말해 재물에 대한 욕심을 가져서는 절대 안 된다는 뜻이다. 부동산을 사들이고 개인의 안락한 생활을 위해 호화저택을 짓는, 평범한 인간들의 단순한 욕망적인 행위를 아무 거리낌 없이 하는 사람이라면 그런 사람을 누구나 믿고 따를 수 있는 지도자의 자격을 갖춘 사람이라고 할 수 없다. 그러한 인간적인 안락만을 추구하는 단순한 사람의 정신적인 사고나 세계로는 인생이라는 무거운 짐을 짊어진 채 고통의 늪에서 헤어 나오지 못하고 있는 수많은 서민의 마음을 헤아릴 수는 없기 때문이다.

결국 지도자가 국민과의 진정한 소통을 하기 위해서는 자신의 모든 행위가 모범이 되어야 한다는 말이다. 그렇지 못하고 지도자 자신은 말과 행동이 일치하지도 않으면서 국민들에게 정의, 평등, 민주 같은 관념적인 이론관을 주창한다면 그것은 사회적으로 큰 모순을 낳는 씨앗이 될 것이다. 그런 모순된 사회는 국가 정책에 국민이 공감할 수 없는 불신을 낳고 결과적으로는 국가 발전을 어렵게 만드는 구조를 낳는 것이다.

어느 나라에서건 국정 운영에 참여하는 여러 지도자들에게는 많은 권한이 주어진다. 특히, 한 나라의 최고 통수권자인 대통령이라는 지도자에게는 더 많은 권한이 주어진다. 더욱이 한국과 같이 강력한 대통령 중심의 국가 운영 체제에서의 최고 지도자인 대통령 권한은 절대적이라 할 수 있다. 만약 절대적인 권한을 가진 지도자가 자신의 독선적인 판단으로 주어진 권력을 마구 행사한다면 그것은 민주주의를 표방하는 나라의 지도자로서 올바른 정치 행위를 한다고 볼 수 없다. 어디에서나 지도자에게는 권력을 행사할 수 있는 권한이 주어지지만 그 권력 행사에 대하여 반드시 책임이 따른다는 것을 결코 지도자가 잊어서는 안 된다.

또한 국가의 최고 지도자는 권력 행사에 대한 합리적이고 긍정적인 자기 철학을 가지고 있어야 한다. 권력의 의미에 대한 자기 철학이 부족하여 권력을 위한 권력 행사를 즐기는 그런 지도자가 되어서는 안 된다. 결국 원칙과 철학을 바탕으로 신중하면서도 단호한 정치권력을 행사할 수 있는 사람이라야 지도자로서의 자격을 갖춘 것이라고 말할 수 있다.

지도자가 유토피아 같은 이상 사회만을 꿈꾸고 있는 사람이 된다면 그 지도자가 이끄는 나라의 국민은 피곤할 수밖에 없다. 물론 우리 인간은 육체적으로 살아있는 한 계속된 정신적인 작용의 사고를 할 수밖에 없다. 인간이 정신적인 사고의 작용을 멈춘다면 그것은 식물인간으로, 살아있으되 살아있다고 말하기는 어렵다. 그렇기 때문에 우리는 살아가는 과정 속에서 기쁜 일이든 슬픈 일이든 살아 있는 사람들만이 누리는 특권이라는 생각으로 모든 것을 긍정적으로 받아들이며 살아가려고 노력하는 것이다.

이런 인간의 넓은 사고의 영역 때문에 지도자도 비현실적인 정책적 사고를 할 수도 있으나 지나치게 허구적인 장밋빛 공약을 해 이상 사회를 건설하겠다고 해서는 안 된다. 정치는 지극히 현실적인 것이기 때문에 현실에 바탕을 두지 않은 공약은 결국 국민을 기만하는 허구적인 공약이 될 수도 있기 때문이다. 그래서 진정한 지도자는 현실의 기반 위에서 발전적이고 희망적인 세상을 만들어가겠다는 실현 가능한 정책을 제시하면서 정치적인 행위를 해야만 한다. 결국, 지도자가 소통 능력이 있어야 한다는 것은 국민의 소리에 귀 기울여 경청을 하고 국민의 마음을 이해해 정책으로 말할 수 있어야 한다는 그런 뜻이기도 하다.

젊은이들의 광장인 대학을 찾아가고 시장을 누비며 악수를 한다고 해서 국민과 소통을 잘하고 있다고 생각해서는 안 된다. 노동자, 농어민, 영세 상인들이 처해 있는 현실을 깊이 이해하고 전문적인 기술을 가지고 있는 사람들의 상황을 잘 파악해야 하며 중소 기업인들의 고충, 대기업을 경영하는 기업가들의 일반적인 생각과 사고관 등 다양하게 살아가는 국민들의 마음을 헤아릴 수 있어야 한다는 말이다.

어떤 특정 분야에서 괄목할 만한 업적을 이룩했다고 해서 국가를 이끌어갈 지도력을 갖추었다고 평가할 수는 없다. 정치는 특히 한국에서의 지도자가 해결해야 할 정치적 과제는 동서의 화합과 남북의 통일, 남녀노소의 갈등 해소, 빈부 격차의 완화, 좌우의 이념적인 대립 문제 등을 해결해야 하는 종합적인 역량이 요구되는 것이기 때문이기도 하다. 그래서 지도자는 이런 모든 분야에서 국민들이 공감할 수 있는 철학이 담긴 정책을 제시할 수 있어야 한다.

우리들이 살아가고 있는 이 사회의 체제 속에는 보편적인 복지를 최우선으로 시행해야 한다고 주장하는 사람들과 국가 경제의 계수적인 성장이 우선되어야 한다고 주장하는 사람들이 공존하고 있다. 또한, 지방분권을 주장하는 사람들과, 수도 분할은 절대 안 된다며 중앙집권적인 정책을 주장하는 사람들도 함께 살아가고 있다. 그 외에도 자신이 믿고 있는 종교적 논리로 정책을 평가하는 사람들, 평등이 모든 가치에 우선해야 한다고 주장하는 사람들, 북한에 쌀이든 돈이든 갖다 주어야 한다는 사람들과 절대 그렇게 해서는 안 된다고 주장하는 사람들이 국가라는 틀 안에서 함께 살아가고 있다. 이런 다양한 사회적 갈등을 조정하며 합의를 이끌어 내는 것이 정치의 본질이라고 본다면 지도자가 어느 한쪽에 치우친 편협한 사고를 가지고서는 이 어려운 문제들을 해결할 수 없다.

2012년 대한민국에서는 국가를 이끌어 가야 하는 지도자들을 선출하는 총선과 대선이 치러지는 해이다. 국민이 어떤 지도자들을 선출하느냐에 따라 국가의 명운이 달려있다고 해도 결코 과언이 아니다. 특히 국가의 최고 지도자인 대통령을 어떤 사람으로 선출하느냐는 대한민국이 동북아를 넘어 세계의 중심 국가로 나아갈 수 있느냐 하는 중대한 선택적인 문제이다.

21세기 통일 한반도 시대를 열어 나갈 우리의 지도자는 정치의 소통을 경시하며 행정가와 기업가의 정신으로만 무장된 사람도, 신출귀몰하게 정치적 이벤트에 능한 그런 사람도 아닌, 바로 우리 국민에게 희망을 주고 국민의 아픔을 자신의 아픔보다 더 크게 생각해 항상 국민을 따뜻하게 감싸줄 수 있는, 즉 국민과의 소통 능력이 있는 사람이어야만 한다.

이제 세계의 모든 지도자들이 해결해야 할 문제지만 특히 대한민국의 새로운 지도자들은 분배 정의를 정책으로 제시해 제도화해야 한다. 한국은 연간 1조 달러를 수출하는 세계 7위의 수출 대국이다. 하지만 대부분의 국민은 인간의 기본적인 삶의 문제로 고민하고 있다. 국민의 60%가 자신은 하층의 생활을 하는 사람이라고 생각하고 있다. 수출로 많은 돈을 벌어들이고 있지만 한국 사회의 빈익빈, 부익부의 현상은 점점 더 심화되고 있다. 지도자들의 노블레스 오블리주의 정신에만 기대어 기부 같은 것만을 외치고 있을 때가 아니라는 말이다.

다시 말해, 많이 벌고 많이 가지고 있는 사람들이 세금을 많이 내도록 국가의 세금 제도를 대대적으로 개혁해야 한다는 것이다. 그래서 국가 성장의 따뜻한 온기가 사회의 구석구석까지 퍼져 모두가 활짝 웃을 수 있는 복지의 대한민국을 새롭게 선출되는 지도자들이 만들어 내야만 하는 책무를 가지고 있는 것이다.

6. 젊은이들의 소통, 그리고 고통

　요즈음 들어 대한민국이라는 나라에서는 커다란 변화가 일어나고 있는 것이 하나 있다. 국가나 사회의 체제에 관심을 가지고 있지 않던 20~30대의 젊은이들이 정치적인 행사인 선거에 적극적으로 참여하는 행위의 변화를 보이고 있는 것이다. 이러한 변화는 그동안 기성정치권이 젊은이들과의 소통을 하지 않고도 그들만의 행사로 선거를 치를 수 있었던 지금까지의 정치 문화가 새로운 변화를 하지 않고서는 기성 정치 세력 모두가 공멸할지도 모른다는 위기의 상황을 불러오고 있는 것이다.

　젊은이들이 이처럼 정치에 적극적인 관심을 갖게 된 것은 기성세대들만의 관심 대상으로 알았던 정치가 자신들의 이해관계와 직결되어 있다는 것을 어느 날부터인가 깨달았기 때문일 것이다. 또 다른 측면에서 보면, 밀실에서 야합하고 폐쇄적이던 정치인들의 행위가 인터넷을 통해 대부분이 공개되고 누구나 쉽게 정치인들의 정치 행위를 실시간으로 쉽게 접할 수 있기 때문이기도 하다.

　이제는 정치인들이나 어떤 정치 세력이나 젊은이들이 현실적으로 부딪히고 있는 등록금 문제, 취업 문제, 육아 문제, 주택 문제 등에 대하여 현실적이면서도 실질적인 대안을 제시하지 못한 채 공허한 이념만을 내세우고 주장한다면, 그런 정당이나 정치 세력 또는 정치인들은 생존하기조차 어려운 그런 현실을 맞이하고 있는 것이다.

20대의 젊은이들은 소통 때문에 방황한다

사람은 누구나 일생을 살아가는 과정에서 질풍노도와 같은 방황을 경험하는 시기가 있다. 아마도 그런 방황은 20대에 많은 사람들이 경험을 하게 될 수밖에 없을 것이다. 20대라는 시기를 살아가고 있는 젊은이는 고등학교 시절에 대학 입시라는 중압감에 짓눌려 있다가 소망하던 대학에 들어가 또 다른 환경 속에서 한 인간으로서의 정체성이나 자아와의 갈등 같은 문제로 고뇌하고 있는 대학생일 수도 있다. 또는 가정 형편이 어렵거나 더 이상의 학문적인 교육의 필요성을 느끼지 못해 직장이나 산업 현장에서 노동의 가치를 온몸으로 경험하고 있는 젊은이일 수도 있다.

그 외에도 분단된 조국의 현실 앞에 동포에게 총부리를 겨누고 있는 군인일 수도 있으며, 대학을 졸업하고 취업을 준비하고 있는 중이거나 취업을 한 젊은이일 수도 있다. 어디에서 어떤 위치로 서 있든 20대의 젊은이는 미래에 대한 불안한 마음을 가지고 있을 수밖에 없으며, 또한 희망과 절망이 교차하는 심리적 상태로 삶을 살아갈 수밖에 없다.

나는 20대뿐만 아니라 50의 나이를 눈앞에 두고 있는 지금까지도 방황이라는 학교에서 졸업을 하지 못하고 있기 때문에 20대에 찾아올 수 있는 갈등과 방황을 어느 정도는 이해할 수 있다. 내 인생을 돌이켜보면 20대보다도 10대의 청소년기에 더욱더 방황하는 삶을 살았던 것 같기는 하지만, 10대와 20대는 방황을 하게 되는 생각의 중점이 많이 달랐던 것 같다.

나는 중·고등학교 시절, 소위 논다는 학생으로 문제아였다. 언젠가 고등학교 생활기록부에 학업에는 전혀 관심이 없으며, 교외 친구 관계가 복잡하여 철저한 가정교육이 요구된다고 쓰어 있는 것을 보고 나 자신도 조금 놀라기는 하였지만 그것이 청소년기 학창 시절의 나였다는 것은 부정할 수 없는 사실이다.

그렇게 청소년기에 형성된 기질로 인해 자신의 감정을 절제할 수 있는 그런 능력이 때로는 부족하기도 하여 과거에 발생했던 사건들 때문에 지금도 경찰서에 가서 신원 조회를 해 보면, 폭력 전과자라는 오명이 기록으로 남아 때로는 범죄 경력 서류를 어떤 기관이나 단체가 요구할 때는 나를 많이 괴롭게 하기도 한다.

내가 고등학교를 그렇게 대충 졸업하고 친구들 중에 일부는 대학으로 가기도 하고 같이 놀던 대부분의 친구들이 삶의 현장을 찾아 하나 둘씩 떠나던 어느 따스한 봄날부터, 나는 어떻게 살아야만 하는 것인가, 하는 무거운 인생의 논제를 앞에 놓고 고민을 하게 되었다. 결국 고민 끝에 내린 결론은 나도 공부를 한번 해보자, 라는 생각이었다. 비록 어려운 형편이기는 하였지만 어머니께 학원비를 대달라고 졸라 재수라는 것을 시작하게 되었다.

고교 시절 내내 영어 단어 몇 개를, 수학 문제 몇 개를 풀어본 적이 없는 내가 밤늦도록 책상에 앉아 공부를 한다고 하니 어머니는 신통하다고 하였지만 나 자신은 무척이나 힘이 들었던 기간이었다. 거기에다 친구들은 시도 때도 없이 찾아오곤 하였다. 친구들 중에는 학교(교도소)에 갔다가 나온 친구도 있었고 각종 노동 현장에서 일을 하는 친구들도 있었다. 또한 몇 명 되지는 않지만 대학을 다니는 친구들도 있기는 하였다. 내가 대학을 가겠다고 공부를 한다며 웃는 친구들도 많았다.

어쨌든 많은 어려움이 있었지만 우여곡절 끝에 서울에 있는 세종대학에 입학을 하게 되었다. 문과 공부를 하였는데 성적에 맞춰 진학을 하다 보니 공대에 그것도 적성이 맞지도 않은 식품공학과를 입학하게 되었던 것이다. 간신히 턱걸이로 말이다. 그때부터 하숙 생활, 자취 생활을 하며 고독한 서울 생활이 시작되었다. 수학 문제 하나 풀어보지 않고 고등학교를 졸업한 내가 공대에서 시험 때마다 얼마나 고생을 했는지 지금도 몸서리가 쳐진다.

말이 좋아 학생이지 학생의 행위를 별로 찾아볼 수 없을 정도로 방황하며 2학년까지 마쳤을 때는 두 번째 학사경고가 날아왔다. 한 번만 더 학사경고를 맞으면 제적이기 때문에 돈이나 벌어 보자고 생각을 해 고향으로 내려와 여기저기서 빚을 잔뜩 내 그 당시 지방 도시에서는 조금 생소한 카페를 차렸으나 결국에는 망해 팔아치우고 또다시 서울로 올라와 복학을 해 간신히 대학을 졸업했다.

대학을 졸업한 후에는 한미약품이라는 제약 회사에 입사해 세일

즈를 시작했다. 시장통은 물론 서울의 구석구석을 걸어 다니며 세상 사람들이 삶속에서 세상과 소통하며 살아가는 과정을 현장의 체험으로 배울 수밖에 없었다.

언젠가 문득 내가 지금 받는 월급으로 서울에서 집을 하나 사려면 얼마나 걸릴까, 하는 생각을 하게 되었다. 생활하고 남은 돈을 저축해서는 평생을 가도 집 한 채 살 수 없다는 결론을 내리고 고민하고 있던 시점에, 30여 년 만에 지방자치제가 부활해 지방의원 선거를 실시한다고 하여 정치를 해야겠다는 단순한 생각을 하고 보따리를 싸 고향으로 내려왔다. 그때가 만 26세였다. 그렇게 처음 강원도 의원 선거에 출마하게 된 것이 정치 지망생으로서 오늘날까지 그토록 오랜 세월동안 고행의 길을 걷게 만들 줄은 미처 정말 몰랐다.

나 자신이 그토록 처절하게 냉혹한 현실 사회에 대항하며 전투적으로 살아온 20대의 지난 세월을 돌아보면 서글프다. 또한 오늘 우리의 현실 속에서도 자신의 불투명한 미래를 걱정하고 때로는 자아와 충돌하며 방황하는 수많은 우리의 젊은이들을 생각할 때에는 정말 너무나 가슴이 아프다. 내가 대학을 졸업하고 취직을 하려 할 때도 물론 어려움이 많이 있었지만 요즈음 취업을 하고자 하는 젊은이들의 경쟁은 더없이 치열해졌다는 현실이 나의 마음을 더욱더 무겁게 하고 있다.

하지만 나는 젊은이들에게 아낌없는 위로의 마음을 전하면서도 어떠한 급박한 상황이 눈앞에 펼쳐진다 해도 결코 좌절하거나 절망하지 말고 마지막까지도 희망의 끈을 놓지 말라는 말을 하고 싶다. 선거에 네 번이나 출마해 한 번도 당선이라는 성공을 해본 적이 없는 나 자신이 과연 젊은이들에게 이런 말을 할 자격이 있는 것인가, 하고 반문을 해보기도 하지만, 하나의 인간으로서 심리적인 안정을 찾았다는 의미에서는 어쩌면 성공을 한 것인지도 모른다는 생각이 들기 때문에 비록 사회적인 통념상의 성공인은 아니지만 어느 정도 말할 수 있는 자격을 갖추었다고 스스로 생각하고 있다.

또한 지금까지 살아오면서 때로는 많은 방황을 하기도 하였지만 그래도 꿈과 희망을 버리지 않고 살아왔으며 지나간 과거를 돌아보면서 후회하며 산 적이 없기 때문이기도 하다. 내가 후회하지 않는 삶을 살아가는 것은 사람이 지난 과거를 반추해 보면서 실패한 일을 되풀이 하지 않는 깨달음을 얻을 수는 있지만 과거의 상황으로 돌아갈 수는 없다는 진리를 알고 있기 때문일지도 모른다. 그런 의미에서 본다면 나는 행복한 사람이고 성공한 사람이라고 주장한다 해도 지나친 논리는 아닐 것이다. 우리가 일생 동안 경쟁을 하며 살아가는 것이 다른 사람들과의 경쟁이라고 많은 사람들이 생각을 하지만 결국은 자기 자신의 가슴속 깊은 내면과의 경쟁이라는 것을 다른 많은 사람들도 결국에는 이해할 수 있게 될 것이기 때문이다.

사람이 한평생을 살면서 후회하지 않거나 아쉬움 없는 삶을 살아가고자 한다면 바로 20대인 지금 비록 무모하다고 할지라도 도전해야 한다고 생각한다. 20대에는 예리한 판단, 현명한 선택으로 화려하게 인생을 살겠다는 철학이 반드시 올바른 삶의 가치라고만 볼 수 없는 시기이기도 하다. 자신의 정체성에 대하여 고민도 하고 배우며 치열하게 세상과 부딪치기도 하면서 고정된 관념을 파괴하고자 하는, 바로 그 도전의 시기인 것이다. 그것이 개인적으로나 국가적으로나 세상을 진보적으로 발전시킬 수 있는 젊은이의 근본적인 정신의 이념인 것이다.

물론 도전한다는 것이 모두 뜻한바 성공한다는 보장은 없다. 그렇지만 비록 실패한다고 하더라도 어쩌면 성공한 것보다 더 큰 경험의 과학으로, 한 인간에게 미래적 가치의 자산으로 남을 수 있을 것이라는 확신을 나는 가지고 있다. 그래서 대충 성공하는 것보다는 철저하게 망하는 것이 먼 미래로 봐서는 더 나을지도 모른다는 말도 있는 것이다.

요즈음은 부모들이 초·중등 교육을 받을 때는 말할 것도 없고 대학 때까지도 일일이 간섭을 하는 경우가 많이 있다. 심지어는 사회생활을 하는 것까지도 관여하고 인간의 독립적인 존립을 이해하지 못하는 어떤 부모들은 배우자를 선택하는 일마저도 영향력을 행사한다.

이 세상의 모든 부모들은 자신의 자녀들이 행복하게 잘 살기를 바라고 있을 것이다. 그런데 그 잘 산다는 기준은 과연 무엇인가? 부모의 기준으로 평가하고 판단하여 결정한 일을 자녀들에게 시키기만 하면 잘 살 수 있는 것일까? 결코 그렇지 않다. 인간은 누군가가 시키는 대로 움직이는 로봇이 아니라 여러 가지 형태의 감성을 가진 존재다. 그렇기 때문에 자기 자신이 주체적으로 결정한 어떤 목표를 가지고 또 그것을 이루려고 노력하고 마침내 이룩했을 때에만이 진정한 의미의 행복이라는 과실의 맛을 음미할 수 있다.

사람들마다 생각의 기준은 각각 다르다. 이는 부모와 자녀 사이라도 예외일 수는 없다. 대부분의 많은 부모들은 자신이 살아온 경험과 환경을 기준으로 사고를 하고 판단을 하지만, 지금의 20대 젊은이들은 부모 세대와는 전혀 다른 환경의 세계에서 살아왔고 또 앞으로도 살아갈 사람들이다. 그렇기 때문에 젊은이들이 부모의 조언을 참고는 해야겠지만 결국 자기의 인생은 자신이 결정하고 자신이 책임진다는 생각을 가져야만 한다.

많은 부모들이 자녀에게 편안하고 안정된 직장을 권하고 있지만 나는 그것이 반드시 바람직한 것은 아니라고 생각한다. 우리가 사는 세상을 둘러보면 젊을 때 세상과 소통하는 방법을 올바르게 배우지 못하여 인생 노후에 오류를 범해 패가망신하는 경우를 흔히 볼 수가 있다. 그런 경우는 젊었을 때 많은 것을 듣고 배우며 세상과의 소통을 경험으로 익혀야 하나 지나치게 안정적이고 편안한 삶을 추구하다 보니 세상 물정을 너무 몰라서 생기는 경우가 많다.

실패를 기반으로 하지 않은 성공은 없다. 설령 실패 없이 성공한 것처럼 보일지는 몰라도 그 내면을 자세히 들여다보면 반드시 피눈물 나는 과거가 커다란 힘으로 밑바닥에 자리하고 있을 것이다. 어떤 젊은이가 이런 것들을 부정하고 만일 고행 없이도 성공할 수 있다는 생각을 가지고 있다면 그 젊은이가 이루어 나가는 모든 것은 아마도 기초 없이 집을 짓는 것이나 마찬가지다.

20대의 나이에는 실패할 수도 있다. 어쩌면 도전하는 것마다 성공보다는 실패할 확률이 더 높을지도 모른다. 하지만 끊임없이 도전해야 한다. 그것은 20대의 특권이다. 그렇게 20대를 때로는 방황도 하고 도전하며 사는 것이 20대의 젊은 청춘 시절을 최고의 가치로 사는 길이다.

30대의 젊은이는 소통으로 고민한다

우리 인간의 일생 중에 30대라는 시기는 하나의 인간으로서 부모의 틀을 벗어나 가정을 이루었거나, 또는 이루기 위해 불철주야 역동적으로 뛰는 시기이기도 하다. 또한 그런 과정 속에서 이상적인 생각과 현실이라는 벽이 부딪쳐 끝없는 고민에 빠지기도 하는 그런 시기라고도 할 수 있다. 밖으로는 사회생활을 하면서 가정의 경제 문제를 해결해야 하고, 안으로는 배우자, 자녀, 부모, 형제 등과의 소통 문제로 고민하기도 한다. 요즈음은 결혼의 시기가 점점 늦어져 30대에도 가정을 이루지 못해 낭만적인 사랑 같은 문제로 고민하는 사람들도 많이 있다.

특히 30대는 상대적인 경쟁의 문제로 많은 고민을 하는 시기이기 때문에 결혼을 하지 않은 사람이 심한 스트레스를 받기도 한다. 명절 때 집안 식구들이 모여서 지나가는 말로 "결혼은 언제 하느냐?"고 묻기만 해도 당사자로서는 많은 스트레스를 받기도 한다.

나 역시 잦은 선거 출마로 40이 넘어 결혼을 하고 45세가 되어서야 아이를 낳아 평범한 사람들보다는 훨씬 늦게 가정을 꾸렸다. 그렇기 때문에 평범한 사람들의 고민과는 다소 동떨어진 고뇌를 하며 살아온 이 사회의 주류가 아닌 완전한 비주류로 30대를 살아온 사람이라고 할 수 있다.

요즈음은 정치 환경이 많이 바뀌어 지구당이라는 정당의 지역 체계가 없어지고 정치인들이 돈 없이도 활동할 수 있는 여건이 그래도 많이 마련되어 있다. 하지만 내가 정당의 지구당위원장으로 활동을 하던 과거 30대 때에는 정말 많이 힘들고 어려웠다. 당원들이나 주변의 사람들 중 집안의 애경사가 생기면 먼저 가슴이 철렁할 정도로 돈을 걱정해야만 했다. 그렇다고 연락은 받았는데 가보지 않을 수도 없고 또 빈손으로 갈 수도 없었다. 그런 과정을 통해 자본주의 국가에서 돈이라는 것이 얼마나 인간에게 위안을 주고 평온을 가져다 주는 것인가를 처절하게 느낀 사람이기도 하다.

20대 때에는 비록 무모하더라도 도전을 하는 시기라면, 30대의 시기는 소중한 경험을 체계화, 자기화하는 시기라고 할 수 있다. 그런 과정의 결과로 40대에는 어떤 미혹에도 흔들리지 않는 하나의 자아를 가진 훌륭한 인간으로 거듭나는 것이다. 또한, 20대 때에는 무엇을 삶의 목표와 가치로 두고 살아갈 것인가를 두고 많은 방황을 하는 시기라면, 30대 때에는 또 다른 문제를 놓고 고민한다. 그런 자아의 문제로도 물론 고민을 하지만 현실 앞에 놓여 있는 경제 문제나 배우자, 자녀, 부모 등의 문제로 인생의 무거운 무게를 느끼며 살아갈 수밖에 없는 그런 시기라고도 할 수 있다.

그런데 내 개인적인 생각으로는 30대의 젊은 분들에게 너무 지나치게 성공해야겠다는 욕망을 앞세운 삶을 살지 않도록 하라는 말을 하고 싶다. 이 말은 모든 일에 열심히 하지 말라는 의미가 아니라 그저 현실적으로 주어진 상황에서 최선을 다하며 때로는 낭만과 적절한 풍류를 즐기며 삶을 살아가라는 의미이다. 한쪽으로만 너무 집착하지 말고 옆과 뒤도 좀 둘러보고 성공의 진정한 가치를 생각해 보기도 하면서 인간 존재의 의미를 생각해 보고 살라는 뜻이기도 하다.

이타적인 비유이기는 하지만 예를 들어 우리가 성공이라는 가치를 평가해 볼 때 북한에서 김일성대학을 나오고 높은 권좌에 앉아 있다고 하여 그것이 우리의 시각으로 볼 때 반드시 성공의 가치가 있는 것이라고 말할 수 있겠는가? 그런 의미에서 지나친 집착을 버리라는 것이다. 달리 표현하면 '진인사 대천명' 하라는 뜻이기도 하다. 또한, 너무 지나치게 무엇인가를 완벽하게 반드시 이루어내겠다는 과욕은 자칫 화를 불러올 수 있기 때문이기도 하다.

그렇다고 해서 30대를 반드시 어떻게 살아야만 한다는 진리가 있는 것도 아니다. 이 세상을 살아가는 방정식에 누구나 동의할 수 있는 진리는 존재하지 않는다. 인간사에 진리가 존재한다면 누구나 태어나서 늙고 병들면 죽는다는 것밖에는 없을 것이다. 종교적인 믿음으로 진리를 주장하는 사람들도 있을 수 있겠지만 이 또한 사람들이 진리라고 믿고 있을 따름이지 누구나 공감할 수 있는 진리는 아니다.

인생을 살아가는 과정 중에 30대는 어쩌면 고민의 시기일지도 모른다. 그 고민의 현장이 직장일 수도, 전직을 하는 과정일 수도, 또한 사업을 하다 망하는 시점이 될 수도 있다. 그렇다고 30대에는 모든 것이 절망적인 고민과 실패만이 삶을 지배한다는 뜻은 절대 아니다. 물론 30대부터 승승장구해서 평생을 성공적으로 산 사람들도 많이 있다. 다만 통계적으로 볼 때 어떤 일이든지 30대에 성공한 일이 40대, 50대까지 계속해서 성공하기는 어렵다는 이야기다.

어쨌든 우리 인간은 그것이 경험이든 자본이든 30대를 기반으로 40대를 맞이하며 사는 것이다. 30대에 약간 성공했다고 해서 인생이나 세상을 경미한 눈으로 바라본다면 그 성공은 결코 오래 지속될 수 없다.

어쩌면, 우리 인생은 끊임없는 자기 관리의 연속일지도 모른다. 그 자기 관리의 능력은 비바람, 눈보라를 헤쳐 나왔을 때에만이 자신의 깊은 내면에 저력으로 쌓이게 되는 것이다. 평생 동안 평범하게 직장에서 생활을 해오던 사람들이 노후에 새로운 사업을 시작해서 성공하는 확률이 높지 않다, 아마도 그것은 30대의 활력적인 시기에 실패로 좌절해 보거나 고통을 감내해 본 경험이 없어서일지도 모른다.

우리가 살아가면서 특히 우리 인간에게 있어서 가장 확실한 과학은 바로 경험이라고 생각을 한다. 그렇기 때문에 30대에 실패든 성공이든 어떤 경험은 한 개인이 일생을 살아가는 데 큰 자산으로 남을 수밖에 없는 것이라고 보기 때문이다. 이런 실질적인 경험은 현실 사회와의 소통을 어떻게 해야 하는 것인가, 하는 것을 머리, 몸, 가슴으로 배우는 것이기도 하다.

우리 사회가 소통하고 있는 시스템을 깊이 있게 이해할 수 있다면 아마도 그런 사람은 어떠한 사업을 한다 해도 성공할 수 있을 것이다. 많은 사람들이 성공의 가치 기준을 경제적인 측면에서만 평가하는 경향이 있는데 그런 한쪽만으로 집착된 성공의 개념은 자칫하면 인간적인 삶의 측면에서 진정한 성공의 의미를 망각할 수도 있다. 무조건 돈만 많이 벌고 높은 권좌에 오르는 것만이 삶의 성공이라고는 말할 수 없는 것이다.

얼마 전, 한국의 최고 기업이라고 하는 삼성그룹의 창업자인 고 이병철 회장이 생의 마지막 시점까지 의문을 던진 내용들이 공개된 적이 있다. 그 내용을 보면, 인간이란 존재는 과연 무엇인가? 하나님은 공평한 것인가? 부자가 천국을 가기는 낙타가 바늘구멍으로 들어가는 것보다도 어렵다 했는데, 그러면 부자는 모두 악인이란 말인가? 등등 그런 내용이다. 이는 결국 한국 최고의 재벌이었던 그분도 마지막까지 인간 존재의 근원적인 질문에 답을 얻고자 고뇌했다는 흔적일 것이다.

물론 우리 인간이 살아가는 과정에서 돈의 위력을 모르는 바는 아니다. 단지 돈이 전부는 아니라는 말을 하고자 하는 것이다. 많은 사람들이 TV나 각종 미디어를 통해 접하게 되는 사람들은 늘 행복하겠지 하는 생각으로 그들을 지나치게 부러워하는 경향이 있다. 그런 사람들의 대부분은 자신이 하고 싶었던 일을 하며 행복하게 삶을 살아가는 것이라고 생각을 할 것이다. 하지만 그런 사람들이라 하여도 한 인간으로서의 내면적인 성숙이 이루어지지 않았다면 자신의 위치를 감당해내지 못해 깊은 고뇌에 빠지기도 한다. 또한 자신에 대한 관심과 집중이 사라진 공허를 견디지 못하여 타락하는 경우가 있기도 하다.

대부분의 사람들은 건강하고 행복하게 오래 살기를 바라고 있다. 그렇게 행복한 삶을 살기위해 바쁜 현대 생활 속에서도 운동을 하며 건강에 좋다는 것을 찾아 먹으러 다니기도 한다. 하지만 그런 행위가 인간 생명을 무한대로 연장시킬 수도 없고 반드시 장수를 보장해 주는 것도 아니다. 다만 삶의 활력소적인 역할은 어느 정도 기대할 수도 있을 것이다. 그렇기 때문에 우리는 어떤 마음 자세로 세상을 맞이하며 살아갈 것인가, 하는 것이 더 중요한 것이라 할 수 있다.

우리 인생에서 가장 활력적이라고 할 수도 있는 30대의 시기는 사회와 소통하며 즈어진 현실 속에서 최선을 다해 경제적인 기반을 구축해야만 하는 시기이기도 하다. 하지만 또 한편으로는 자기 자신의 내면과도 적극적으로 소통해 삶의 의미, 인생의 목적과 가치 등을 스스로 정립해 성숙된 40대를 맞이하는 준비 기간이라는 것도 잊어서는 안 될 것이다.

II
소통학 개론

소통

1. 인간이란 무엇인가

　우리는 무엇을 위하여 삶을 살아가고 있는 것인가. 우리가 걸어왔고 걸어가고 있는 이 길은 과연 올바른 인생의 길이라 할 수 있는 것인가. 인간은 어디에서 와서 어디로 가는 것인가. 사람은 살아가면서 이런 질문을 스스로에게 던지고 또 다른 사람들에게 자문을 구해본 적이 누구나 있을 것이다. 수많은 철학자, 사상가들이 이 지구상에 살다 갔지만 아직도 이 명제에 대하여 우리 인간의 마음이 시원하도록 답을 주지는 못하고 있다. 종교를 가지고 있는 사람들은 종교적인 관점에서 인간과 삶을 정의하고 평가하지만 비종교인들까지 이해할 수 있는 객관적인 답을 제시했다고 하기는 어렵다.

　이 세상에는 참으로 다양한 사람들이 살아가고 있다. 그렇기 때문에 여러 형태의 사람들이 가지고 있는 생각도 각기 다를 수밖에 없다. 하지만 가만히 각자 자신들의 내면을 들여다보면 똑같은 본능을 가지고 누구나 행복하게 살기를 원하는 비슷한 존재들임을 인식할 수 있다. 우리 인간은 다른 동물들과 달리 언어와 글을 가지고 서로 소통하는 지구상에 생존하고 있는 생명체 중 가장 특이한 형태라고 할 수 있다. 인간의 지능이 아무리 높다 하여도 다른 동물들처럼 언어적 소통 능력이 없었다면 오늘날 지구상에 만물의 영장이라는 지위를 얻을 수 있었을까? 오늘날 이처럼 찬란한 물질문명을 이룰 수는 있었을까? 아마도 그렇지 않았을 것이다. 그렇기 때문에 인간은 사회적인 동물이자 소통의 동물이라 할 수 있는 것이다.

사람이 살아가는 이유가 무엇이냐고 묻는다면 그저 목숨이 살아 있으니 살아가는 것이지 특별한 목적이 없다고 말하는 사람도 있겠지만, 그래도 내일은 오늘보다 더 행복할 것이라는 희망을 가지고 살아가는 사람들이 아마도 대부분일 것이다. 내일에 대한 아무런 희망이 없다면 오늘을 살아가는 사람들의 어깨는 한층 더 무겁고 우울하며 살아가는 존재의 이유를 모를 수도 있다. 사람들은 내일에 무엇인가를 창출해 내기 위해 오늘도 여러 사람들과 소통하고 하루하루를 바쁘게 움직인다. 그렇기 때문에 미래를 꿈꾸며 사는 것은 오늘 현실을 사는 것이라 할 수 있고, 미래를 생각하지 않는 삶은 현실에 살아있는 삶이 아니라고 말할 수도 있다. 결국 인간은 미래를 생각하고 꿈꾸며 살아가는 현실적인 존재임이 틀림없다.

그렇다고 인간이 자기 자신의 오늘과 내일만을 위하여 살아가는 것이라고 말할 수는 없다. 인간이 남을 위해 봉사하며 희생하고 살아가는 것이 자신이 그렇게 행할 때 행복하기 때문에 근본적으로 자신을 위한 것이라고 주장할 수도 있겠지만 다른 사람이 자신으로 인해 혜택을 받는다는 단순 논리로 볼 때, 그것은 나 아닌 남을 위하여 행동한 것이라는 것이 훨씬 더 강하다고 생각한다. 그렇기 때문에 다른 사람들을 위하여 봉사하고 희생한다는 것은 인간이 근본적으로 착한 존재이기 때문에 내면 깊은 곳에서부터 우러나오는 원초적인 행위라고도 할 수 있다.

인류의 역사를 뒤돌아볼 때 투쟁, 경쟁, 전쟁으로 점철되어 온 사실을 보고 많은 사람들이 인간의 본성은 악한 존재로 생각할 수도 있겠지만 인간은 본래 선하고 따듯하며 순수한 존재라는 것이 설득력 있는 주장이다.

내 경험으로 미루어 보면 나는 마흔에 결혼을 하고 마흔다섯에 사랑스런 아이가 태어났는데 아내가 90일 출산 휴가를 마치고 곧바로 직장에 출근을 해 양육은 실업자인 아빠의 몫이 될 수밖에 없었기 때문에, 나는 인간이 태어나면서부터 선한 존재라는 것을 실증적인 양육의 체험을 통해 그 사실을 깨달은 사람이라고 할 수 있다.

아기는 태어나서 졸리고 아프고 배가 고픈 경우를 제외하고는 항상 방긋방긋 웃는다. 아이가 본능적인 욕구가 충족되지 않았을 때에는 울지만 그 이외의 상황에서는 웃고 혼자서도 잘 노는 것을 보면 인간은 본래 긍정적이고 선하게 태어난 존재임이 분명한 것 같다.

그럼에도 불구하고 인간은 왜 그리도 오랜 역사를 싸우고 정복하고 죽이며 전쟁을 반복하여 온 것일까? 그것은 아마도 소통이 잘 이루어지지 않는 구조 속에서 인류가 진보해 왔기 때문이라는 생각이 든다. 또 다른 측면에서 보면 인간 삶의 한계를 제대로 인식하지 못한 독선적인 지도자들의 잘못된 욕심과 그릇된 판단 때문에 나타난 현상으로, 이로 인해 인간 본성까지도 잘못 판단하게 된 것일 것이다. 그렇다면 살인 및 흉악한 범죄행위가 현실에도 계속해서 일어나는 현상을 어떻게 설명할 수 있느냐 하는 의문을 가질 수도 있을 것이다.

나는 만 스물여섯 살 때부터 선거에 출마하면서 많은 사람을 만나 왔다. 또한 범죄를 저지른 사람들도 수없이 만났다. 지금도 학창 시절에 친하게 지내던 후배가 교도소에 있기도 하다. 내가 알고 만났던 수많은 범죄 경험자들은 적어도 내가 보기에는 개인적으로 착하고, 슬퍼할 줄 알고, 배려할 줄 알고, 사랑할 줄 아는 아주 평범한 인간이며 따뜻함을 느낄 수도 있는 사람들이다. 어떤 상황에서 감정, 화, 분노, 같은 것을 순간적으로 억제하지 못하여 비록 범죄를 저지른 사람들이기는 하지만 그들이 사랑하는 부모 형제, 배우자, 자녀에게는 더없이 따뜻하고 다정스런 우리와 똑같은 사람이기도 하다.

범죄를 저지른 사람들이 교도소에서 가장 힘들어 하는 것이 소통을 할 사람이 없다는 것이다. 그래서 교도소 내에서는 최고의 형벌이 독방 수감이라고 한다. 보고 싶은 사람, 사랑하는 사람들과 사람이 생존해 있으면서 만나지 못해 소통할 수 없다는 것은 가장 큰 고통일 것이다. 그래서 죄 지은 사람들을 분리해 놓는 교도소가 생긴 것 같기도 하다.

사람과 사람 사이에는 오해를 해서 서운하고 분하게 생각했던 일들이 만나서 차나 술을 한잔하고 풀어지는 경우가 있는데 그런 것들은 대부분 소통이 잘 안 되어서 생긴 경우가 많다.

옛날에는 통신 수단이 발달하지 않아 쉽게 사람들이 만나 회의를 하고 소통을 할 수 있는 길이 어려워 별것도 아닌 일을 가지고 수만 명이 격전을 벌이고 싸우다 죽고 하였으니 지금 생각해 보면 참으로 불행했던 시절이다. 서로 땅 빼앗기 놀이라고 볼 수 있는 전쟁으로 땅 경계의 그림이 그렇게 많이 바뀌어 오늘날의 지도를 그리고 있는데 이런 그림을 역사에 남기기 위하여 그렇게 많은 피를 흘려야만 했던가? 어떤 전쟁도 자신들 국가의 국민들이 태평성대를 누리게 하기 위해서라는 대의적 명분은 같으나 그 명분을 지키기 위해 죽어간 수많은 인명들은 그렇게 비참하게 죽어도 괜찮았던 것인가? 정말 이해하기 힘든 일이다. 총과 칼을 들고 "진격"이라는 명령과 함께 상대를 향해 돌진을 하다가 죽어간 많은 사람들은 싸움이 좋아서 그렇게 비참하게 생을 마감하였겠는가? 결코 그렇지는 않을 것이다.

우리 한반도에서 발생했던 6·25전쟁만 보더라도 공격을 먼저 해온 북쪽의 인민군이든 남쪽에서 방어를 한 국군 병사들이든 처참하게 싸우다가 이슬처럼 사라진 젊은 영혼들도 고향으로 돌아가 사랑하는 부모형제와 평화로이 인생을 살고 싶었을 것이다. 그렇게 죽어간 많은 사람들은 소통을 모르며 소통을 잘못 이해하고 공산주의라는 잘못된 이데올로기에 심취된 역사의 죄인, 독재자 김일성이 저지른 비극적인 전쟁의 희생양들일 뿐이다. 결코 그들이 싸움이 좋아서, 사람을 죽이는 전쟁이 좋아서 참전을 한 것이 아니며 역사의 뒤안길로 돌아가 그들을 만나 볼 수 있다면, 아주 선하고 천진난만한 우리네 자식, 동생, 형, 오빠 같은 사람들이었다는 것을 알 수 있을 것이다.

우리 인간은 육체적으로 보면 올림픽에 나가 금메달도 딸 수 있고 무한한 역량을 가진 것처럼 보이지만 사실은 5미터만 넘는 담장이 있어도 어떤 기구나 기물이 없으면 넘어갈 수 없는 무기력한 존재이다. 그러나 인간의 정신, 생각은 이런 육체의 한계를 넘어 전 세계를 비행기로 넘나들기도 하며 우주선을 띄우고 앉아서 전 세계의 상황을 지켜보는 무한한 능력을 가지고 있다는 것을 알 수 있다. 이런 인간은 또 다른 면에서는 따뜻한 감성을 가지고 행복한 삶을 추구하며, 모든 것을 사랑할 줄 알고 슬퍼할 줄 알며 배려할 줄도 알고 희생할 줄도 아는 아주 고결한 생명체이다. 우리 인간은 본래 그런 존재이다. 이처럼 인간 본연의 아름다운 모습은 사람과 사람 사이의 소통을 통해서만 나타날 수 있으며 그것은 또한 인간이 삶을 살아가는 가장 큰 의미이기도 하다.

인간이란 무엇인가, 라는 명제에 종교적인 관점에서는 우리의 삶이 영원한 이데아의 세계로 가기 위한 시험 기간이라고 보는 경우도 있고, 오늘 삶이 평가되어 다음 세상이 결정되고 계속해서 돌고 돌아간다고 인간의 삶을 정의하는 경우도 있다. 그렇지만 그저 인간은 서로 어우러져 웃그 울고 사랑하고 즐거워하며 감성적 소통을 하는 지구상에 존재하는 생명체 중 최고로 아름다운 동물이지만 죽으면 자연으로 돌아가는 것이다. 그냥 그렇게 생각을 한다.

물론 이런 생각이 모든 인간들 삶의 정의라고 할 수는 없을 것이다. 특히 종교인들의 관점에서 본다면 무지한 데서 나오는 이론이라고 볼 수도 있을 것이다. 하지만 종교만을 이야기하고 인간의 존엄한 가치를 이해하지 못하는 사람들은 다른 사람을 무시하고 경멸하기도 하며 배타적으로 보는 경우도 있다. 비록 명성이 있는 종교인들이라 할지라도 말이다. 종교라는 이름으로 다른 사상을 가진 사람을 그런 시각으로 바라본다면 그것은 진정한 종교 행위도 아니고 인간의 본연적 행동도 아니다. 종교를 가지고 있지 않지만 따뜻한 배려의 마음을 가지고 있는 사람들이 그런 사람들보다는 훨씬 더 인간의 향기가 풍기는 사람이다.

황홀한 저녁노을 속에 사라져 가는 석양을 바라보며 약간은 우울하고 조금은 서글프기도 한 늦가을 오후에 인간, 그것은 과연 무엇인가, 또 삶은 무엇인가, 진정한 소통은 무엇인가를 한번 생각해 본다. 지금 보이는 저 저녁노을은 곧 사라지고 밤이 지나면 내일 또다시 찬란한 태양이 떠오르듯이 우리 인간의 삶 또한 영원하지 않고 한 세대가 왔다 가면 또 다른 후 세대가 새로운 모습으로 나타나 이 세상 속에서 아름답게 살아가게 된다. 그것이 바로 우리들이 해답을 찾으려는 인간 삶의 진리가 숨겨져 있는 곳이 아니겠는가.

무한한 생을 살지 않는다는 인간의 존재를 깨닫고 수백억 년의 기나긴 지구의 역사 속에서 1세기도 못살고 가는 무상한 인생이라는 것을 우리들이 알고 매 순간 순간이 중요한 생의 부분임을 인식하여 항상 다른 사람들을 존중하고 배려하며 사랑을 마음속 깊이 간직한 자세로 우리 인간을 대하는 그런 사람이 진정한 소통을 하는 사람이며 이러한 소통을 통해서 세상은 밝아질 수 있다. 다른 주변의 사람들과 원활한 소통을 한다는 것은 인간의 마음이 그만큼 깊어지고 넓어졌다는 것이다. 인간의 마음이 깊고 넓어지면 어떤 상황이 닥쳐도 그런 사람은 큰 흔들림이 없고 심지어 죽음까지도 크게 두려워하지 않는다.

결국 인간은 어떤 소통적 마음 자세를 갖고 살아가느냐에 따라 행복할 수도 있고 불행할 수도 있는 존재인 것이다. 인간이 어떤 삶을 살아갈 것인가는 자기 자신의 깊은 내면과 얼마만큼 진정한 대화를 나누느냐에 달려 있다.

2. 소통의 시작

사람은 태어나면서 제일 먼저 소통의 대상을 만나게 된다. 바로 자신을 열 달 동안 배 속에서 키워온 엄마다. 병원에서도 출산을 하면 제일 먼저 엄마의 젖을 아이에게 수유한다. 그렇게 하는 데에는 여러 가지 이유가 있겠으나 체온과 감각을 통한 세상에서의 첫 소통을 엄마를 통해 느낄 수 있도록 하기 위함이 있을 것이다.

인간 최초의 소통 대상인 엄마라는 존재는 사람이 살아가면서 어렵고 힘든 상황에 처할 때마다 제일 먼저 떠오르는 그리움의 대상이 되기도 한다. 그것은 아마도 가장 편안한 상태로 엄마 배 속에서 자란 원초적인 그리움일지도 모른다. 어떻든 사람은 엄마 배 속에서 나와 '으앙' 소리를 내며 엄마와 소통하고 세상과 소통을 시작한다. 아이는 처음에 웃음과 울음을 반복하며 엄마와 소통한다. 언뜻 들으면 아기 울음소리는 똑같은 것으로 들리나 세심하게 들으면 상황에 따라 모두 다르다는 것을 알 수 있다. 이처럼 인간은 웃음과 울음으로 소통하는 기술을 처음으로 배우게 되는 것이다.

아이들은 편차가 많이 있으나 보통 7~8개월이 되면 처음으로 '엄마'라는 언어적인 표현을 한다. 우리 아이는 특이한 형태의 양육이었기 때문에 아빠를 제일 먼저 소통의 언어로 표현 하였지만 대부분의 아이들은 엄마라는 말을 처음으로 표현한다. 아이가 말로 표현을 하기 시작하면서부터는 소통의 형태도 수준이 높아져 단순히 먹이고 재우고 대소변을 가려주는 것만으로는 원활한 소통을 할 수가 없다. 함께 공유할 수 있는 놀이를 같이 해 주어야 하고, 묻는 말에 답변을 해주어야 하며 모든 행동과 말에 귀를 기울여야 한다. 또 소통의 증거로 칭찬까지도 해 주어야만 한다. 그래야 아이는 자신을 알아준다고 생각해 안정을 찾는다. 만일 아이의 이와 같은 소통적 행위에 응답하지 않으면 아이는 불안을 느끼며 이는 아이의 성격 형성에 커다란 영향을 미친다.

부모가 자녀를 양육하는 과정은 매우 힘든 인생의 시기라고 할 수 있다. 특히 자녀가 여러 명일 경우 양육을 책임진 엄마나 아빠는 심한 자기 우울증에 빠질 수도 있다. 하지만 아이가 하나의 인간으로 형성되는 중요한 시기이기 때문에 소홀히 양육해서는 안 된다. 특히 부모가 스트레스를 받고 자녀가 말을 잘 듣지 않는다고 폭력을 행사하는 경우가 있는데 절대 그래서는 안 된다. 부모의 입장에서 보면 아이와 소통해야 하는 힘겨운 시기이나 한 단계 성숙된 인간으로 성장하는 또 다른 시기이기도 하다.

요즈음은 부모들이 급변하는 문화적 환경 속에서 아이와 어떻게 소통하여야 하는가를 고민하는 경우가 많이 있다. 내 아이에게 지나치게 특별한 교육을 하겠다는 생각을 버리고 눈높이를 아이에 맞추어 이야기해 주고 잘 놀아주면 그것이 최고의 소통이다. 아이들은 현실과 이상을 명확하게 구별하기 어렵기 때문에 부모의 관점에 서 아이와 소통하는 것은 잘못이다. 항상 아이의 관점에 서서 아이 를 이해하며 소통을 하여야 한다. 아이가 세 살쯤 되면 싫다는 표 현을 하기도 한다. 이는 자신이 독립적인 존재임을 알리는 최초의 언어적인 표현이기도 한데 그것을 보고 부모들이 걱정하는 경우도 있으나 그럴 필요는 없다.

몇 개월 전에 교육 방송에서 어느 아이의 엄마가 세 살짜리와 하 루 종일 싸우는 것이 생활의 전부라며 고민을 상담하며 우는 상황 을 지켜본 적이 있는데, 엄마가 아이를 마치 다 큰 성인으로 인식을 하고 있는 것은 아닌가 하는 생각이 들었다. 아이가 부모에게 저항 하는 것은 부모의 품과 품 밖의 세상에 대한 소통의 시험적인 행위 이기도 하다. 아이들은 그런 행위로 떼를 쓰기도 하고 무작정 울기 도 한다. 이런 상황에서 부모는 어떤 소통의 방법으로 응답을 할 것 인가. 많은 부모들이 고민하는 부분이기도 하다.

나의 경우에는 이렇게 심하게 울면서 떼를 쓸 때 가만히 내버려 둔다. 그러면 아이는 적절한 시점에 울음을 멈추고 새로운 행위를 한다. 그때 아이를 안아주며 아이가 알아듣든 못 알아듣든 많은 설명을 해 준다. 이것이 최선의 소통 방법이라고 말할 수는 없겠으 나 무조건 떼를 써서도 안 된다는, 즉 안 되는 것이 있다는 것을 인 식시킬 필요는 있다고 생각한다.

내가 우리 아이를 양육하면서 소통을 잘 할 수 있는 사람으로 키

우기 위하여 나 자신과 약속한 열 가지를 이야기해 보면,

■ 하나, 우리 아이가 잘할 수 있는 것이 무엇인가를 발견하자.

사람은 태어나면서부터 가지고 있는 소질이 각기 다 다르다. 그럼에도 불구하고 한국어서의 교육은 천편일률적으로 학교 성적만으로 평가하고 경쟁하는데 이런 틀에 박힌 시스템에서 아이의 소질을 발견하기는 어렵다. 아이가 소질이 없는 분야를 가지고 부모가 자꾸만 경쟁의 세계로 나 몬다면 아이나 부모나 불행한 일이다. 그렇기 때문에 부모가 아이의 장점과 소질을 발견하고 개발해 주어야만 한다.

■ 둘, 아이와 많이 놀아 주자.

요즈음은 부모들이 맞벌이를 하는 가정이 많다 보니 엄마나 아빠나 아이와 충분히 놀아 주지 못하는 경우가 많다. 그래서 아이들은 외롭고 따뜻한 정을 그리워한다. 아이의 인격 형성에 가장 큰 영향을 미치는 것은 부모이다. 아이가 조금 크면 뭐 그리 배우는 게 많은지 매우 바쁘다. 더 크면 아이는 부모보다 친구와 소통하고자 한다. 그래서 지금이 아니면 시간이 없다.

■ 셋, 아이에게 자신감을 심어 주자.

이 세상은 할 수 있다는 자신감을 가진 사람들에 의하여 조금씩 진보적인 발전을 해 온 것이다. 예수께서 십자가에 못 박혀 돌아가

시고 석가모니께서 보리수나무 밑에서 수행에 전념하고 계시던 시대에 우주선을 타고 다른 별나라를 가고, 컴퓨터 한 대 앞에서 전 세계의 상황을 알 수 있는 오늘의 시대를 상상이나 할 수 있었겠는가? 현실은 자신감 있는 사람들이 만들어 낸 작품이다.

■ 넷, 행동으로 아이에게 일정한 규정을 가르치자.

아이는 제일 먼저 가정에서부터 규칙을 가르쳐야 된다. 어려서부터 이런 기본적이 규칙을 교육받지 못하면 성장해서도 자기 조절 능력이 부족할 수밖에 없다. 패륜 범죄는 이런 교육 부재에서 나타나는 하나의 현상이다. 어려서부터 규정을 어겼을 때 벌칙이 따른다는 것을 가르쳐야 한다.

■ 다섯, 아이에게 말을 많이 해주고 성실하게 대화하자.

어린아이들은 양육을 엄마가 하든 아빠가 하든 그를 통해서 소통의 기술을 배우며 행위의 모방을 한다. 그렇기 때문에 아이의 질문에 성실한 답변을 해야 한다. 그렇지 않으면 아이의 언어능력이 떨어지며 창의적인 사고력이 부족해질 수 있다.

■ 여섯, 독립심을 심어 주자.

아기가 아장아장 걸을 때부터 넘어지거나 엎어지더라도 크게 다친 곳이 없으면 우리 아이의 경우에는 절대 일으켜 세워주지 않았다. 사람은 본래 독립적인 존재이기 때문에 스스로 할 수 있는 능력

을 어려서부터 길러 주어야 한다. 부모가 영원히 자식과 함께 사는
것이 아니기 때문이다.

■ 일곱, 아이의 올바른 스승이 되자.

내가 사람이 많은 데서 뒷짐을 지고 서거나 걷는 습관이 있는데
우리 아이가 그것을 보고 결혼식장 같은 곳에 가면 세 살짜리가 뒷
짐을 지고 걸어 다닌다. 부모는 자녀의 가장 훌륭한 스승이다. 항상
자녀가 부모를 지켜보고 있다는 것을 잊어서는 안 된다.

■ 여덟, 매사에 최선을 다하는 모습을 보여 주자.

열심히 노력하는 모습은 어린아이나 어른에게서나 또 어떤 상황
에 처해 있는 사람에게서나 늘 아름다운 것이다. 최선을 다해 노력
해 보지도 않고 안 될 거라 결론지으며 시도도 해 보지 않는 사람
은 시도해서 망한 사람보다 더 바보 같은 사람이다.

■ 아홉, 아이 앞에서 부부 싸움을 하지 말자.

어떤 가정이든 부부 사이에 갈등은 있을 수 있다. 정도의 차이가
있고 해결 방법에 차이가 있을 수 있으나 어느 정도의 갈등은 지극
히 정상적인 것이다. 오히려 한 번도 싸워본 적이 없는 부부가 비정
상적일 수도 있다. 왜냐하면 사람은 감정의 동물인데 감정 상태의
변화에서 오는 부부 싸움을 해 본 적이 없다면 서로를 포기했거나
한쪽에서 일방적으로 참는 길 말고는 있을 수 없다. 어떻든 아이

앞에서 부부가 큰 소리를 내며 싸우는 것은 정서적으로 아주 안 좋다. 이런 일이 반복되면 아이는 심각한 불안 증세를 나타낼 수 있으며 폭력성을 띠고 부모의 행위를 그대로 따라할 수 있다.

▣ 열, 사랑으로 아이를 키우고 진정한 사랑을 가르치자.

아이를 정서적으로 안정되게 키울 수 있는 최고의 교육은 사랑이다. 어려서 부모의 사랑을 듬뿍 받고 자란 아이가 사회적으로 큰 문제를 일으켰다는 이야기를 나는 들어본 적이 없다. 진정한 마음으로 사람을 사랑할 때 행복의 의미를 알고 소통의 가치를 진정으로 이해할 수 있다.

아이들은 세 살까지 엄마와 어떤 방식으로 소통하며 자라왔느냐에 따라 성격이 각기 다르게 나타나며 어머니의 소통 방식이 성격 형성에 많은 영향을 미친다. 그래서 '세 살 버릇이 여든까지 간다'는 말이 있는 것이다. 요즈음은 세 살 때부터 어린이집에 보내는 경우가 많은데 아이들은 이곳에서 새로운 또래들과 처음으로 소통을 체험하게 된다. 아이들은 어린이집에서도 친구들과 선생님이 자신과 소통이 잘되지 않으면 가지 않으려고 한다.

우리 아이는 어린이집을 잘 다니다가 어느 날부터인가 온몸으로 거부하며 안 가겠다고 하였다. 세 살밖에 안 된 아이가 심지어 혼자 집에 있겠다고 하였다. 왜 어린이집을 안 가려 하느냐고 물었더니 선생님이 무섭다고 하며 때렸다고 한다. 맞은 이유를 물었더니 장난감을 망가트려서, 라며 선생님이 때린 흉내를 내기까지 했다. 어린이집을 안 가겠다고 하는 것도 보통 거부하는 것이 아니라 마치 기가 넘어갈 것 같이 울며 몸부림을 쳤다. 처음에는 그냥 아빠, 엄마 성격을 닮아서 그렇겠지, 또 한 고집 한다는 안 씨 성을 타고나서 그렇겠지, 했다. 그런데 아이가 스트레스를 받으니까 온몸이 아토피처럼 돋아나고 밤마다 "어린이집 안 가"라고 소리치며 깨어나서 울곤 했다.

그러던 아이가 다른 어린이집을 보냈더니 아주 잘 다니는 것이었다. 어린아이들이 잘 모를 것 같지만 자신을 예뻐하고 미워하는 것은 매우 빠르게 감각적으로 안다. 우리 아이가 다니던 어린이집에서 폭력적인 행위가 있었는지 정확히 알 수는 없으나 아이의 심리를 이해하는 소통이 원활하지 않은 것만은 분명한 것 같다.

사람으로서 소통의 시작을 가르쳐야만 하는 부모의 역할도 중요하지만 이런 보육 시설에서도 보육 교사의 소통 능력이 아이의 최초 인성을 형성한다는 의미에서 아무리 강조해도 지나치지 않다. 아이를 키운다는 것은 부모든 어린이집의 보육 교사든 내면적인 자기 수양과 사랑의 넓은 의미를 이해해야만 하는 차원 높은 인간적 행위이기도 하다.

아이들은 육체적인 건강도 중요하지만 눈으로 잘 보이지 않는 정신이나 심리적인 건강도 매우 중요하다. 어린 시절부터 마음의 상처를 받고 자란 아이는 어른이 되어서도 소통적 장해를 일으킬 수 있다. 사람이 사람 만나는 것을 좋아해야 하는데 두려워하고, 사람이 사람을 존중의 가치 위에서 사랑해야 하는데 진정한 사랑의 방식을 잘못 이해할 수 있으며, 세상을 긍정적으로 바라보는 시각이 부족할 수 있다.

어쨌든 한 인간으로서 소통의 시작을 말과 행동으로서 가르쳐야만 하는 부모는 항상 신중 해야만 한다. 아이는 부모를 통해서 자기의 정체성을 발견해 가고 부모의 언행을 몸과 마음으로 흡수하며 성장한다는 것을 소통의 시작 대상인 부모들이 잊어서는 안 될 것이다.

3. 배우자와의 소통

사람은 인생을 살아가면서 모두는 아니지만 대부분이 결혼을 하게 된다. 결혼을 어떤 사람하고 하느냐, 즉 배우자로 어떤 사람을 만나느냐 하는 것은 삶을 행복의 길로 걸어갈 것인가 아니면 칠흑 같은 어둠 속에서 인생의 바다를 헤매고 살아갈 것이냐, 하는 매우 중대한 문제다.

2010년 1월 법원행정처에서 발표한 바에 의하면 우리나라 열한 쌍의 부부 가운데 한 쌍이 이혼해 9.3퍼센트의 이혼율을 기록하고 OECD 국가 중 이혼율이 2위라고 한다. 이혼은 배우자와의 소통 부재로 나타나는 최후의 현상이다. 비록 이혼은 아니더라도 배우자와의 소통 부재로 나타나는 비정상적인 여러 현상들은 심각한 상황이다.

부부 사이에 소통이 잘되지 않으면 전혀 다른 형태의 삶을 살아갈 수 있다. 예를 들어, 부인은 현재 자녀 양육과 경제 문제, 그리고 정신적인 우울증으로 죽고 싶은 심정까지 와 있는데 남편은 이런 상황을 전혀 이해 못 할 수도 있고, 남편이 사회생활을 하면서 각종 스트레스와 불안감 등으로 삶에 회의를 느끼고 있는데 아내는 이런 것을 전혀 모르고 야유회를 안 간다고 짜증을 내는 전혀 다른 각도의 고뇌 속에서 삶을 살아갈 수도 있는 것이다. 소통 부재로 갈등이 심해지면 누구나 이혼을 할 상황이 올 수도 있으며 부부 사이라고 보기 어려운 부부로 살아갈 수도 있는 것이다.

요즈음은 황혼 이혼율도 급격히 증가했다고 한다. 수십 년간 희로애락을 함께 해 온 노부부들이 이혼을 한다는 것은 우리 시대의 엄청난 변화다. 과거에는 여성들이 이혼을 하면 갈 곳이 없었다. 심한 경우 친정에서는 한번 시집을 가면 죽어도 그 집에서 죽어 그 집 귀신이 되라고까지 하였다. 또한 농업이 주된 산업이었기 때문에 이혼을 하고 나가면 마땅히 먹고 살 일거리가 없었다.

그러나 산업사회를 지나 지식 정보 문화의 시대인 오늘날에 와서는 의식주의 문제는 이혼의 걸림돌이 될 수가 없다. 그런 문제보다는 재산 분할은 어떻게 할 것인가, 자녀 양육은 누가 할 것인가와 같은 것을 더 큰 문제로 생각한다. 이혼에 대한 사회적 편견도 요즘은 많이 바뀌었다. 하지만 이혼이 현실적인 소통 부재로 배우자가 미워져서 하는 최후의 행위이긴 하나 사랑했었거나 사랑하는 사람과 이별을 하는 것이기 때문에 슬픈 일이다.

부부 사이에 소통이 잘되지 않는 것은 참으로 숨 막히는 일이다. 결혼 초기에 처갓집 쪽 식구들과 전남 해남 땅끝마을까지 여행을 다녀온 적이 있다. 여행지에 가서 아내와 심하게 싸움을 해 강원도 원주까지 오는 동안 무려 열두 시간을 말 한마디도 하지 않고 운전만 하며 달려오는데 그때 혈압으로 쓰러져 죽지 않은 것이 다행일

정도로 고통스러운 시간이었다. 지금 생각해 보면 별것도 아닌 사소한 일을 가지고 왜 그랬는지 이해가 잘 안 되지만 아마도 내가 인격적 수양이 덜 되어서 생겼던 일이 아닌가 싶다. 어쨌든 삶의 기본이라고 할 수 있는 가정, 가정에서도 배우자와의 소통은 삶을 얼마나 가치 있게 살아갈 것인가 하는 중요한 문제임이 틀림없다.

소통은 일방적인 주장, 행동이 아니라 상호작용을 통한 논리 주장, 행동인 것이다. 사람이 소통을 하는 데에는 언어적인 요소와 비언어적인 요소가 있는데 언어적인 요소는 말과 글이고 비언어적인 요소는 행동, 눈빛, 마음 자세, 습관적 행위 등 여러 요소가 있다. 소통은 언어적인 요소와 비언어적인 요소가 조화를 잘 이룰 때 원활하게 이루어진다. 예를 들어, 험악하고 무서운 시선을 하고 말은 다정스럽게 '당신을 내가 얼마만큼 사랑하는지 알고 있지?' 한다면 상호작용이라 할 수 있는 소통이 잘 이루어질 수 있겠는가.

원활한 소통을 위해서는 결국 적절한 기술이 필요하다. 남자와 여자는 각기 배우자에 대하여 착각을 하고 살아가는 것이 있다. 남자의 경우는 자기 아내는 멋있는 남자에 대하여 별로 관심이 없는 줄 아는 것이고, 여자의 경우에는 남자가 자기와 같은 방향으로 계속해서 걸어가기만 해도 자기에게 관심이 있어서 그런 줄 알며 자기 남편은 다른 남자와 다를 것이라고 생각하는 것이다. 먼저 남자나 여자나 자기 배우자가 다른 모든 사람들과 같이 오욕칠정의 감정적인 동물이라는 것을 인식해야만 한다. 이런 피할 수 없는 진실을 외면한 채 이상적인 상황만을 놓고 자꾸만 논하게 된다면 부부 사이에 원활한 소통이 이루어지기는 어렵다. 다시 말해 부부 사이는 각자의 현실을 이해하는 데서부터 출발해야 한다는 뜻이다.

행복한 결혼 생활을 할 것인가 그렇지 않을 것인가는 처음에 어떤 정신적 사고를 가지고 배우자를 만났느냐가 매우 중요하다. 지나치게 환상적이고 낭만적이며 이상적인 결혼을 꿈꾸어 왔다면 그만큼 실망이 클 수도 있다. 또한 인간적인 내면보다는 외적인 성적 매력만을 보고 결혼을 했다면 행복한 결혼이 오래 지속되지 못한다. 결혼은 현실적인 생활이고 육신은 영원한 성적 매력으로 남아 있지 않고 변화하기 때문이다. 그렇지만 외적인 성적 매력을 제쳐놓고라도 고운 심성, 발랄한 표정, 긍정적인 마음 자세, 따듯함, 가령 이런 것들을 매력으로 생각하고 결혼을 했다면 그 부부는 좀 더 행복하게 살아갈 수 있는 조건을 더 갖추었다 할 수 있다.

그러나 우리 인간의 삶은 한 가지 형태로만 영원히 존재하지는 않는다는 것을 알 수 있다. 끊임없이 움직이고 변화한다는 것을 서로 깨닫고 인식하는 것이 무엇보다 중요하다. 또한 부부 사이에 있어서 서로 인식하지 못할 수 있는 있는 것이 있는데 그것은 바로 분명히 다른 남자와 여자라는 것이다. 여자와 남자는 세상을 바라보는 관점, 세상을 살아가는 목표, 행복을 느끼는 요소, 이성을 바라보는 시각이 각기 다르다. 다르다는 전제를 놓고 소통해야 하는데 이것을 망각하다 보면 원활한 소통이 되지 않고 논쟁으로 변해 부부 싸움으로 이어진다.

소통은 의견을 전달하고자 하는 자와 듣는 자, 반론을 제기하는 자와 듣는 자 사이의 연속적인 상호작용이기 때문에 무조건 한쪽으로 따르거나 내 의견에 따라와야 한다는 독선적인 생각을 버리고 합의를 도출하고자 하는 자세가 필요하다. 그러기 위해서는 서로 존중하는 마음 자세가 있어야 하며 그 위에서 서로의 차이를 인정하고 배려하는 마음을 가져야 한다.

부부가 이혼을 하는 법정에 가서 그들의 이야기를 들어보면 상대를 이해하려고 하기보다는 자신의 입장과 관점에서 모든 것을 해석하려는 경향이 있음을 쉽게 알 수 있다. 그렇기 때문에 우리는 배우자 사이의 소통 기술을 학습할 필요가 있는 것이다. 그렇다면 배우자와의 원활한 소통을 위해서 기능적인 방법은 무엇이 있을 수 있을까? 개인적인 이론을 정리해 보면 다음과 같다.

1. 공통의 취미를 가지려고 노력하라.

2. 종교를 통일해라.

3. 자녀 교육 문제는 합의해서 결정하라.

4. 시댁과 처가의 일로 논쟁하지 말라

5. 배우자 간에도 최소한의 사생활을 인정하라.

6. 돈, 돈, 돈, 하지 말라.

7. 배우자를 존중하라.

8. 배우자의 관점에서 생각을 해라.

9. 말을 항상 부드럽게 하라.

10. 자비심을 갖고 진실로 배우자를 대하라.

배우자 사이에 지켜야 할 이와 같은 열 가지 수칙을 항상 가슴속에 생각하고 부부가 소통하고자 한다면 어떤 어려운 상황에 부딪힌다 해도 그 부부는 문제를 쉽게 해결할 수 있을 것이다. 하지만 이런 소통의 전제를 무시하며 자신의 편협한 사고를 가지고 상대를 설득하고자 한다면 부부의 소통은 큰 난관에 부딪치게 될 것이 분명하다.

우리 인간이 살아가는 과정 속에서 배우자를 만난다는 것은 삶의 중요한 가치이며 행복과 불행을 결정하는 큰 요소일 수 있다. 결혼을 하지 않은 젊은이들에게 장래의 희망이 뭐냐고 물으면 십중팔구 사랑하는 사람을 만나 행복한 결혼 생활을 하는 것이라는 답변을 들을 수 있다. 사람들은 행복한 가정을 꿈꾸고 있는데 어떤 사람과 결혼하느냐에 따라 가정의 행복 지수는 큰 편차를 보일 수 있다.

결국 행복한 부부 생활로 화목한 가정을 만들기 위해서는 그 당사자인 사람이 잘해야 하는 것인데 그것은 곧 소통을 잘해야만 한다는 것이다. 소통은 고도의 인간적 내면의 수행이 요구되는 종합적인 행위이기 때문에 특히 배우자와의 소통은 무엇보다도 진실을 바탕으로 하지 않으면 안 된다. 배우자 사이에는 서로 눈빛만 보아도 상대의 내면을 읽을 수 있는 통찰력을 서로 가지고 있다. 그런 사실을 부정하더라도 사람이라는 존재는 자기 스스로 표현하고자 하는 것보다 상대가 나의 의도를 알아차리는 능력이 훨씬 발달해 있다고 할 수 있기 때문에 함께 생활하는 부부는 다른 사람들 사이에서보다 훨씬 쉽게 진실과 거짓을 알아차릴 수 있다.

결론적으로 부부 사이의 소통은 진실한 마음 자세로 나의 입장에서보다는 배우자의 관점에서 모든 문제를 바라볼 수 있는 스스로의 자세를 가지고 사랑, 배려, 자비심, 인내심 같은 것이 총동원되어야만 하는 인간의 종합적인 언어 행위라는 것을 잊어서는 안 된다. 그것이 바로 부부 사이의 진정한 소통이다.

4. 가족 구성원 간의 소통

　요즈음은 각종 매스 미디어의 발달로 가족 구성원 간에도 친밀도 있는 대화를 나눌 수 있는 시간이 많지 않다. 한 지붕 아래 같은 공간에서 잠을 자고 생활하지만 아이들은 컴퓨터 앞에서, 아빠는 텔레비전 앞에서, 엄마는 주방에서 각기 시간을 보내는 등 생활방식이 서로 다르다.

　식사를 하는 시간이 그래도 가족 간에 소통을 할 수 있는 기회이나 식사 시간도 제각각 달라 가족끼리도 요즈음은 무슨 고민을 하고 있는지, 무엇에 취미를 느끼며 살아가고 있는지 알기 힘든 시대를 살아가고 있다. 특히 청소년기의 자녀를 두고 있는 부모의 입장에서는 자녀와의 소통 문제로 많은 고민을 할 수밖에 없다. 가족 사이에서도 소통이 원활하지 않은 현대인들은 그래서 고독하다.

　가족이라는 개념도 많이 바뀌어 있는 현대사회에서 가족의 범위를 어떻게 정립하여야 할 것인가? 1991년 1월 1일부터 개정 시행된 민법 777조에 의하면 친족의 범위는 부계와 모계 구별 없이 8촌 이내의 혈족과 부, 처의 구별 없이 4촌 이내의 인척과 그 배우자로 규정하고 있는데 이보다도 좁은 의미인 가족은 어디까지 어떤 기준으로 정의해야 할지 명확한 근거가 없다. 여기서는 누가 보아도 심정적인 가족이라 할 수 있는 직계 상하 2대 혈족과 그 배우자를 가족이란 범위로 이야기하도록 하겠다.

한국에서는 오랜 가부장적인 역사를 통해 가장이 가지고 있는 정신적 사고와 판단에 따라 가족 내의 의사가 결정되는 독선적인 가정의 형태에 많은 사람들이 익숙하게 살아왔다. 남편이나 아버지의 결정에 반대를 하는 것은 유교적인 국가에서 가장의 권위에 도전하는 것이나 마찬가지로 도저히 용납될 수가 없었던 것이다. 그러나 시대가 급속히 변하여 여성의 권익이 증대되고 첨단 정보가 발달된 시대를 맞아 여성이나 젊은 자녀들의 의견을 가장이라는 권위만을 내세워 무시할 수 없는 시대를 맞이하게 되었다. 이런 시대적인 변화에도 불구하고 가장이라는 하나의 이유만으로 중요한 사안을 독단적으로 결정하여 가족 구성원에게 조건 없이 복종할 것을 강요하는 가장이 있다면 자신이 시대에 얼마나 뒤떨어져 있는 사람인지 그리 길지 않은 시간에 깨닫게 될 것이다.

현대사회가 자본 만능주의 경제 지상주의로 변질되어 가면서 가족 구성원 사이에도 경제적 능력의 척도에 따라 의사 결정 권한의 범위가 정해진다는 느낌이라 해도 지나친 말은 아닐 것이다. 가정에서도 자본의 능력을 무시할 수 없게 된 것이다. 결국 소통적 질서의 변화가 가정에서부터 나타나고 있는 것이다

가족은 혈연적인 관계를 가진 사람 사이뿐만 아니라 자식이 결혼을 하면 혈연과 무관하게 가족이라는 범위로 연결되는 며느리와 시

어머니 사이의 미묘한 갈등으로 많은 남자들이 중간에서 고민을 하기도 한다. 왜 시어머니와 며느리 사이에는 소통보다 갈등이라는 단어가 귀에 더 익숙한 것일까. 그만큼 갈등으로 인해 많은 문제가 일어났고 일어날 수 있기 때문이다.

몇 개월 전에 시어머니와의 갈등으로 며느리가 TV에 나와 상담하는 것을 본 적이 있다. 그 며느리는 시어머니가 자신을 그렇게 구박하고 미워한다며 자기도 시어머니를 보러 가는 날은 지옥에 가는 것보다도 더 싫다고 했다. 또 자기 남편이 형제들 중 유일하게 시어머니랑 똑같이 닮았다며 남편이 가까이 오면 시어머니가 오는 것 같아 소름이 끼칠 때가 있다고 했다.

이런 경우는 고부의 갈등으로 부부 사이의 소통도 문제가 생길 수밖에 없기 때문에 결국 가정불화의 씨앗이 된 것이다. 태어나서 함께 생활하며 살아온 부모와 자녀 사이에도 소통이 잘 안 되는 경우가 많은데 전혀 다른 시대, 다른 가정 문화, 다른 사회적 환경 속에서 살아온 시어머니와 며느리 사이가 소통이 조금 안 될 수밖에 없는 것은 이해할 수 있으나 부부 사이까지 심각한 위기를 초래한다는 것을 보면 가족 내에서도 기술적 소통이 얼마나 시급한 문제인지 알 수 있다. 결국 이런 것은 어느 한쪽의 문제라기보다는 소통을 학습해오지 않은 한국적 가정의 대표적인 부정적 현상이기도 하다.

시어머니와 며느리 사이에는 상대의 관점에서 이해하려고 하기보다는 자신의 관점에서 모든 것을 해석하려는 경향이 다른 관계에서

보다 심하다고 할 수 있다. 이런 어려운 소통적 기반에서 역할을 해야 할 사람이 시어머니에게는 자식이고 며느리에게는 남편인 존재인데 이 매개자가 소통 능력이 부족하다면 그 가정은 심각한 위기에 직면할 수가 있다. 그렇기 때문에 가족의 가장이기도 하고 부모의 자식이기도 한 남자가 고도의 소통 기술을 학습할 필요가 있다.

또한 요즈음에는 부모와 자녀 사이에도 심각한 소통적 장해가 발생하고 있다. 일방적인 소통에 길들여져 진체 성장 과정을 거친 부모 세대가 논거가 충분하지 않은 주장으로 자녀들과 강요적인 소통을 하려고 하니 원활한 소통이 이루어질 수 있겠는가. 현실적으로 부모들은 자녀들과 소통을 하기는 해야 하는데 어떻게 해야 하는지를 몰라 고민하는 경우가 많다.

소통의 근본은 상대방을 이해하는 것인데 산업사회를 지나면서 의식주에 급급한 삶을 살아온 부모 세대가 창의의 지식 정보화 시대에 전혀 다른 문화 속에서 살아가고 있는 청소년들의 사고를 어떻게 모두 이해할 수 있겠는가. 결국 부모들은 자기주장을 하고 자기 논리를 이야기하지만 자녀가 공감할 수 없는 주장과 논리로는 자녀들과 원활한 소통이 이루어질 수 없다. 부모와 자녀의 부드러운 소통을 위해서는 세상을 먼저 깊이 있게 살아온 부모들의 높은 상대적 이해력이 요구되고 있다.

자녀와 소통이 잘되지 않으면 무슨 사고를 하고 있는지 모를 뿐더러 부모의 생각과 전혀 다른 각도의 사고를 할 수 있다. 내가 아는 친구는 아들을 4km가 넘는 거리의 고등학교를 아침마다 매일 태워다 주는데 차에 타면서 학교 앞 정문까지 가는 동안 한 마디도 하지 않는다고 한다. 물론 청소년기에 부모와 활발한 정신적 소통을 하는 학생들이 많지는 않지만 이런 심각한 소통 부재는 서로에게 더 큰 심리적인 상처를 가져올 수 있다.

어느 영화에서 본 이야기다. 조직폭력배 생활을 하는 아버지가 있었다. 아버지는 그런 생활이 싫었지만 처자식을 먹여 살리려면 어쩔 수 없는 유일한 길이라 할 수 없이 그런 생활을 계속 하는데 가끔 칼에 맞는 경우도 있었다. 어느 날, 칼에 맞은 배를 움켜쥐고 집에 들어가 딸아이의 일기장을 우연히 보게 되었다. 일기장에는 "우리 아빠는 깡패다. 나는 아빠가 정말 싫다. 영화를 보면 다른 깡패들은 칼 맞고 잘도 죽던데 우리 아빠는 왜 죽지도 않는 건지 모르겠다."고 쓰여 있었다. 아버지가 그 일기장을 보고 서글프게 우는 장면이 있었는데 이런 것이 부모의 주관적인 생각만 가지고 자녀와 소통하지 않을 때 나타날 수 있는 극단적인 현상이다. 결국 자녀와의 원활한 소통을 위해서는 부모가 항상 세심한 관심을 기울이고 자녀가 무슨 생각을 하고 무슨 고민을 하고 있는지 상대적 관점에서 깊이 있는 사고를 해보아야만 할 것이다.

가족 구성원 중 형제간의 소통이 원만하지 않은 가정도 많이 있다. 보통 집안의 행사나 명절 때에나 만나고 또 각자 배우자가 있어 생각이 다르고 어떤 상황을 바라보는 관점이 다르기 때문에 자칫 잘못하면 소통은커녕 부모 제사도 따로 지내는 심각한 갈등이 발생하기도 한다. 거기에다 재산 분할 문제나 부모 부양 같은 민감한 사항이 있으면 보기 사나운 상황이 연출되는 사례를 많이 볼 수 있다. 이런 일련의 상황들을 인간이 살아가는 과정에 일어날 수 있는 당연한 현상으로 받아들이기에는 너무 냉혹한 세상이라는 생각이 든다.

형제간의 갈등이나 충돌 같은 소통 부재 현상은 결혼과 더불어 가족의 개념이 바뀌기 때문에 나타나는 것이라고 할 수도 있다. 물론 형제자매들 사이의 마음속 깊은 곳에는 가족의 범위 안에 서로를 포함하고 있지만 각자의 배우자들은 가족의 테두리 안에 배우자의 형제들이 들어있지 않은 경우가 있을 수 있다. 여기에 갈등의 단초가 있는 것이다. 그래서 옛말에 며느리가 밝고 원만한 성격을 가진 사람이 들어오면 집안이 평온하며 화목하고, 표독스럽고 이기적인 사람이 들어오면 집안의 형제간 우애도 다 끊어 놓고 집안을 망하게 한다는 속설이 있는 것이다. 가족 구성원 간의 소통 중심에 며느리들이 서 있다고 할 수 있다.

가족 간이라도 근본적으로 소통하기 어려운 대상이 있을 수 있다. 그 이유는 여러 가지 원인이 있을 수 있으나 그런 경우는 반드시 소통해야 하는 사이가 아니라면 소통하려고 노력 하지 않는 것이 더 나을 수도 있다. 속된 말로 그냥 자기 멋대로 내버려 두라는 뜻이다. 왜냐하면 인간은 쉽게 마음의 변화를 하지 않고, 변화하더라도 오랜 시간과 노력을 필요로 하며 수십 년간 세상을 살아오면서 형성된 인간의 형태는 하루아침에 바뀌지 않기 때문이다.

가족 간의 소통에서는 한 가지 역할만 잘한다고 해서 다 되는 것은 아니다. 항상 자신의 역할은 대면을 하는 사람마다 다른 지위이기 때문에 다재다능한 종합적인 소통 능력을 필요로 한다. 가족 사이에도 상대에 대한 배려와 관심, 이해가 수반되지 않으면 진정한 소통이 이루어지기 어렵다. 가족 간의 잘못된 소통은 다른 것보다 더 큰 상처를 가져올 수 있기 때문에 항상 사랑이라는 소통의 요소를 앞에 올려놓고 대화해야 한다.

사람이 살아가는 세상에 사회를 구성하는 가장 기본단위라고 할 수 있는 가족, 즉 가정에서의 원활한 소통은 개인적으로 행복의 근본이기도 하지만 밝고 깨끗한 세상을 만드는 시작이기도 하다. 가족 구성원 사이의 사랑 충만한 소통은 행복으로 가는 지름길이다.

5. 친구 사이의 소통

사람은 처음 태어나면서 부모와 형제를 만나게 되고 조금 지나면 친구들을 만나게 되어 있다. 친구란 존재는 인생을 살아가는 과정 속에서 대상이 바뀌기도 하지만 생을 마감하는 그날까지 사람들은 친구들과 어울리며 살아간다. 친구는 같은 시대를 살아가기 때문에 가장 소통이 잘되는 인간관계라고도 할 수 있다. 이 세상을 살아가면서 이런 최고의 소통 대상이 없다면 자신이 아무리 훌륭한 삶을 살았다 하더라도 인생이 고독할 수밖에 없다. 본래 인생이 고독하고 허무한 것이기는 하지만 진심으로 소통할 수 있는 친구가 있다면 그래도 살아가는 인생이 그렇게 쓸쓸하지만은 않을 것이다. 진정한 친구 하나를 얻으면 세상의 반을 얻은 것이라는 말이 있듯이 친구란 그만큼 소중한 가치이다.

우리는 사회생활을 하면서 친구라는 이름으로 참으로 많은 사람을 만나고 있다. 어디까지를 친구라는 이름으로 정립을 해야 할지 명확한 기준은 없지만 소통할 수 있는 같은 세대의 친한 사람을 친구로 정의한다면 과연 진정한 친구는 얼마나 될까? 40~50대에 손가락 열 개를 다 구부릴 수 있는 사람이라면 아마도 인생을 외롭지 않게 살아온 사람이라고 볼 수 있으며, 진실한 친구가 많다는 것은 그만큼 마음이 풍요로운 부자라고도 할 수 있다.

사람이 깊이 있는 소통을 할 친구가 없다는 것은 참으로 슬픈 일이다. 우리나라는 최근 들어 자살률이 급증하고 있고 OECD 국가 중 1위라고 한다. 이것은 어쩌면 현대인들이 내면적 소통을 할 수 있는 친구가 많지 않아서 나타나는 부정적인 사회현상일지도 모른다. 고독, 우울 이런 것들은 결국 소통의 대상이 없기 때문에 나타나는 병리적 현상인 것이다. 고독을 즐긴다는 말을 하는 사람들도 있기는 하나 일상의 생활 속에 잠깐의 고독을 말하는 것이지 계속된 고독을 의미하지는 않을 것이다. 고독의 시간이 지나치게 길어지면 병적인 우울 현상이 오는 것은 어쩌면 당연한 현상일거라는 생각이 들기도 한다.

청소년기의 아이들이 가장 힘들어 하는 것 중 하나가 집단 따돌림, 즉 왕따인데 민감한 시기에 같은 또래 집단에서 함께 잘 어울리지 못한다는 것은 삶의 존재 이유를 아이들에게 생각하게 하기도 한다. 이런 일들은 청소년기의 소통 부재에서 나타나는 비극적인 현상이라 할 수도 있는데 청소년기의 소통은 특수한 시기성을 가지고 있다는 것을 알 필요가 있다. 그 특수성을 어른의 시각 관점에서 해석하려 하고 평가하려 한다면 큰 오류라 할 수 있다. 질풍노도 같은 청소년들의 심리를 먼저 헤아려야만 청소년기 친구들과의 소통을 어른들이 조금이라도 이해할 수 있을 것이다.

친구들과의 소통은 어린 시절부터 연습을 필요로 한다. 사람이 태어나서 어린이집과 유치원을 다니고 초·중·고등학교는 물론 대학을 졸업할 때까지 학문적인 지식을 배우는 과정이기도 하지만 그 과정에는 친구들과 소통을 학습하는 중요한 의미가 있는 기간이기도 하다. 사람은 이런 과정을 통해서 훌륭한 인격체가 형성되기도 하고 사람들 사이에 네트워크를 구성하기도 하며 정신적인 소통의 대상을 만나기도 한다. 또한 그런 과정 속에서 사람은 자신과 내면적 깊은 소통을 할 수 있는 친구라는 존재를 만나 인생의 정신적인 공유를 하며 살아가는 것이다.

요즈음은 사회가 지나치게 이기적인 풍토로 흘러가기 때문에 이해관계로 친구를 만나는 경우가 많이 있으나 이것을 바람직한 친구 관계의 형성이라고 보기는 어렵다. 이해관계로 맺어진 친구 관계는 이해관계가 없어지면 친구 관계도 사라질 수밖에 없다. 또한 그런 관계에서는 진실이 오가는 진정한 소통이 이루어질 수 없다. 형식적인 소통은 이루어질 수 있으나 인간 내면의 깊은 교류적인 소통이 이루어지지 않는다는 뜻이다. 물론 더러는 그런 관계에서도 건강한 방향으로 소통이 잘 이루어져 지속적인 관계를 유지하는 경우도 있기는 하나 그리 흔한 현상은 아니다.

친구란 심오한 철학적 깊이가 있는 진정한 소통을 할 수 있는 존중해야 할 훌륭한 대상이다. 친구를 존중하지 않는다면 이미 그는 친구가 될 수 없다. 술과 친구는 오래될수록 좋다는 말이 있듯이 그만큼 친구는 오랜 세월 동안 정신적인 소통을 해 온 사이이기 때문에 가벼이 논할 수 있는 것이 아니다.

'하와이에 네가 가라'는 말을 남기고 장동건과 유호성이 주인공으로 나오는 〈친구〉라는 제목의 영화가 비극적인 결말을 맺어, 자칫 친구란 존재를 긍정적이지 않게 인식되어지지는 않을까 우려되는 면도 없지 않으나, 친구는 노래 〈목로주점〉 가사처럼 정겹고 따뜻하고 그리운 존재이다. 결국 사람은 친구와 소통하면서 인간 사회를 처음으로 배우게 되고 또한 친구와 소통하면서 우정이라는 소중한 의미를 깨우치며 살아가는 것이다.

나의 경우는 친구들에게 늘 신세만 지고 살아온 사람이라 '친구' 하면 미안하고 고맙고 사랑하고 그리운 존재라는 생각이 제일 먼저 든다. 만 스물여섯 살에 처음 선거에 출마한 이래 네 번이나 선거를 치르는 동안 얼마나 친구들을 괴롭혔겠는가.

친구 이야기를 하다 보니 이번에 내가 책을 쓴다고 했더니 자기 이야기를 꼭 써야 한다고 했던 두부 공장을 하는 진교라는 친구가 생각난다. 이 친구는 평상시에는 그렇게 활달하고 박력 있는데 술만 먹으면 얌전한 새색시같이 변하고 노래방에서 도우미 아가씨 한 명이라도 들어오면 얼굴이 빨개지고 어쩔 줄 몰라 하며 몇 시간이고 다소곳이 앉아만 있는 요즘 보기 드문 친구이다. 이 친구 이야기만 쓴다 해도 이 책 한 권은 다 쓸 수 있을 것이다. 친구란 그렇게 할 수 있는 이야기도 많고 무언 속에 소통이 이루어질 수 있는 그런 관계이다.

사람들은 대부분 결혼을 하기 전에는 친구들과 많이 어울려 논다. 그러나 결혼을 하고 나면 친하게 어울리던 친구도 자주 만나기가 어려워진다. 그것은 어쩌면 당연한 현상이다. 새로운 소통의 대상이 생겼기 때문에 친구와 소통할 수 있는 시간이 그만큼 줄어들 수밖에 없는 것이다.

또한 결혼과 함께 자녀가 하나 둘 생기기 시작하면 더욱더 친구와 소통하기가 어려워진다. 이런 것을 가지고 친구가 옛날 같지 않고 변했느니 안 변했느니 하는 경우도 있으나 세월이 흐르면서 자신도 그런 처지가 되어 이해를 하게 된다. 그러다가 자식이 어느 정도 성장하고 나이가 40을 넘어 50을 지나다 보면 또다시 친구를 찾게 된다. 60대가 되면 오히려 젊었을 때보다도 친구 모임이 잘되고 참석률도 80~90퍼센트 된다고 하고. 70~80대가 되면 산에 가 누워 있는 사람을 제외하고는 거의 100퍼센트 참석률을 보이는 것이 친구들 모임이라고 한다.

오십도 안 된 내가 이런 말을 자연스럽게 하는 것은 20대 때부터 정치 현장에서 세월을 보내왔기 때문에 사람들이 살아가는 형태를 어느 정도 이해하기 때문이다. 정치 행사인 선거에 출마하는 사람들은 만 19세부터 현재 숨 쉬고 있는 모든 사람을 상대로 득표 활동을 해야 하기 때문에 나이를 뛰어넘는 소통 능력을 갖추어야만 한다. 그래서 정치는 인간의 종합예술 행위라고 말하기도 한다.

친구 사이의 잘못된 소통으로 내가 너에게 무엇을 어떻게 해주었는데 너는 나에게 그렇기 할 수가 있느냐며 서로 다투는 경우도 있다. 그러나 친구 사이는 '내가 어떻게 하였는데'보다도 상대가 '어떻게 받아들이고 있느냐'가 중요하다. 또한 친구 사이에서는 어떤 대가를 바라고 행위를 하기보다는 그냥 친구이니까 손해가 되건 안 되건 행위를 한다는 사고를 할 필요가 있다. 먼저 내가 상대의 깊은 친구로 들어가는 행위를 해야만 진정한 친구를 사귈 수 있다는 말이다.

친구 간의 소통도 일방적인 것이 아니고 상호교환적인 것이기 때문에 친구의 입장에서 배려하는 것이 무엇보다도 중요하다. 어떤 사람들은 친구에게 어려운 부탁을 너무 쉽게 하는 경우가 있는데 친구에게 지나치게 큰 부담이 될 수 있는 부탁을 쉽게 하는 것은 진정한 친구에 대한 예의가 아니다.

젊은 시절에 친구가 사업을 하는데 재정보증을 해 주고 친구가 망해서 같이 망하는 경우가 과거에는 많이 있었다. 건강한 친구 관계 유지를 위해서는 친구의 무리한 부탁을 기분 상하지 않게 적당히 거절할 줄 아는 것도 소통적 기술이라 할 수 있다. 그렇다고 해서 친구의 부탁을 무조건 외면만 한다면 진정한 친구는 있을 수 없다. 자신이 감당할 수 있는 것은 기꺼이 친구를 위해 해 주고 감당하지 못하는 것을 상처가 되지 않게 거절하라는 뜻이다.

진정한 친구를 얻는다는 것은 하루아침에 쉽게 될 수 있는 일이 아니다. 소나무 한 그루가 비바람 맞고 눈보라 치는 오랜 세월을 거쳐 나무로서의 아름다운 자태를 뽐낼 수 있듯이 친구 사이에도 많은 아픔과 슬픔의 세월을 견뎌내야만 아름다운 관계로 승화될 수 있다. 하룻밤 술을 마시며 쉽게 사귄 친구 관계는 모래 위에 쌓는 성과 같아서 우정이란 거대한 건물을 지탱하지 못하고 결국 무너질 수밖에 없다.

사람이 태어나서 부모의 품을 벗어나 처음으로 사회적인 소통을 하는 친구는 나이를 먹어가면서 각기 다른 모습으로 만나게 되지만 기쁨과 슬픔을 함께 나누며 가장 빠르게 소통할 수 있는 대상임에는 틀림이 없다. 그래서 사람은 친구를 잘 만나야 한다. 친구를 통해서 좋은 것도 배울 수 있고 또한 나쁜 것도 배울 수 있다. 특히 청소년기의 친구는 서로가 제2의 자신이라는 생각을 가지고 동료의식이 강하기 때문에 어떤 친구를 만나고 어울리느냐가 그 아이의 평생 삶의 형태를 결정할 수도 있다.

세상에 처음으로 가족 이외에 소통을 하게 되는 친구는 생의 동반자이자 스승이며 제자이기도 하다. 친구가 없이 세상을 걸어간다는 것은 황량한 사막의 고갯길을 오르며 오아시스를 찾고 있는 것과 같다. 진정한 친구와 소통하며 세상을 살아간다는 것은 반가운 손님을 기다리며 가슴 벅찬 환희의 내일이 기약된 것 같은 그런 삶을 사는 것이다. 사랑과 우정, 진정한 소통, 행복 이런 것은 표현만 다를 뿐 같은 말이다.

6. 단체에서의 소통

　우리는 세상을 살아가면서 크든 작든, 어떤 특정한 목적을 가졌든, 각종 단체에 가입해 살아가고 있다. 그것은 동창 또는 동문회가 될 수도 있고 각종 봉사를 하는 조직일 수도 있으며 이익을 공유하는 집단일 수도 있다. 자기 자신이 속해 있는 단체에서 얼마나 뛰어난 소통 능력을 발휘하느냐가 다른 한편으로는 리더십, 지도력이란 이름으로 표현되기도 한다.

　사람은 누구나 원활한 조직 생활을 하고 싶어 한다. 어느 조직에서나 항상 소외되어 있는 사람, 있으나 마나 한 사람으로 존재하고 싶은 인간은 아마도 없을 것이다. 그것은 아마도 살아 있는 사람의 본능적인 욕구일지도 모른다. 집에서 살림만 하니까 이런 사회적인 소통은 필요 없을 거라고 생각하는 여성분들이 있을 수도 있겠지만 자녀가 학교에 가면 어머니회나 운영위원회 등 나 아닌 자식과 연관된 사회적 조직에서도 소통은 반드시 필요하다.

　단체에서의 소통은 먼저 소속원인 자신이 그 단체의 특성, 설립, 목적, 기능 등을 정확히 파악할 필요가 있다. 왜냐하면 단체에서의 소통은 여러 사람이 모여 의사를 교환하는 다면적 소통이기 때문

에 그 단체의 생리를 이해하지 못한다면 아무리 열심히 잘해보려고
해도 원활한 소통이 되지 않을 수 있기 때문이다.

강제성을 띠지 않는 각종 사회단체에서 그 단체가 소통이 잘되고
운영이 원활하게 잘되기 위해서는 그 조직을 이끌어가는 지도자의
역할이 매우 중요하다. 지도자가 어떤 정신적 사고를 가지고 조직
을 이끌어 가느냐 하는 것은 그 조직의 존립 유무에까지 영향을 미
친다. 또한 그 조직의 각자 구성원들이 얼마나 의식을 가지고 참여
하느냐에 따라 그 조직이 발전하느냐 그렇지 않으냐가 결정된다.

사람은 자신이 속한 단체나 사회에서 자신의 존재를 확인하면서
삶의 가치와 의미를 느끼고 살아가는 감성적인 동물이다. 그래서
아리스토텔레스는 인간을 '사회적인 동물'이라 말했다. 사람이 살아
가다 극단적인 선택으로 삶을 마감하는 사람 중에는 자신이 속한
단체나 사회에서 자신의 의미를 발견하지 못하거나 그 속에서 자신
의 존립 의미를 잃었다고 판단하여 생기는 경우도 있다. 일반인들
이 보았을 때 그런 단체에서의 일이 뭐가 그리 중요하다고 극한상황
까지 가는 것인지 모르겠다고 할 수 있으나 실질적으로 자신의 삶
이 그 단체와 어느 정도 연관되어 있느냐에 따라 단체에서의 역할
과 의미를 바라보는 관점의 차이는 하늘과 땅이다. 특히 종교적인
이념을 바탕으로 만들어진 단체라든가 정치적인 목적을 가지고 탄
생하게 된 집단에서의 개인적 활동의 의미를 일반적인 평범한 시각
으로 판단하여 자신의 의견을 전달하고자 한다면 자칫 큰 오류를
범할 수도 있다. 오늘 우리 시대는 모든 면에서 단순화되어 있는 시

대는 아니다. 다양성을 인정하고 상대성을 이해해야만이 어디에서든 소통을 할 준비를 하였다고 할 수 있다.

단체에서의 소통은 개인과 개인 사이에서의 소통과는 많이 다른 면이 있다. 신속한 소통이 이루어지는 것이 아니기 때문에 합의의 소통이라 할 수 있는데 한 단계 더 높은 소통적 기술을 필요로 한다고 볼 수 있다. 개인 간의 소통은 상대를 배려하고 이해하여 의견을 들어 주는 것만으로도 80퍼센트의 소통이 이루어진 것이라 할 수 있는데 단체에서의 소통은 이해를 하는 것이 최우선이지만 자신의 객관성 있는 의사를 분명히 하여 전달하는 기술이 필요하다. 그렇지 않으면 단체에서 소통한다는 것보다 단체에 매몰되어 끌려 다니는 별 소신 없는 있으나 마나 한 개인에 불과한 것이다. 그렇다고 해서 논거가 부족한 자기만의 주장을 상황적 감각 없이 아무 때나 한다면 차라리 아무 의견 없이 경청하며 관망하고 있는 것만도 못할 수 있다.

예를 들어, 20명의 회원이 모여 의견을 내서 합의를 도출해 내는 과정에 자신의 의견을 충분한 논거와 논리적 증명 없이 아집적인 주장을 해 다른 사람들이 좋지 않은 이미지를 갖게 되었다면 자신의 새로운 이미지를 세우는 데 있어 개인 간의 대화에서 오류를 범한 것보다도 20배는 더 어려운 상황에 놓여있는 것이라 할 수 있다. 그렇기 때문에 공인이 공개적으로 비난받을 행위를 하였을 때 정치인이 되었건 사업가이건 공무원이건 명예를 회복하기가 그만큼 어려운 것이다. 그래서 단체에서의 소통은 체험적 연습이 필요하다.

단체에서 원활한 소통을 할 수 있는 방법을 열 가지만 이야기해 보면,

1. 깊이 있게 생각해서 주장할 내용을 정리하라.

2. 자신이 없을 때는 모두 외워서 이야기하라.

3. 짧고 명확하게 요지를 전달할 수 있도록 하라

4. 이미 앞에서 나온 이야기는 절대 반복하지 말라.

5. 사람들이 웃을 수 있게 만들어라.

6. 말의 강약 없이 똑같은 톤으로 말하지 말라.

7. 다른 사람들이 생각하고 있는 것이 무엇일까를 생각하라.

8. 비속어를 쓰지 말고 표준어로 이야기하라.

9. 시대의 흐름을 정확히 파악하고 말하라.

10. 항상 살아 있는 눈빛으로 이야기하라.

이 열 가지를 생각하고 사람들과 소통하고자 노력한다면 그는 반드시 단체에서 훌륭한 소통을 할 수 있을 것이다. 어떤 단체든지 소통을 잘하는 지도자는 연습이나 노력하지 않고 사람들 앞에 서지 않는다. 우리 인간의 멋진 삶은 저절로 이루어지지 않고 뜨거운 열정과 끊임없는 노력으로 아름답고 화려한 꽃을 피울 수 있는 것이다. 우리가 살아가는 세상에 대충 운 좋게 그런 것은 없다. 어쩌다 한 번 정말 재수좋은 날이 있을 수도 있겠지만 결국 짧은 순간에 지나지 않는다. 화려하고 찬란하게 빛나는 인간의 모습 뒤에는

반드시 피와 눈물이 뒤범벅된 노력이 있었다는 것을 우리가 잊어서는 안 된다.

사람이 사회생활을 하는 과정에서 단체에서의 소통 중 종교 단체에서의 소통은 매우 큰 특수성이 나타나 일반적인 조직의 통념 속에서 소통을 이야기할 수가 없다. 특히 대한민국처럼 다양한 종교적 활동을 하는 나라에서는 종교 집단을 더욱더 고정화시켜 이야기할 수가 없다. 교회만 하더라도 무슨 종파가 그리 많은지 어떤 것이 진정한 교회이고 어디가 사이비 종파인지 이해하기 어려울 정도이다. 불교도 요즈음은 속세의 정책까지 깊이 관여해 찬반을 주장하니 순수한 종교 단체로 보아야 하는지 영리를 목적으로 하는 이익 단체로 보아야 하는지 평범한 중생들은 헷갈릴 때가 많다. 심한 경우 자신들 내부 문제로 소통이 잘 안 될 때는 몽둥이를 들고 조직폭력배 싸우듯이 하는 것도 보았으니 그 종교를 믿지 않는 일반인들이야 그 집단 속에서 소통 부재로 발생하는 일들을 어찌 다 헤아릴 수 있겠는가.

교회의 소통을 이야기해 보아도 매우 복잡하다. 하나님과 목회자와 성경을 놓고 소통하는 방식이 교회마다 다르고 목회자와 신도와의 소통 형태가 교회마다 다르다. 또한 현실 정책을 바라보는 관점도 목회자들마다 달라 목회자들끼리 충돌하는 경우도 있고 신도들과도 충돌해 교회 본연의 모습은 무엇인가를 생각하게 할 때가 많다.

나는 개인적으로 종교인들은 정치에 깊이 관여해서는 안 된다는 생각을 가지고 있다. 왜냐하면 정치는 현실이기 때문에 인간의 이해관계가 가장 복잡하게 얽혀 있는 정책적 사안이 항상 눈앞에 놓여 있는 것이다. 종교의 근본은 현실적 구원에 있지 않고 내세의 관념에 있기 때문에 더욱더 그렇다. 또한 신도가 어떤 정책에 찬성하든 반대하든 구원을 얻을 수 있도록 이끌어 줄 책임이 종교 지도자들에게 있기 때문이다.

얼마 전, 천주교 단체에서는 추기경의 정부 4대강 공사 관련 발언으로 사제단에서 추기경의 발언이 궤변이라며 항명하는 사태가 일어난 적이 있었다. 종교 단체에서 국민적 의견이 분분한 정부의 정책적 사안을 가지고 왈가왈부하는 것도 이해하기 힘들지만 종교 지도자들이 단체 안에서 소통을 통해 해결해야 할 일을 가지고 정치인들처럼 기자들을 불러 회견을 하며 신도들이나 국민들을 혼돈스럽게 하는 행위는 더더욱 이해하기가 어렵다.

이렇게 종교 단체 내부에서의 소통도 어려운데 종교 단체 사이의 소통은 이루어질 수 있는 것일까, 하는 의문이 들기도 한다. 얼마 전, 각 종교 단체 지도자들이 모여 화합의 장을 마련하여 소통하고자 하는 것을 언론을 통해 본 적이 있다. 시도는 참 좋은 뜻이라 생각하지만 종교적 교리가 완전히 다른 그들 종교 단체가 잘 화합할수 있을 것인가에 대하여는 회의적인 생각이 들기도 하였다. 비록종교 단체 사이의 소통이 어렵기는 하지만 그래도 종교적 민감한사안은 제쳐놓고서라도 소통하고자 노력해야만 한다. 종교는 우리인간이 믿는 것이기 때문에 인간 존중의 공통분모를 놓고 소통해야만 하는 것이다.

　어쨌든 우리 인간은 종교 단체든, 정치적 이념 단체든, 일반적인 단체든, 단체에 소속되어 소통하며 살아가야만 한다. 사회가 발전할수록 단체에서의 소통은 더 많이 요구된다. 이런 단체에서의 소통이 점점 더 필요한 이유 중 하나는 인간 생명이 많이 연장되었기 때문이기도 하다. 요즈음은 직장을 퇴직하고도 30여 년은 더 살아야 평균수명을 살 수 있다. 각종 단체에서의 원활한 소통은 인간적인 삶의 질을 결정하는 데도 많은 영향을 미치기도 하지만 제2의 인생기라 할 수 있는 노년기를 쓸쓸히 마감하지 않기 위해서도 꼭 필요하다고 생각된다. 우리 인간이 살아가는 이유 중에는 자신의 개인적이고 본능적인 욕구를 충족하기 위한 면이 어느 정도 있기도 하지만 그래도 사람과 사람이 어울려 서로를 아끼고 사랑하며 단체 속에서 함께 웃을 때 행복한 감정을 느끼기 때문이기도 하다. 그러므로 인간은 단체를 통해 사회생활을 하는 조직 속의 동물이라 할 수 있는 것이다.

7. 직장에서의 소통

사람들이 일을 하는 직장의 형태는 참으로 다양하다. 세상에 존재하는 직업의 종류도 너무 많아 그 수를 정확히 헤아릴 수가 없다. 사람들이 모여서 각자 열심히 일하는 직장, 그것은 회사일수도 있고 또는 정부 기관, 학교, 병원, 은행, 방송국 등 기능이나 업무 형태에 따라 여러 가지로 분류할 수 있는데 무엇이 되었건 이런 것들을 일반적으로 통틀어 우리 사람들의 삶의 터전이라 할 수 있는 직장이라 말하고 있다.

과거 산업사회에서는 자기 자신에게 주어진 일 또는 역할만 열심히 잘하면 직장 생활을 하는 데 큰 어려움 없이 지낼 수 있었다. 일본 제국주의 문화에 36년간이나 길들여진 우리 한민족은 제국주의자들이 기계화된 인재를 요구하였기 때문에 창의적인 생활문화보다는 틀에 박힌 일을 하는 데 익숙하게 살아왔다. 이런 역사적 배경에서 형성된 산업사회에서의 소통은 단순히 윗사람, 아랫사람하고만 소통을 잘하면 능력을 인정받기도 하는 직장 생활을 할 수 있었던 것이다.

요즈음은 직장에서도 부서라는 이름을 쓰기보다는 팀이라는 용어를 써 조직 내에서의 융화 소통을 매우 중요시하는 시대가 되었다. 또한 조직 내부의 소통뿐만 아니라 조직의 외적인 소통도 중요해졌다. 예를 들어, 병원에서 일하는 간호사가 조직 내에서의 소통만 잘하고 환자와의 소통 능력은 부족하다면 직장 생활을 잘할 수 있겠는가? 병원뿐만 아니라 모든 직장에서 고객과 소통을 잘해야만 자신의 역할을 훌륭히 수행하는 직장인이라 할 수 있다. 공무원들은 고객인 시민들과 또 국민들과 소통을 잘해야 하고 회사는 소비자들과 소통을 잘해야 한다. 결국 소통이 직장인의 능력 평가의 잣대인 것이다.

어떤 직장이든 그 조직을 대표해 이끌어 가는 사람은 더 큰 소통 능력을 필요로 한다. 현재의 상황도 중요한 많은 판단이 요구되지만 미래와 소통할 수 있는 능력, 국제사회와의 소통 능력을 갖추어야 한다. 요즈음 한국의 글로벌 기업들이 앞다퉈 이삼십 년 뒤의 먹을거리를 준비한다고 어마어마한 투자를 하는 것은 결국 미래와의 소통을 준비하는 것이다. 현실 안주적인 사고로는 21세기 글로벌 기업을 이끌어갈 수 없다.

과거 냉전 시대, 공업화 시대에는 창의적인 사람보다는 시키는 일을 잘 수행해 내고 기계 부속품처럼 한정된 역할을 잘하는 사람을 인재라 하였다. 그래서 대부분의 시험제도도 사지선다형으로 잘 고르는 기술을 지식의 평가 기준으로 삼았으나 지금은 대학 입시는 물론 직장에서 사람을 채용할 때도 논리적 기술 등 새로운 형태의 시험제도가 생겨나고 있는 것이다.

대한민국처럼 경제 사회 문화가 급속히 변화하는 나라도 그리 많지 않을 것이다. 불과 60여 년 전 전쟁으로 잿더미 위에 앉아 있던 가난한 나라, 그 대한민국이 전 세계 경제 선진국의 문 안에 들어와 있으니 이처럼 눈부신 발전을 할 수 있었다는 것은 소통의 기술이 빠르고 학습 능력이 뛰어난 대한민국의 국민이 아니고서는 이루어내기 어려운 결과물이라 할 수 있다. 변혁의 새로운 시대, 이제 우리는 직장에서도 발전적 소통의 아름다운 형태적 문화를 형성해 나아가야 한다. 어떠한 직장이든지 간에 조직의 활성화에 근본이라고 할 수 있는 소통이 원활하지 못하다면 그 조직 또는 단체의 생명은 결코 길지 않다.

요즈음은 온라인이 발달해 보고하고 지시하는 일이 신속하게 이루어지고 있어 편리하기는 하나 감성이 교류하는 인간적인 소통은 직장에서 많이 이루어지지 못하여 안타까운 면이 없지 않다. 인간의 조직은 감성이 흘러야 하는데 지나치게 온라인적이고 첨단화된 형태로만 간다면 그것 또한 바람직한 소통의 형태는 아니다. 사람은 소통을 하는 과정 속에서 살아 있다는 것을 인식하게 되고 소통을 통해서 자기 존립을 확인할 수 있으며 소통을 통해서 삶의 보람과 행복을 느낄 수 있는 존재이다. 그런 인간이 소통은 외면한 채 단순한 일을 반복적으로 하며 조직의 한 부분에서 주어진 것만 열심히 한다면 바람직한 직장생활을 한다고 할 수 없을 뿐더러 그 직장의 미래를 생각해서도 좋은 현상은 아니다.

여러 직장 중에 24시간 긴장된 상황 속에서 소통을 해야만 하는 대표적인 곳이 병원의 수술실인데 실제 이런 일이 있었다. 동명이인이 수술실에 들어와 한 사람은 뇌를 수술해야 하고 다른 한 사람은 다리를 수술해야 하는데 수술 칼을 들고 몸에 대는 순간 환자가 바뀌었다는 것을 알아 수술실이 발칵 뒤집힌 일이 있었다. 잘못된 소통으로 이루어진 현상인 것이다. 만일 머리를 다 열고 다리를 모두 절개해 놓은 상태에서 알았더라면 얼마나 황당하고 환자는 얼마나 어처구니가 없었겠는가. 병원뿐만 아니라 일반 회사에서도 잘못 오고 잘못 전달되는 사례가 많을 것이다. 앞으로는 단체 활동을 하는 직장 내에서도 원활한 소통 능력의 척도가 그 직장의 미래를 결정하는 중요한 요소가 될 것이 분명하다.

직장 내부에서의 소통이 잘 이루어지려면 우선 노동자와 사용자 간에 신뢰를 바탕으로 한 소통이 잘 이루어져야 한다. 노사 간의 소통 부재로 수시로 파업을 하고 사용자는 또 해고를 하고 이런 갈등이 반복되는 회사가 있다면 그 회사의 미래는 매우 불투명하다고 할 수 있다. 노사 간의 원활한 소통을 위해서는 사용자의 노력도 중요하지만 노동자들의 단체인 노동조합의 역할이 그 무엇보다도 중요하다. 노동자들의 권익을 대변해야 하는 노동조합이 노동조합의 임원을 위한 노동조합으로 주된 활동을 한다면, 즉 노조를 위한 노조 활동만 하게 된다면 그 회사 또한 미래가 밝다고 할 수 없다.

오늘날 한국의 노동조합은 매우 높은 도덕성이 요구되기도 한다. 노동운동의 정착 과정에서 지나치게 적대적 투쟁 일변도의 활동 형태도 변화가 있어야만 하기도 하다. 노조와 사용자의 관계는 대립적 관계이기는 하지만 공생의 관계라는 것을 항상 잊어서는 안 된다. 기업은 이익 위에 존재하는 것인데 기업의 이익은 무시한 채 노동자의 권익만을 내세워 노동운동을 한다면 객관적 설득력을 얻기는 어려울 것이다.

기업이 극한 위기에 처한 상황에서 무리한 노동운동으로 회사가 폐쇄되기도 하는 예로 몇 년 전 쌍용 자동차의 경우를 국민들은 지켜본 적이 있다. 이런 경우처럼 노사 간에 거시적 소통이나 미시적 소통이 잘 이루어지지 않으면 어느 회사든 큰 위기에 처하게 될 것이다. 한국에서의 노사 소통은 정부에서 개입하여 중재 역할을 하기도 하여 노사정위원회가 구성되기도 하나 얼마나 긍정적인 역할을 했는지는 정확한 논거가 부족한 것 같다.

노사 간의 소통뿐만 아니라 노동자들 사이의 소통도 매우 복잡해졌다. 연공서열로 평가하고 진급하고 임금을 주고 하던 시대에는 그렇게 많이 복잡하지는 않았으나 수평적인 조직 체계로 직장도 변화해 가면서 팀장은 수십 명을 평가해야 하고 직원 상호 간에도 다면적 평가를 하기 때문에 다양한 형태의 소통이 요구되는 것이다.

또한 전문적인 지식이 요구되는 직장에서는 업무 영역이 확실히 달라 정규직과 비정규직의 차별적인 문제가 조금은 덜할 수 있으나 같은 작업 현장에서 똑같은 일을 하며 비정규직이라는 이유만으로 차별을 받는 것은 인간적인 비애감이 들게도 할 뿐더러 노동자들 사이에 벽이 생겨 원활한 소통이 이루어지지 않는 경우가 많다. 노동법이 정한 규정대로 비정규직이 일정 기간 근무하면 정규직으로 전환되어야 하는데 사용자들이 편법적으로 노동을 하도록 하는 경우가 많아 법의 실효성이 많이 떨어지고 있다. 이런 형태의 기업 경영은 결국 회사에 대한 불만으로 돌아와 때로는 회사에 막대한 손실을 발생하게 할 수도 있다. 21세기 기업의 운영은 과거와 같이 불법, 탈법, 편법으로 해서는 절대 성공할 수 없다.

유리알처럼 투명해져가는 사회적 구조 속에서 감추고 임기응변식으로 위기를 넘기고 불법적으로 자금을 조성해 뇌물을 주고 적당히 위법적인 행위를 하고 하는 식으로 기업 경영 마인드를 가지고 있는 기업가가 있다면 그 기업은 곧 망하게 되든지 아니면 회사는 살아 있다 해도 경영자는 반드시 바뀌게 될 것이다. 지금까지는 사업만 잘하면, 또 안 되는 일도 적당히 자본의 힘으로 밀어붙이기만 하면 기업 경영에 큰 어려움이 없을 수도 있었겠지만 앞으로 이런 정신적 사고를 가진 사람들은 성공적인 기업 경영을 할 수 없을 것이다. 결국 기업이나 또는 다른 모든 직장에서 도덕적 경영을 해야만 하는 시대가 온 것이다.

또한 오늘 이 시대에는 어떤 직장에서든지 간에 여성이라는 존재를 조직의 중심에서 외면한다면 70년대식 건설 회사가 아니고서는 그 조직이 원활하게 진보적 발전을 하기는 어렵다. 직장 내에서 여성과 원활한 소통을 하기 위해서는 1.육아 문제 2.성차별 문제 3.임금격차 문제 4.성희롱 문제를 우선 선결적으로 해결하지 않고서는 진정한 소통을 하는 데 많은 어려움이 있을 것이다.

얼마 전 집권 여당의 대표가 여기자들과 식사를 하면서 지금은 룸살롱에서도 성형수술을 하지 않은 자연산을 찾는다는 여성 비하 발언을 해 사과 기자회견을 하며 진땀을 흘리는 것을 본 적이 있다. 요즈음은 여성들의 권익 신장이 급속히 이루어졌기 때문에 과거의 생각을 가지고 여성을 대했다가는 큰 수모를 겪을 수 있으니 남성들에게는 신중한 언행이 요구되는 시대이기도 하다.

앞으로는 어떤 직장에서든 그 조직이 발전하기 위해서는 내부적으로 가족적인 분위기의 원활한 소통이 이루어져야 한다. 시대가 지식 정보 문화의 시대에 접어들어 있기 때문에 근대식 아날로그 조직으로는 무한 경쟁에서 앞서갈 수 없다. 또한 어떤 직장이든 간에 대부분의 조직에 여성이 과반수의 수적 형태를 띠고 있으며 여성들의 사회 진출은 점점 증가하고 있는 추세이기 때문에 남성적 전투적 조직을 가지고는 대외적인 소통도 잘 안 되지만 내부적인 소통도 잘 안 돼서 어려움이 많이 생길 수밖에 없다. 이런 시대적 흐름에 발맞추는 것이 곧 변화이고 혁신인 것이다.

직장에서 그 단체 구성 요소의 하나인 개인, 곧 나는 어떤 모습으로 만들어가야 원활한 소통을 할 수 있는 것일까? 사람의 이미지를 결정하는 요소는 시각적인 요소, 청각적인 요소, 감각적인 요소가 있는데 시각적인 요소가 이미지를 결정하는 데 58퍼센트의 영향을 미친다는 신뢰성 있는 조사 기관의 발표가 있었다. 소통은 사람과 사람 사이의 관계적인 문제이기 때문에 자신의 이미지를 다른 사람들이 어떻게 가지고 있느냐가 중요하다.

우리는 내면적인 역량을 키우기 위해 노력해야 하지만 외적인 이미지를 만들기 위해 노력하는 것도 가벼이 할 수 없다. 사람은 생각하고 생각한 대로 말하고 또 말대로 행동을 한다. 그렇기 때문에 사람은 언행이 일치하기 위해서 노력을 하는 것이다. 자기 자신의 올바른 이미지 구축을 위해서는 먼저 자신이 다른 사람과 소통할 준비가 되어 있는가를 뒤돌아 볼 필요가 있다. 나는 과연 어떤 사람인가, 나는 이 세상을 어떻게 바라보며 살아가고 있는가, 내가 가지고 있는 생각은 과연 올바른 것인가, 나는 남을 위해 무엇을 줄 수 있는 것인가를 깊이 객관성 있게 성찰해 보아야 한다.

우리 인간은 남을 비판하고 비방하는 데에는 뛰어난 재능을 가지고 있다. 그렇지만 자기 자신을 비판하는 능력은 많이 부족하다. 그렇기 때문에 나 이외의 것들을 부정적으로 보지 말고 자신의 깊은 내면을 들여다보는 자신과의 소통을 먼저 해야만 다른 사람과의 소통을 준비할 수 있다. 직장이라는 여러 사람이 함께 생활하는 단체에서는 사람과 사람 사이가 쉽게 비교 평가되기 때문에 자신만의 내면적인 소통 능력을 다른 사람들이 모를 것 같지만 쉽게 드러날 수밖에 없다. 그렇기 때문에 자기 자신의 깊은 내면과 진정성 있는 소통을 해야 한다.

직장에서 가장 많은 소통을 하고 소통 문제로 가장 많은 갈등과 고뇌를 하는 관계가 상사와 아랫사람과의 사이일 것이다. 그런데 직장 상사가 아랫사람들만큼 인간적인 깊이가 없고 소통 능력이 부족하다면 그 직장은 그만큼 발전이 어렵고 뒤떨어진 상사의 밑에서 일하는 사람들은 고통스런 직장 생활을 할 수밖에 없다. 직장인들의 가장 큰 어려움 중의 하나가 10년 뒤, 20년 뒤 자신의 모습이 별로 존경할 것도 없고 인간적인 매력도 보이지 않는 직장 상사의 오늘 모습이라고 생각할 때 느끼는 삶의 회의감이라고 한다. 직장 생활을 하는 사람들은 세월이 흘러 지위가 올라갈수록 그 지위에 걸맞은 인격적 자기 수양을 해야 한다. 그래야만 아랫사람이 따듯함을 느낄 수도 있고 인생의 많은 부분을 배우고자 하는 자세를 가질 수 있다.

사람들이 일하는 직장에는 여러 사람들이 모여 일하는 곳 말고도 혼자 또는 몇 명 안 되는 사람들이 손님이나 고객을 상대로 하는 개인 사업자 자영업자들이 있는데 이분들의 소통은 다면적인 능력을 필요로 한다. 대부분 서비스업에 종사하기 때문에 다양한 고객과 소통을 하기 위해서는 먼저 인간의 다양성을 깊이 있게 이해해야 한다. 자기중심이 아닌 완전한 고객 중심의 입장에 서야 사업도 성공할 수 있다. 그렇기 때문에 사회적인 소통 능력도 있어야하고 감각적인 소통 능력도 가지고 있어야 한다. 특수한 조직적인 직장 생활을 하다가 퇴직을 한 사람들이 자영업에 뛰어들었다가 망하는 원인이 바로 이런 소통 능력을 무시하기 때문이기도 하다.

사회적인 소통은 단체 속에서의 소통과는 많이 다르다. 대부분 단체 형태의 직장에서는 단체가 추구하는 목표 아래 모인 사람들과의 소통이 큰 부분을 차지하지만 사회 속에서 만난 사람들은 각자가 생각하는 기준이 다르고 삶을 추구하는 방향도 다르기 때문에 자신의 고정된 사고를 가지고 많은 사람들을 대하고자 한다면 실패는 물론이고 큰 난관에 부딪힐 수밖에 없다. 그렇기 때문에 사회적 다양성을 무시한 소통은 이루어질 수 없는 것이다.

우리나라의 개인 사업자의 비율은 다른 선진국에 비해서 지나치게 높다. 그것은 파이는 정해져 있는데 경쟁이 너무 치열하다는 뜻이다. 이런 시장의 구조 속에서 적당한 소통 능력을 가지고 고난도의 소통 역량을 필요로 하는 개인적인 창업 같은 것은 많은 연구를 한 후에 해야 할 것이다.

단체가 생활하는 직장이건 자영업을 하는 직장이건 오늘 우리 시대는 소통을 해야 된다. 그 소통의 시작은 다시 강조하지만 자기 자신과의 진솔한 내면적 소통이라는 것을 잊어서는 안 된다. 자기 자신과 완전한 소통을 할 수 있는 사람은 다른 사람을 심도 있게 이해할 수도 있는 것이며 또한 직장에서도 훌륭한 소통을 하는 사람임이 틀림없다.

8. 온라인 소통

현대 시대는 참으로 사람이 놀랄 정도의 빠른 속도로 모든 것이 변화와 발전을 거듭하고 있다. 내가 초등학교에 다니던 시절 1,000불 소득 100억 불 수출을 국가 경제 목표로 외치던 대한민국이 2010년 상반기 통계청 자료에 의하면 GDP(국내총생산)가 4,455억 달러로 세계 13위를 기록하고, 수출은 2009년 WTO(세계무역기구)가 발표한 바에 의하면 3,640억 달러로 세계 9위 1인당 국민소득 2만 불 시대를 맞이하고 있으니 한 인간이 그토록 가난한 시대에 태어나 이처럼 풍요로운 시대를 살다간 적도 없었고, 또 이처럼 급속한 경제성장을 이룩한 나라도 전 세계에서 없었다.

전깃불도 들어오지 않는 시골 중농의 가정에서 태어나 10리 길을 걸어서 초등학교를 다니던 시절, 앞으로 몇십 년만 있으면 집집마다 자가용이 있고 화장실에서 볼일을 보면 자동으로 물이 나와 씻겨주고 가만히 앉아서 스위치만 누르면 밥도 해 주고 세탁도 다 해주는 그런 시대가 온다고 선생님이 말씀하셨다. 그때 에이, 그런 세상이 어디 있겠느냐며 친구와 실랑이하고 시골 논두렁길에서 메뚜기를 잡으며 뛰어다녔다. 그런 시절이 엊그제 같은데 실제 그보다 더 화려한 시대를 살아가고 있으니 우리와 우리 윗세대처럼 가난과 피나는 노력과 찬란한 문명의 혜택을 경험한 세대가 또 국가와 민족이 어디 있겠는가. 요즈음은 한국의 이런 성장 과정을 국가 발전의 모델로 삼으려는 개발도상국의 학습이 한창이기도 하다.

대한민국을 단기간에 선진국 문턱에 갖다 놓은 중심에는 사람 이외에 컴퓨터라는 위대한 발명품이 있었다. 컴퓨터는 미국에서 처음 개발해 만들어냈지만 그 기기를 다루는 데는 한국인을 따라올 사람들이 별로 없다. 미국에 가서 컴퓨터를 사용해 보니 속도가 어찌 느린지 답답하기 짝이 없었다. 우리 국민의 빠른 손놀림, 다소 급한 성격 그리고 경쟁에서 이기고자 하는 민족적 특성, 아마도 이런 것이 대한민국을 IT 강국으로 만든 원인이 아닌가 하는 생각이 든다. 이제 한국에서는 컴퓨터를 잘 모르고는 생활하기가 매우 어려운 상황이 되어 버렸다. 컴퓨터가 이처럼 삶의 중심에 서기 전까지 사람들은 소통을 하는 데 있어 만나거나 전화를 하거나 편지를 쓰는 경우가 전부라 할 수 있었다. 그러나 지금은 미디어를 통해 화상 대화를 하고 전 세계가 거리와 관계없이 앉아서 서로 정보를 교류하며 소통하는 시대이니 신이 지구상에 다시 온다 해도 깜짝 놀랄 수밖에 없는 정보 통신이 발달되어 있는 시대를 우리들은 살아가고 있는 것이다.

인간이 만들어 낸 최고의 걸작인 컴퓨터는 우리에게 큰 문명의 혜택을 주고 있으나 또 다른 측면에서는 우리에게 새로운 문제를 안겨 주기도 한다. 컴퓨터를 통한 잘못된 소통으로 언어의 홍수 시대를 맞고 있는 것이다. 악성 댓글, 얼굴 없는 비방, 유언비어 등이 온라인상에 난무하고 불법 복제가 이루어지며 심지어 자살 사이트까지 생겨났으니 컴퓨터가 인간의 인성을 잘못되게 하는 것은 아닌지 걱정스럽기도 하다. 그 외에도 무분별하게 인터넷에 올라오는 동영상 음란물, 인터넷 성매매, 해킹 등 이루 헤아릴 수 없는 문제점들이 노출되고 있으나 제도적인 장치로 이런 것들을 막기에는 한계가 있다.

이제 우리는 온라인 소통의 새로운 문화를 만들어가지 않으면 안되는 상황에 처해 있다. 요즈음 어린이나 청소년들의 인터넷 게임 중독 실태를 보면 그 심각성이 도를 넘어섰다. 지난 2010년 11월에는 부산에서 게임 중독에 빠져 있는 중학생이 엄마가 나무랐다고 엄마를 살해하고 자신도 자살한 사건이 일어났다. 게임 중독의 극한 단면이 나타난 현상이다.

2010년 4~5월 여성부가 초등학교 4학년과 중학교 1학년을 대상으로 전수 조사한 바에 의하면 하루 4시간 이상 게임을 하며 대인 관계 곤란, 심리 불안, 하루 수면 시간 5시간 이내, 금단 증상 등의 문제를 가진 아이들을 말하는 고위험 게임 중독자가 각각 1만 1,181명, 9,014명인 것으로 나타났다. 어린이나 청소년들이 컴퓨터를 다양한 정보와 소통의 유용한 친구로 보지 않고 단순하게 게임을 하는 기기로 처음부터 컴퓨터를 잘못 인식하고 배운 것이다. 부모들이 아이가 처음 컴퓨터를 시작할 때부터 관심을 기울이고 단순 게임부터 취미를 갖고 컴퓨터를 대하지 않도록 지도해 주어야만 한다. 컴퓨터는 디지털 시대에 사람과 사람이 실질적으로 만나서 하는 소통 이외에 가장 큰 소통의 장이기도 하다. 이 소통의 광장을 얼마나 긍정적이고 유익하게 활용하느냐에 따라 어린이들이나 청소년기에 형성되는 있는 학생들의 인성을 결정하게 된다고 해도 과언이 아니다.

지난 2010년 교육과학기술부가 조사한 결과를 보면 청소년들이 욕을 배우게 되는 경로가 친구(47.7%), 인터넷 등 대중매체(40.9%) 순이었다. 대중매체 중에는 인터넷(26.4%)이 가장 큰 영향을 미친다고 하였고, 조사 대상 청소년들의 73.4%가 매일 한 번 이상 욕을 한다고 하였다. 이런 통계적 수치를 보더라도 온라인상의 청소년 소통이 얼마나 큰 부작용으로 나타나고 있는지를 알 수가 있다.

과거 온라인이 발달하지 않았던 시대에는 청소년들이 주변의 친구나 선후배들과 그들만의 소통 방식으로 어울리면서 어떤 친구 선후배를 사귀느냐에 따라 사람의 인성이 형성되는 중요한 계기가 되었다. 그러나 요즈음은 컴퓨터를 통해 서로 얼굴도 잘 모르면서 순화되지 않은 언어로 잘못된 소통을 하고 게임을 하며 욕설이 오고가기도 하니 컴퓨터 중독 시대라고 아니할 수가 없다. 그렇다고 무조건 컴퓨터를 하지 못하게 할 수도 없다.

요즈음 컴퓨터에서는 아무 근거 없는 허위 사실 같은 것을 마구 올리는 경우가 많이 있는데 이로 인한 피해는 정말 심각하다. 특히 유명 연예인이나 저명인사들에게는 한 인간으로서의 인권은 물론 삶의 정체성까지 흔들어 놓는 경우가 있다. 이런 비방 행위는 엄중히 처벌할 필요가 있는데 실제 추적해 보면 어린 학생들이 한 행동이 대부분이라고 한다. 청소년들이 이런 컴퓨터의 부정적인 활용에서 벗어나도록 하려면 컴퓨터를 긍정적으로 사용하는 데 취미를 붙이도록 하고 활용 문화가 바뀔 수 있도록 부모와 함께 노력해야 한다.

온라인을 통한 부모와 자녀들 간의 소통도 좋은 방법 중 하나가 될 수 있다. 특히 부모와 자녀들이 자주 대면할 수 없는 상황에 있는 경우는 온라인에 의한 소통이 가정을 행복하게 이끌어주는 요소가 될 수도 있다. 또한 학교에서 온라인을 통한 참다운 소통이 무엇인지 체계적인 교육을 하여야 한다. 영어, 수학 교육도 중요하겠지만 그보다 더 시급하게 필요한 것은 바로 인성 교육이다. 우리 역사를 돌이켜볼 때 착하고 배우지 못한 사람들이 아닌 잘못된 정신 사고를 가지고 있었던 많이 배운 지식인들에 의해 한민족이 큰 수난의 시대를 겪어왔다는 사실을 잊어서는 안 될 것이다.

전에 어떤 언론을 통해 고등학교에서 역사가 필수가 아닌 선택이라는 이야기를 들은 적이 있다. 그때 이런 교육정책을 실시하도록 하는 교육기관이 제정신인가 하는 생각이 들었다. 우리 학교교육이 최대의 위기를 맞이하고 있다. 우리가 어린 시절, 중·고등학교 시절에 역사와 정의를 가르치지 않고 진정한 소통을 가르치지 않으면서 영어 단어 수학 공식 하나 더 머리에 주입시키는 것을 교육으로 오인하고 있다면 21세기 교육의 가장 큰 오류임이 틀림없다. 교육은 한 나라의 미래를 결정하는 가장 큰 오늘의 좌표이다. 가정에서나 학교에서나 방향이 잘못된 교육은 하루 속히 바꾸어야 한다. 컴퓨터를 올바르게 이용하는 방법을 어린이나 청소년들에게 가르치려면 학교에서 교과과정에 체계적인 커리큘럼이 있어야 하는데 이런 것은 결국 교육 당국에서 해야 하는 것이다. 교육 자치가 실현되고 있으나 그러한 교육을 실행하는 자치단체도 없다.

또한 사이버 상에서 일어나는 온갖 범죄행위에 대하여 처벌할 수 있는 법적 근거도 미약하다. 법을 제정하는 정치권에서 시대적인 흐름을 제대로 따라가지 못하고 있는 것이다. 그리고 또 이런 범죄를 정밀하게 수사할 기관도 인력도 너무 부족하다. 모든 것이 새롭게 체계를 정비해야만 하는 시대이기도 하다. 우선 1차적으로 컴퓨터를 사용하는 사람들에 대하여 올바른 온라인 소통 교육을 하여야 하며 2차적으로는 컴퓨터 이용에 대한 정보 통신에 관한 법률을 정비해야 하고 3차적으로 온라인상의 불법행위와 다른 사람에게 심각한 피해를 주는 사이버 테러 행위를 적극적으로 수사하여 부모에게 연좌제를 적용해서라도 처벌해야 한다.

앞으로 온라인 소통에 대하여 적절한 교육과 제도적인 법의 정비가 이루어지지 않는다면 많은 사회적 문제뿐만 아니라 큰 혼란이 야기될 수 있다. 새로운 모바일 시대가 열리고 있기 때문이다. 한국은 이미 모바일 시대에 접어들어 2010년 기준 700만 명이 스마트폰에 가입되어 새로운 미디어 소통 시대가 되어 버렸다. 미국에서는 소셜 네트워크 서비스를 하는 페이스 북이 2011년 말까지 회원수를 10억 명이나 돌파하겠다고 한다. 기업 평가에 명성 높은 골드만 삭스는 페이스 북의 가치를 500억 달러(약 56조 원)로 평가했다. 새로운 형태의 인터넷 시장 변화가 오고 있는 것이다.

우리는 이제 업무를 볼 때든 아니든 컴퓨터를 벗어나서는 생활하기 어려운 시대를 맞이하게 되었다. 어쩌면 앞으로 핵무기보다 더 위협적인 것이 컴퓨터 해킹일지도 모른다. 모든 시스템이 컴퓨터와 연결되어 있는데 컴퓨터를 오작동하게 할 수 있다면 이는 엄청난 혼란과 파멸을 가져올 수 있는 것이다. 그렇기 때문에 온라인에 도덕이 들어간 교육이 전 세계적으로 있어야 하는 것이다.

요즈음은 가정에서 청소년들이 부모와 소통하는 시간이 많은지 아니면 컴퓨터와 소통하는 시간이 많은지를 생각해 보면 아마도 후자인 경우가 더 많을 것이다. 청소년들은 자신의 고민을 부모와 상의해서 해답을 찾으려 하지 않고 컴퓨터와 상담을 하며 또 잘못될 수도 있는 컴퓨터 지식을 가지고 문제를 해결하려는 경우가 많이 있다. 이것은 부모가 자신의 고민을 해결해 줄 수 없다고 판단해서 그런 경우도 있지만 부모의 잘못된 관심에서 그럴 수도 있다. 아이들과 단순히 성적만 가지고 이야기하고 공부에 관해서만 대화하고자 할 때 다른 이유로 청소년기에 올 수 있는 많은 문제를 부모와 상담하기는 매우 어려울 것이다.

부모는 자신의 현실적인 관점에서만 자녀들과 이야기하려 하지 말고 자신이 자녀들의 나이였을 때 어떤 생각을 하고 갈등을 겪었는지 깊이 있게 고민하고 지금의 우리 아이는 내가 어렸을 때보다도 훨씬 더 복잡 다양한 갈등을 겪고 있겠구나 하는 전제하에 아이의 한마디 한마디에 귀 기울이는 자세를 가지고 함께 고민하는 동지적 입장에 서야만 소통이 어느 정도 가능할 수 있다. 가정 내에서 청소년들이 자신과 소통할 수 있는 대상이 없다고 생각할 때 이들이 컴퓨터에 지나치게 빠져들며 컴퓨터를 통해 스트레스를 해소할 생각을 하게 된다. 결국 부모의 세심한 관심과 이해가 절대적으로 필요하다고 할 수 있다.

많은 청소년들이 깊이 있는 사고와 의식 없이 무분별하게 컴퓨터를 통해서만 소통하려 하고 아무 죄의식 없이 불법 복제를 하며 자신이 올린 악성 댓글이 어떤 영향을 끼치게 되는지 별 고민 없이 컴퓨터를 이용하고 있다. 바른 사용 교육이 절실한 시점이기도 하다.

9. 병원의 소통

사람은 태어나서 늙고 병들어 죽는다. 그것이 한자어로 생로병사이다. 사람은 누구나 병에 의해서든 사고에 의해서든 병원에 가야만 한다. 요즈음은 첨단 의료 장비의 개발로 병원에 가면 CT니 MRI니 마구 찍어대고 수술까지 로봇이 하는 시대이나 과거에는 의료진과 환자가 제일 먼저 대면적인 소통으로 병의 원인과 환자의 상황을 알 수 있었고 소통이 잘못되면 오진을 하는 경우도 많이 있었다.

꽤나 오래된 일이지만 서울에서 직장 생활을 할 때 어머니께서 집에 오셨는데 밤새 감기 몸살이 심해 아침 일찍 어머니를 병원에 모셔다드리고 직장에 나간 적이 있었다. 저녁 때 즈음 퇴근해서 병원에 갔더니 어머니의 상태는 더욱더 심각해 열이 점점 더 나고 끙끙 앓는 소리까지 내시며 고통스러워하고 계셨다. 병원 측에 무슨 처방을 했느냐고 물었더니 급성 위경련인 것 같아 위장약을 드시게 하고 각종 검사를 하였다며 그렇게 하루를 보낸 것이었다. 어머니의 상황은 비록 의료적인 지식은 없지만 자식이 보았을 때 심한 감기 몸살인 것 같은데 감기에 관한 처방은 하나도 없어서 엉뚱한 의료 행위를 한 것 같아 어머니를 모시고 나와 약국에서 감기 몸살 약을 지어달라고 하여 드시도록 하고 잠을 푹 주무시라 하였더니 몇 시간 뒤 회복을 하여 마침내 정상의 상태로 돌아오신 적이 있었다.

이처럼 전혀 엉뚱한 병원의 진단과 처방이 있었던 것은 어머니와 의료진과의 잘못된 소통이 원인이었다. 1차 환자와 대면하는 소통적 진료에서 어머니께서 배를 만지시며 이곳저곳 다 아프시다 하시니 병원에서는 잘못된 진단과 잘못된 처방을 하였던 것이다. 요즈음은 의료 장비가 첨단화되고 의료 행위의 기술적인 수준이 높아져 그만큼 오진율이 낮아지기는 하였으나 의사와 환자 사이의 1차적인 소통의 중요함은 예나 지금이나 마찬가지라 생각된다. 이런 1차적인 소통이 원활하지 못하면 병원은 환자의 경제적인 부담을 고려하지 않고 정밀 의료 기기로 촬영을 하고 그 자료에 의해 병명과 병의 원인을 찾아 낼 수밖에 없다. 우리는 누구나 환자가 될 수 있기 때문에 환자로서 의료진과 어떻게 소통하여야 하는가를 한번쯤은 생각해 볼 필요가 있다.

물론 자신이 소통을 잘해보고자 노력해도 문화나 언어적인 차이에 의해서 환자로서 어려움에 처하는 경우도 많이 있을 수 있다. 위중한 환자는 아니었는데도 언어적인 소통 불능으로 어려움에 처한 경우도 있다. 몇 년 전 부모님을 모시고 미국에 갔을 때 일인데 어머니가 배가 아파서 화장실에 가셨다가 비상벨을 잘못 눌러 호텔 안에서 큰 소동이 일어나 내가 고생을 한 적이 있었다. 이처럼 해외에 나갔을 때 몸이 아프면 큰 위기에 처할 수도 있다. 다른 나라에서 살고 있는 사람이든 여행을 간 사람이든 언어적인 소통이 안 되어서 환자로서 고생하는 사람들이 많다.

어떤 사람은 미국에서 여행을 하던 중 맹장염으로 병원에 갔더니 수술하고 입원 치료 후 3천만 원 정도의 병원비가 나와 깜짝 놀란 경우가 있었다고 한다. 언어적인 소통이 잘 이루어졌다고 해도 병원비를 깎아주지는 않았겠지만 놀라는 것은 조금 덜했을 거라는 생각이 든다. 우리나라에서 맹장염 수술을 하였다면 의료보험이 적용되어 백만 원도 안 될 텐데 놀랄 만하기도 하다. 이처럼 해외에서 생길 수 있는 언어적인 능력에서 발생하는 일이야 어쩔 수 없는 면이 있기 때문에 피해가 최소화될 수 있도록 노력할 수밖에 없다. 하지만 우리나라에서 의료진과의 원활하지 못한 소통으로 잘못된 진료와 처방이 생긴다면 이는 환자 자신의 오류적인 책임도 있다 할 수 있으며 그로 인한 피해는 환자 자신에게 모두 돌아오기 때문에 병원의 의료적 소통 시스템을 조금은 이해할 필요가 있다.

의약이 분업화되지 않았던 시기에는 병원에서 진단, 처방, 조제를 모두 해서 환자가 편리한 측면도 있었다. 또한 그때는 약국에서 약사가 대충 소통적 진단을 내려 약을 조제하고 처방하기도 하였다. 그리고 지금처럼 대형 병원에 입원 치료하는 절차가 복잡하지도 않았으며 간단한 병은 대부분 사람들이 그저 그렇게 약국에서 적당한 처방으로 약을 먹으면 되었다. 그렇게 되다 보니 우리는 먹지 않아도 될 약까지 먹어 약물 오남용이 심각한 상황에까지 이르게 된 것이다. 아무 데서나 쉽게 약을 구입할 수 있어 편리한 면도 없지 않았으나 약국에 가서 소통이 잘못되거나 또한 상업적으로 운영하는 약국에서는 수직적인 소통을 하며 순진한 소비자가 피해를 보는 경우가 많이 있었다.

그러했던 과거와 달리 의약분업이 실시되고 있는 오늘날에는 약국에서 환자가 고도의 소통을 해야 할 필요는 없어졌다. 그러나 병원에서는 의약분업 시대에 접어들면서 약국에서 하던 간단한 의료적 소통까지도 병원에서 해야 하기 때문에 의료진과의 소통 필요성은 더 많아졌으며 정밀 의료 기기에 의한 진단이 아니고서는 의료진과의 소통이 환자로서는 가장 큰 의사 전달 요소로 진료의 중요한 부분으로 지금도 차지하고 있는 것이다.

대부분의 많은 사람들은 매우 위급한 응급 환자가 아닌 이상 1차, 2차, 동네 병원에서 언어적인 소통을 하며 고도로 정밀하다고 말하기 어려운 의료 기기에 의해 병의 원인을 진단받기도 하고 처방을 받기도 한다. 그렇기 때문에 .빠른 수술을 요하거나 신중한 약물 복용을 필요로 하는 병에 시기를 놓치거나 약물 오남용의 대상에 우리들 자신이 될 수도 있는 것이다. 그렇다고 작은 병원에서는 오진을 하고 약물 오남용 처방을 많이 한다는 이야기는 아니다. 단지 소통적인 진료가 앞서다 보니 정밀성이 떨어지는 오류를 의료진도 범할 수 있다는 뜻이다. 또 큰 대형 병원이라고 해서 오진이 없고 정확한 진단을 규모에 맞게 비례적으로 한다는 이야기도 절대 아니다. 아무리 의료 장비가 발달되고 의료진의 기술 수준이 높다 하여도 아직까지도 대형 병원의 오진율은 높다고 할 수 있다. 또한 대형 병원에서 오진에 의해 사고가 발생하였다고 하여도 법적인 싸움을 하는 것이 쉽지 않으며 환자의 입장에서 오진을 입증하기란 정말 어렵다.

그렇기 때문에 환자가 의료적인 소통을 잘하기 위해서는 먼저 자기 자신의 상태에 대하여 의료인보다도 먼저 진단할 수 있어야 한다. 우리 인체에 대하여 가장 빠르게 감각적으로 진단할 수 있는 의사는 자기 자신이라는 것을 알아야 한다. 만남에 의한 소통적 진료에서 의사는 환자의 이야기를 듣고 기기적인 힘을 합하여 병을 발견하기도 하고 병의 원인을 알아 내지만 자기 자신의 몸에 대하여 미세한 감각적인 변화를 자신만큼 느낌으로 알아차리지는 못할 것이다. 그러므로 몸에 이상 징후가 나타났을 때에는 환자가 빠른 판단으로 이상이 온 위치를 선정하여 정밀 검사를 해 보아야 한다. 그래서 정확한 병명을 파악하는 것이 가장 중요하다고 할 수 있다. 그래야만 병을 올바로 치료할 수 있다. 이런 절차가 곧 자기 자신의 육신과 바로 소통을 하는 것이다.

병원이라는 곳은 고도의 전문 지식을 가지고 있는 여러 사람들이 모여 있는 특수한 집단이다. 그래서일지는 모르겠으나 각자 업무 영역에 대하여 조금은 폐쇄적이고 상하의 조직 체계가 확실하여 업무가 수직적이며 수평적인 소통이 많이 요구되는 곳이기도 하다. 수직적인 업무에 익숙한 의료인들은 환자와 상호 교류적인 소통의 진료보다는 간단한 질문과 검사 자료를 가지고 환자에게 지시적인 진료를 하는 경우가 아직도 많이 있다. 그렇다 보니 환자가 실질적인 고통을 충분히 전달하지 못하는 사례가 있을 수 있다. 정교한 상호 교류적인 소통에 의한 진단이 이루어지지 않으면 오진을 할 확률은 그만큼 높아질 수밖에 없다.

　요즈음은 대형 병원에 가면 수술을 할 때 로봇 수술을 권하는 경우가 있는데 깊이 생각해보고 결정할 필요가 있다. 로봇 수술은 사람 손보다 훨씬 가는 로봇의 손으로 수술을 해 미세한 부분까지 정교하게 수술을 할 수 있으며 주변의 정상 조직을 손상시키지 않기 때문에 수술 후 회복이 빠르다는 장점을 의료인들이 이야기하기도 하나 수술비에 건강보험 적용이 되지 않아 터무니없이 비싸고 직접 수술이 아니라 기계적 작동에 의한 간접적인 수술이기 때문에 기기 작동 기술 능력이 수술의 성패를 좌우할 수도 있을 것이다. 무슨 기계든지 간에 그것을 능숙하게 다루기 위해서는 시간적 사용 회수적인 경험이 필요하다. 그렇기 때문에 로봇 수술이 필요한가는 신중해야 한다는 것이다. 의사의 지시적인 소통에 의해 로봇 수술 경험도 부족한 의료진에게 중대한 수술을 맡겼다가는 자칫 더 큰 수술 후유증이 올지도 모르니까 말이다.

　병원에서는 환자와 의료인들과의 소통뿐만 아니라 의료인들 사이의 소통이 환자에게도 많은 영향을 미친다. 수술을 하는 과정에서부터 의료인들 간의 긴밀한 소통이 이루어져야 하는 것은 당연하지만 수술 이후에도 의료인들 사이에는 처방과 치료의 소통이 계속되어야 하는 것이다. 인간이라는 고귀한 생명체의 병을 고치고 치료하는 의료인들은 항상 긴장된 소통이 계속될 수밖에 없다. 이런 업무적 특성상 병원의 사람들은 스트레스를 많이 받기도 한다. 다른 측면에서 보면 자신의 입장보다는 환자 중심적인 소통을 해야 하기 때문이기도 하다.

우리들은 누구나 작은 병이든 큰 병으로든 병원을 갈 수밖에 없기 때문에 예비 환자로서 자신에게 질병이 찾아 왔을 때 어떻게 할 것인가를 한번쯤 생각해 볼 필요가 있다. 사람들은 갑자기 병이 생기면, 그것도 목숨이 위태로울 수 있는 중병이 찾아오면 환자 본인은 물론이고 가족들도 많이 당황하게 된다. 어느 병원으로 가야 하나, 누가 수술을 잘할 수 있을까 등등 선택하고 판단해야 할 많은 일이 생긴다. 병이나 사고는 예고하고 찾아오는 것이 아니기 때문에 상황이 닥쳤을 때 당황스럽겠지만 지나치게 불안해하지 않고 자연스런 인간 삶의 과정 속에서 피할 수 없는 현상임을 받아들일 수 있는 자기 자신의 정신적 수행과 내면적인 성숙이 요구되기도 한다. 그렇지 못하면 병의 원인보다 앞서 심리적인 병이 찾아와 생명을 위협할 수도 있다.

사람은 어떤 사고나 병이 찾아왔다고 하여도 자기 스스로 마음의 안정을 찾고 상황을 현실로 받아들인 상태에서는 의료인과 원활한 소통을 할 수 있겠지만 환자가 그 상황을 받아들이지 않고 '내가 왜 이런 병에 걸렸는지 이해가 안 돼. 내가 잘못한 것도 없고 남에게 나쁜 짓을 한 적도 별로 없는데' 하면서 병이 발생한 것을 억울해 하는 감정이 앞서서 현실을 거부하고 있다면 의료인과의 원활한 소통을 하기는 매우 어려울 것이다.

인간은 누구나 병에 의해서든 사고에 의해서든 죽는다. 대부분의 사람들은 백 년도 못 산다. 또한 태어난 순서대로 죽는 것도 아니다. 시기가 각자 다를 뿐 죽음을 피한 사람은 없었고 피할 수도 없다. 그렇기 때문에 우리는 품위 있게 죽을 준비를 해야 한다. 환자가 병의 통증이 너무 심해 고통을 이겨내지 못하고 스스로 목숨을 거두는 일도 있었지만 그것은 가장 비극적인 죽음이다. 종교적으로나 비종교인의 입장에서 보나 인생의 마지막 부분에 크게 잘못된 판단을 하고 가는 것이라는 생각이 든다.

사람이 살고 죽는 문제에 관한 한 견해가 다양하고 종교 집단마다 다른 관점에서 해석을 하며 각자가 진리임을 주장하고 있으나 어쨌든 죽음은 누구도 피할 수 없는 사실임을 앞에 놓고 큰 병이나 사고가 찾아왔을 때 심한 통증도 죽음도 환자로서 받아들일 수 있는 정신적 영적 성숙을 준비해야 한다. 그래야만 우리는 아름다울지도 모르는 영원의 세계를 고요하게 맞이할 수 있다.

병원에서의 소통도 환자로서 최선을 다할 뿐이라는 자세를 항상 가져야지 나는 어떤 일이 있어도 살 거라는 무모한 희망은 삶의 지나친 집착으로 이어지기 때문에 뜻대로 되지도 않을 뿐더러 병을 더 악화시킬 수도 있다. 유한한 삶을 살아갈 수밖에 없는 우리 인간은 목숨을 위협하는 병이 가까이 다가왔을 때 그 상황을 거부하며 부정하려고 몸부림치면 칠수록 통증은 더욱더 몸으로 마음 깊은 곳으로 파고들어 생의 마지막 순간까지 고통스러울 수 있다. 자연으로 돌아가든 영원한 이데아의 세계로 들어가든 언젠가는 우리는 자신의 고통스런 아픔을 앞에 놓고 의료인들과 병원에서 소통해야만 하는 시기가 찾아온다. 그것은 누구도 피할 수 없는 인간의 현실임을 우리는 받아들여야 하고 또한 그때를 대비한 마음의 준비를 해야만 한다.

Ⅲ

거시적 소통학

소통

1. 이익 단체 간의 소통

　요즈음 우리가 살아가는 세상에는 영리단체건 비영리단체건 그 수를 헤아릴 수 없을 정도로 많은 단체가 있다. 어디까지를 영리로 보아야 하며 어디까지를 비영리로 보아야 할지 그 기준도 모호해 정확히 구분하기가 매우 어렵다. 아무튼 각 단체들 사이에서 소통이 원활하지 못하면 사회적으로 혼란이 올 수 있고 국민들은 자신의 의사와 관계없이 많은 피해를 볼 수도 있다.

　예를 들어, 우리나라 의약분업 과정에서 실제 있었던 일이기도 하지만 의사협회와 약사협회가 자신들의 이익을 위해 자신들에게 유리하도록 법 제정을 요구하며 파업을 한다면 그 피해는 국민에게 돌아간다. 만일 교총이나 전교조가 교권 회복을 위해 파업을 한다면 어떻게 되겠는가. 학교는 혼란에 빠지게 될 것이며 학생과 학부모에게 큰 피해를 줄 수밖에 없다. 또한 지하철 노조나 철도 노조가 파업을 하면 수많은 승객뿐만 아니라 철도로 수송되는 많은 물류가 이송되지 못해 엄청난 경제적 손실이 발생할 수밖에 없을 것이 분명하다. 이런 이익 단체뿐만 아니라 이념을 바탕으로 모인 단체들이 정부를 상대로 하든 국회를 상대로 하든 총궐기 대회를 열어 불법적인 점거를 하고 가두시위를 하면 주변 상업 시설 등 많은 국민이 불편과 피해를 볼 수밖에 없다.

근래에 들어서는 시위 문화도 많이 바뀌고 독재 정권과 싸우던 과거 시절과 같은 커다란 이슈가 없어서 피해가 덜하기는 하지만 내가 대학을 다니던 시절에는 하루가 멀다 하고 데모를 하여 최루탄을 쏘고 돌을 던지는 경찰과 학생 사이에서 학교 주변 상가는 수시로 출입문을 내리고 휴업을 해야만 했다. 왜 우리는 이런 아픈 역사를 가지고 있고 아직도 불법적인 시위 문화는 완전히 사라지지 않는 것일까. 그것은 집단과 집단 사이에 소통이 잘 이루어지지 않기 때문이다. 우리는 개인 간의 소통도 원만하다고 말하기 어려운데 단체와 단체 사이의 소통 능력은 얼마나 부족하겠는가. 단체 간의 소통 능력은 다르게 보면 그 나라의 국민수준이라고 말할 수도 있다. 그렇기 때문에 국가마다 시위를 하는 문화가 다르고 대립되는 문제를 해결하는 소통 방식이 다른 것이다. 국민의 지적 수준이 낮고 경제 수준이 낮은 나라일수록 시위 문화가 과격한 형태를 띠고 심지어 쿠데타가 발생하기도 한다.

우리나라도 경험한 바 있지만 5·16 쿠데타나 광주양민학살 같은 것이 일어날 수 있었던 것은 민주주의 수준이 낮고 가난했던 시절이었기 때문이다. 지금과 같은 경제 선진국 시대에 그런 일이 일어날 수 있겠는가. 아마도 절대 일어날 수 없을 것이다. 경제가 성장하고 선진화되면 전 세계와 소통할 수 있는 능력을 갖추게 되어 폐쇄적이고 폭력적이며 비민주적인 행위는 국민의 눈을 속여가면서

할 수 없기 때문이다. 그래서 경제와 민주주의는 양 수레바퀴처럼 함께 굴러가야 하는 것이다.

지금도 북한과 같이 폐쇄적이고 가난한 국가에서는 군부 쿠데타나 양민 학살 같은 사태가 발생할 가능성이 충분히 있다. 사실 북한이라는 나라는 하나의 국가로서 존립할 수도 없는 최대 위기에 처해 있다고 해도 과언이 아니다. 수백만 명이 굶주린 배를 움켜쥐고 생존을 위해 몸부림치고 있는데 김정은 정권의 주변 사람들만 잘 먹고 잘살고 있으니 아무리 북한 주민의 눈과 귀를 막는다 해도 정권의 붕괴는 불 보듯 뻔한 일이다.

아마도 북한은 아무리 뛰어난 소통 능력을 갖춘 지도자가 나타난다 해도 회생시키기가 어려울 것이다. 왜냐하면 이미 북한은 개혁 개방이 이루어지지 않고서는 경제가 일어날 수 있는 기반이 무너져 있어 지도력으로 국가를 재건하기에는 도를 넘어서 있다고 할 수 있기 때문이다. 무능한 독재 정권 아래서 고통스럽게 살아가고 있는 죄 없는 우리 동포들이 정말 불쌍하고 핵으로 같은 민족과 인류를 위협하고 .있는 북한이 우리의 이웃 형제라는 사실은 참으로 슬픈 일이다. 국민의 기본적인 권리인 먹을거리도 해결하지 못하는 북한 같은 나라에서는 사실 각종 단체들의 설립을 독재 정권이 용납하지도 않지만 설령 단체들이 많이 있다고 하여도 국민들은 그들 사이의 소통보다도 굶주린 배를 채워줄 빵에만 관심이 많기 때문에 2차원적인 집단의 소통은 별 의미를 가질 수가 없다.

단체와 단체 사이의 소통은 그 나라의 역사 문화와 깊은 관계가 있다고 할 수 있다. 우리는 그동안 집단적 토론 문화를 잘 모르는 사회구조 속에서 살아왔다. 36년간의 일본 제국주의 시대를 살아야만 했었고 해방 이후에도 극심한 혼란기를 거쳐 군사 독재 정권의 시대를 지나면서 토론하고 합의하는 집단적 소통에 익숙하지 못한 시대를 살아왔다. 독재 정권이 유지되기 위해서는 자유로운 토론 민주적인 합의는 반가운 소리가 아니었던 것이다. 이런 역사와 문화 속에서 살아오다 보니 개인은 물론 집단적 소통의 방법과 형식 등을 가르쳐야 할 학교에서도 단순 주입식 교육으로 일본 제국과 독재 정권에 필요할 정도만의 교육을 시켜왔다. 그렇다 보니 집단적 소통 능력의 부재로 오랜 세월 동안 낭비적 대가를 치를 수밖에 없었던 것이다.

올바른 절차에 의한 토론 합의 소통 교육이 이루어지지 않다 보니 잘못된 방식의 주장을 소통으로 생각하고 그것이 당연한 민주적 절차인 것처럼 오류를 범하는 경우가 많이 있다. 개인과 개인이 상대의 입장을 배려하고 나의 주장을 하는 상호적인 작용이 소통이라고 하였듯이 단체와 단체 사이에서도 자신들 단체의 주장만을 내세우며 무조건 이해하기를 바라는 집단적 활동은 잘못된 비민주적인 주장이며 단체 소통 방법을 옳지 않게 이해하고 있는 것이다.

어떤 단체가 되었건 두슨 주장을 하기에 앞서 그 주장이 다른 단체에는 어떠한 영향을 미치는지 다른 단체의 입장에서 보아도 자신들이 주장하는 논리를 긍정적으로 받아들일 수 있는 것인지를 생각해 보아야만 한다. 이러한 기본적인 절차를 무시하고 자신들의 집단적인 주장을 관철시키겠다고 거리를 점령하고 언론을 통해 일방적인 주장을 하며 국민에게 강요적인 설득을 하려고 하는 이익적인 집단이나 이념적인 집단이 있다면 변화적 민주주의 시대라 할 수 있는 앞으로는 그 조직의 존립이 위태로울 수밖에 없다.

단체의 소통에서 어느 단체가 자신들의 주장 노선 등을 불변의 진리로 테이블 위에 올려놓고 소통을 하고자 한다면 그것은 소통을 하기 위한 기본적인 자세가 되어 있지 않은 것이다. 자신들의 주장이나 논리도 객관적으로 비합리성이 입증된다면 뒤로 물러서거나 주장을 폐기할 수도 있다는 전제를 가질 때에만 소통을 할 준비 단계에 서 있는 것이라 할 수 있다. 단체와 단체가 정당한 방법에 의한 소통이 잘 이루어지지 않는 사회, 주의와 주장은 있으되 상대성이 존중되지 않는 사회 그런 사회를 민주주의가 실현되는 사회라고 말하기에는 많이 부족한 면이 있다.

요즈음 한국 사회는 각종 봉사 단체, 이념 단체, 그리고 자신들의 주장을 함께 하기 위해 결성되는 이익 단체 등 이루 헤아릴 수 없는 많은 단체가 있다. 봉사를 표방하고 이익에 관여하는 단체가 있고 이익을 표방하고 있지만 봉사도 많이 하는 단체도 생겨나고 있다. 한국 사회에서 살아가고 있는 사람들은 누구나 단체에 한쪽 발을 걸쳐 놓고 살아가고 있다 해도 과언은 아니다. 이처럼 다양한 단체가 존재하고 생겨나는 것은 사회가 그만큼 점점 다양하고 복잡해져가고 있다는 반증인 것이다.

단체라는 것은 개인이라는 구성 요소가 결합되어 있는 하나의 유기체와도 같은 것이어서 개인의 소통 능력과 직접적으로 연관이 되어 있다. 그러므로 어려서부터 학교나 가정에서 개인의 소통 방법을 교육시키는 것은 한 인간의 내면적인 성숙을 가져오기도 하지만 단체 또는 그 사회가 진보적으로 발전하는 근원이 되기도 하는 것이다.

이제 우리는 국가적으로 소통의 시스템을 갖추어 어려서부터 체계적으로 교육을 시켜야 한다. 그래서 대한민국 동방예의지국을 세계의 소통 중심지로 만들어야 한다. 21세기 세계를 이끌어가는 중심국은 과거와 같이 군사적인 힘이나 단순 경제력만 가지고 될 수는 없다. 왜냐하면 선진국은 어느 나라든 핵무기를 만들 수 있는 능력을 가지고 있기 때문에 군사적 대결은 모두가 자멸이라는 것을 미국도 중국도 충분히 알 수 있기 때문이다. 세계 최고 IT기술을 자랑하는 우리 대한민국이 불쌍한 나라 저 북한이 만들었다고 하는 핵무기를 만드는 기술이 없겠는가. 아마도 핵뿐만 아니라 대륙간 탄도미사일을 만드는 기술도 벌써 다 가지고 있을 것이다. 이런 현실에서 군사력으로 어떻게 세계의 패권을 장악할 수 있겠는가.

결국 새로운 문화의 시대에는 도덕적인 기반 위에 세계를 설득할 수 있는 논리적인 기술 능력을 가진 나라가 국제 사회의 중심 국가가 될 것이라고 나는 생각한다. 그렇기 때문에 우리는 전 세계인과 소통할 수 있는 인재 육성 교육을 국가적으로 해야만 한다는 것이다.

개인의 소통 방법을 배우고 단체의 소통 기술을 익혀 소통을 가장 잘하는 나라를 만들어 분쟁으로 시달리는 많은 나라에서 소통의 기술을 배우러 한국으로 오고 위대한 소통의 기술로 남북이 통일되어 동북아의 안정을 가져온다면 우리 대한민국은 세계를 이끄는 중심국이 될 수도 있다. 대륙 세력과 대양 세력의 교착 지점에 위치하고 있는 우리 한반도는 통일 이후 세계의 정치 경제 교류의 중심이 될 수 있는 가능성이 충분히 있는 것이다. 본래 우리 민족은 단체 간의 소통 능력이 뛰어난 민족이다. 그래서 예부터 상부상조의 풍속이 발달해 향약, 계, 두레, 품앗이 등이 있었고 그 전통은 지금도 사라지지 않고 있다. 우리나라 사람들은 어디에 가서 살든 셋 이상만 모이면 단체를 만들어 서로 도와가며 살아가는 정적인 소통에 뛰어난 재능을 가지고 있다.

거대한 세계를 향한 소통도 작게는 개인 단체에서부터 시작되는 것이다. 근대 서구 사회는 개인주의를 바탕으로 발전을 하여 왔지만 국제 질서가 새로운 형태로 변화하고 있는 오늘날에는 개인이나 단체가 얼마나 융화하면서 소통적 질서를 지켜 나가느냐가 경제든 민주주의든 성패를 좌우하게 될 것이다. 여기에는 새로운 소통 수단인 정보 통신 기기가 아마도 그 소통적 기반이 될 수밖에 없을 것이다. 세계 최고의 IT 강국인 우리 대한민국은 통일 시대와 더불어 대륙 세력과 대양 세력이 한반도를 가운데 놓고 각축을 벌이던 시대를 지나서 우리가 이 대양 세력과 대륙 세력의 갈등을 조율해 주는 한반도 중심의 새로운 국제 관계의 시대를 열어나가게 될 것이다.

우리 국민도 이제 주인 의식을 가지고 국제 사회의 모든 문제에 대하여 책임감을 가져야 한다. 가난한 나라에 원조도 해야 하고 분쟁이 일어나고 있는 많은 지역에 평화가 유지되도록 최선의 노력을 해야 하며 세계 각 지역에 봉사단도 대거 파견해야 한다. 가장 가까이는 저 북한의 우리 동포들이 배를 곯지 않도록 해주어야 한다. 소통은 단순히 오고 가는 대화를 의미하는 것이 아니다 소통은 완벽하지 않은 우리 인간이 살아가면서 부딪칠 수밖에 없는 사랑, 고뇌, 슬픔, 절망, 기쁨 등을 한데 담을 수 있는 심오한 깊이가 있는 종합적인 언어이다. 그런 의미에서 춘추전국시대를 맞이하고 있는 한국의 각종 단체들은 한국의 국제적 위상에 걸맞게 자신들을 뒤돌아보고 소통의 철학적 깊이를 이해하여 새로운 한반도 시대를 여는 근본적인 힘이 될 수 있도록 노력해야 한다.

2. 자치단체의 소통

대한민국은 1952년 동족 간에 전쟁이 한창 진행 중인 때에 전국적인 지방의회 선거를 실시해 5·16 군사 쿠데타가 발생하기 전까지 약 10여 년간 부분적인 지방자치체를 실시하였다. 그러나 군사 정권은 강력한 독재 권력을 행사하기 위해 지방선거를 폐지해 버렸다. 그 후 1991년 3월 26일 기초 의원 선거를 시작으로 30여 년 만에 지방선거가 부활하였고 마침내 1995년 6월 27일에는 기초 광역 의원을 비롯하여 기초 광역 단체장까지 선출하는 동시 선거가 실시되어 진정한 지방자치의 시대가 열리게 되었던 것이다. 이렇게 자치 시대가 시작되면서 중앙정부와는 물론 지방자치단체 간의 소통이 풀뿌리 민주주의를 정착시키는 방법적인 수단으로 자리할 수밖에 없게 되었다.

과거 독재 정권 시절에는 중앙정부와 지방의 행정 단체인 시나 도와 소통이란 언어가 필요치 않았고 별 의미도 없었다. 왜냐하면 지방단체는 중앙에서 예산을 지원하고 중앙에서 단체장을 임명하는 강력한 중앙집권적인 행정의 체제였기 때문에 소통이란 언어는 공직 사회에서 많이 쓰이지 않고 오히려 상부의 명령에 복종하는 상명하복이라는 제국주의식 문화가 익숙해져 있을 수밖에 없었다. 그러나 지방의회에 이어 지방정부의 수장인 단체장까지 국민들의 선거에 의하여 뽑는 완전한 지방자치제가 실현되면서 일사분란하게 움직이던 행정조직은 이해관계에 따라 중앙정부에 대항하기도 하고 광역단체의 지시나 요구에 기초 자치단체가 따르지 않는 현상이 생기기도 한 것이다.

우리는 지난 노무현 정부에서 하기로 했던 행정 수도 이전 사업을 이명박 정부가 들어서면서 백지화하고 새로이 과학 비즈니스 도시를 건설하겠다고 하자 연기군민은 물론 충청도민까지 상경해 궐기대회를 하고 중앙정부 정책을 받아들일 수 없다며 지루한 논쟁을 하는 것을 지켜본 적이 있다. 결국 정부가 정책을 포기하고 지방정부의 주장에 손을 들어 행정 수도 이전 사업은 원점으로 돌아가버리고 말았지만 이로 인해 지역 간 대립 감정이 생겨나고 얼마나 많은 국력이 낭비 되었는가. 4대강 정비 사업에 지방정부마다 의견이 달라 어느 구간은 공사가 한창 진행되고 어떤 곳은 공사가 중단되는 해괴한 현상까지 발생하고 있다.

또한 지방자치단체 사이에 쓰레기 매립장이나 소각장을 어디에 할 것이냐, 우리 지역에 광역 쓰레기 매립장이나 폐기물 처리장은 절대 안 된다고 하며 서로 대립하는 경우도 있다. 이런 갈등이 발생하였을 때 갈등을 조정할 상위 기관도 소통 능력을 제대로 발휘하지 못하고 끝내는 법적 소송까지 가는 사례도 많이 있다.

우리는 지금 민주주의 국가로서 갖추어야 할 선거 의회, 주민자치 등 거의 모든 요소를 갖추고 있으면서도 민주주의의 결정체라 할 수 있는 소통이 잘 이루어지지 않는 사회를 살아가고 있다. 학교 급식을 하나 하는 데도 지방자치단체마다 실시 여부가 다르고 하나의 정책적 사안을 가지고도 의견이 제각각 다르다. 민주주의가 다양성을 인정하고 반대 의견을 낼 수도 있지만 반대를 위한 반대가 너무 많고 이기주의적 심리가 바탕이 된 반대가 너무 많다.

지방자치단체마다 기초는 기초대로 광역은 광역대로 논의의 장이라고 할 수 있는 의회가 구성되어 있기는 하나 행정 권력을 견제하고 집행부를 감시, 감독하는 책무를 충실히 수행하고 있는 것인지 의문스러울 때가 많다. 지방의회가 의무를 잘 이행하고 있다면 어떻게 국민의 혈세로 거대한 호화 청사를 자치단체마다 경쟁적으로 건립하고 화려한 의회 건물을 지을 수 있다는 말인가.

지금 우리에게 요구되는 행정의 시스템은 작은 정부 작은 지방자치단체 작은 지방의회가 아닌가 하는 생각이 들기도 한다. 또한 잘못된 예산집행이나 행정에 대하여 특별히 책임지는 그런 체계도 잘 갖추어져 있지 않다. 다음 선거가 실시되기 전까지 법적인 위배가 없는 한 인사에는 아무런 영향이 없기 때문에 책임 의식도 별로 없는 것 같다. 그러니 몇 달 있다가 뜯어낼 아스팔트 포장을 하고 불과 몇 년 뒤에 새로운 도로가 나는 데도 공사를 하니 도대체 책임이 따르지 않는 이런 식의 행정 집행이 어떻게 이루어질 수 있는 것인지 정말 이해하기가 어렵다. 잘못된 행정 집행에 대하여 책임지는 제도적 장치가 절실히 필요한 시기다.

지방자치단체가 중앙정부와 소통이 그다지 잘되지 않고 필연성을 서로 느끼지도 않는 것은 중앙정부 공무원과 지방자치단체 공무원의 인사 시스템이 다르기 때문이다. 중앙정부 공무원의 인사권은 각 부처의 장차관이, 장차관은 총리 대통령이 인사권을 가지고 있기 때문에 지방자치단체가 어떻게 운영되고 있는지 크게 관심을 가질 필요가 없는 것이다. 또한 지방자치단체의 공무원은 자신이 속해 있는 자치단체의 장이 인사 권한을 가지고 있기 때문에 중앙정부의 운영에 그다지 큰 관심을 가지고 있지 않으며 중앙정부에서 지원된 각종예산도 실효성을 따지지 않고 그해에 책정된 예산은 그해에 다 써버리는 관행으로 12월 전에 불필요한 공사가 진행되는 경우가 요즈음도 많이 있다. 공직 사회 인사 시스템의 변화가 필요한 시점이기도 하고 중앙정부와 지방자치단체 간의 새로운 소통 체계가 시급히 요구되기도 한다. 이런 자치단체 간의 소통에 가교 역할을 해야 하는 사람이 국회의원이라 할 수 있다. 국회의원은 이처럼 중요한 역할을 수행하도록 각각 개인에게 국민적 권한이 주어진 헌법기관이다. 그럼에도 불구하고 국회의원이 중앙정부나 지방자치단체 간의 소통에는 관심이 없고 자신의 개인적인 이익이나 권력욕에만 사로잡혀 있는 사람이 있다면 그 사람 지역구의 사람들은 많은 불이익을 받을 수밖에 없을 것이며, 또한 그런 사람이 국정에 참여하고 있다는 것은 국가적으로도 매우 큰 손실이라 할 수 있다. 결국 사익에 눈먼 정치인을 골라내는 것은 국민의 몫이다.

요즈음은 대통령이나 총리의 지시를 지방자치단체의 장들이 무조건 따르지 않고 광역 단체장의 의견을 기초단체의 장이라고 해서 무조건 수용하지 않는다. 또한 광역이나 기초나 자치단체가 시도별 전국적으로 협의회가 구성되어 있으나 자기 지역의 이해관계가 얽혀 있는 사업에는 절대 양보가 없다. 결국 단체 간의 배려가 없는 것이다. 이런 소통 부재의 행정 체계를 바꾸기 위해서는 지방자치법을 수정해야 하고 중앙정부 공무원이든 지방자치단체 공무원이든 소통 교육을 받아야만 한다. 그리고 어디까지가 지역을 위한 일이고 어디까지가 국가의 백년대계를 위한 일인지 체계적으로 정리해 공무원들이 공부하도록 하여야 한다. 또한 국회 지방의회 정책 결정에 관여하는 정치인들은 소통의 지도력을 공부해야 한다.

세계는 지금 무한 경쟁 시대로 접어들었다. 해외에 나갈 때 공항에서 크게 눈에 띄는 우리나라 대기업들의 광고 간판을 보고 항상 느끼는 감정이지만 우리 기업인들은 정말 대단하고 우리 국민은 위대한 저력을 가지고 있다는 생각이 든다. 물론 하나의 기업이 성장하려면 그 기업 구성원 모두의 피와 땀이 필요하겠지만 그 기업을 맨 앞에서 이끌어가는 리더의 지도력 없이는 할 수 없다고 생각한다. 우리나라처럼 행정이 앞서서 이끌어주지 못하는 환경 속에서 글로벌 기업으로 기업을 성장시킨다는 것은 정말 대단한 것이다. 나는 기업을 하는 사람이 아니지만 대한민국의 글로벌 기업을 이끌어 가는 경제인들에게 아낌없는 찬사를 보내고 싶다. 이분들의 피나는 노력이 있었기에 전쟁으로 폐허가 되었던 땅에서 불과 반세기 조금 지난 오늘날 세계의 경제 대국 대한민국으로 자리할 수 있었던 것이다.

우리 대한민국은 정치나 행정이 경제 수준을 따라가지 못하고 오히려 발목을 잡고 있는 경향이 있는데 시대에 맞게 쇄신적인 개혁이 필요한 분야이기도 하다. 지난 2010년 6월 2일 지방선거에서 대한민국의 지방 권력은 대부분의 예상을 깨고 여당인 한나라당이 참패를 하고 야권이 승리를 해 중앙정부의 지시적인 행정은 제대로 이루어지지 않게 구도가 되어 버렸다. 특히 대한민국 모든 분야의 중심이라고 할 수 있는 서울은 25개 구청 중 21개 구청장을 민주당이 장악하여 사실상 지방 권력의 정권 교체가 이루어졌다.

이런 상황에서 대화와 타협을 바탕으로 한 소통이 이루어지지 않고 일방적인 자기주장만이 난무하는 후진적인 행태가 계속되고 있다. 무상 급식이라는 정책을 놓고 주민투표를 해 시장이 물러났고 무상 급식을 주장하는 또 다른 야권의 후보가 서울시장에 당선되었다. 어쨌든 논쟁할 수밖에 없는 정책적 사안 하나를 가지고 주민투표를 한다는 것은 혼란스러울 뿐만 아니라 예산 낭비라고 하지 않을 수가 없다. 또한 무상 급식을 전면 시행하는 서울시는 그렇지 않아도 소외감을 느끼고 있는 지방과의 형평성 문제는 어떻게 해야 할 것인가를 고민해 보아야 한다. 그런 혜택이 부러우면 서울로 이사 와 살면 되지 하는 식의 미시적인 정치 행위를 한다면 큰 국민적 저항에 부딪치게 될 것이다.

요즈음 우리 사회의 무상이라는 대중영합주의 정책은 제일 야당의 대표가 급식에 보육 의료를 더해 실현하겠다고 하여 이상 국가의 건설이 눈앞에 와있는 착각을 할 정도로 우리를 현란하게 하고 있다. 2만 불 국민소득의 우리 현실에서 이렇게 무상 복지를 실현할 수 있는 것인지 실현한다면 그 재원은 어떻게 마련할 것인지 뚜렷한 계획도 없이 정책을 주장하는 것은 과연 책임 있는 정치인으로서 올바른 정치 행위를 하고 있는 것인지 깊이 생각해 볼 문제이다.

기본적인 재원의 바탕이 되지 않은 장밋빛 정책은 지방선거에서도 나타나 연간 수천 억 정도의 예산을 편성하는 자치단체에서 수조 원의 자금을 필요로 하는 사업 공약을 마구 해 주민들을 현혹시키기도 한다. 현실적인 바탕을 무시한 이런 정책 공약을 하는 정치 행위는 결코 바람직하지 않다. 우리 국민은 어떤 마인드를 가지고 있는 사람을 자치단체의 장으로 선출할 것인가를 깊이 있게 고민해 보아야 할 시점이기도 하다. 자치단체 사이에는 여러 가지 이해가 상충되는 부분이 많이 있는데 이런 문제를 잘 해결하기 위해서는 자치단체장의 소통 능력이 절실히 요구된다. 자치단체 간 이해관계가 심화되어 대립하게 된다면 지역감정, 지역 갈등으로 변화될 가능성이 매우 높다. 그렇게 되면 국론이 분열되고 국가 발전의 큰 장해 요인이 되기도 한다.

우리는 얼마나 오랜 기간을 영남, 호남, 충청으로 나뉘어 선거 때만 되면 지역마다 색깔이 다른 선거 결과를 지켜보아야만 했는가. 새로운 지방자치 시대에도 이런 구시대적인 행태가 계속된다면 큰 국가적 손실이 아닐 수 없다. 망국적인 지역감정의 선거를 없애기 위해서는 기초자치 단체장과 기초의회 의원의 정당 공천 제도를 없애야 한다. 공천권을 행사하는 국회의원들이 그렇게 할 수 있을까 하는 데에는 회의적이지만 국가의 미래를 위해 폐지했으면 하는 생각이다. 자치단체가 정파적 색깔에 치우쳐 행정을 한다면 자치단체 간에 진정한 의미의 소통은 기대하기 어렵다. 자치단체 사이의 소통은 먼저 국가의 미러를 위한 전제를 앞에 놓고 소통하려고 할 때만이 가능하다. 그것이 곧 국민을 위한 행정이다.

3. 소통의 정치

인류의 오랜 역사를 뒤돌아볼 때 예나 지금이나 변하지 않는 우리 인간 사회의 속성은 정치적 환경 속에서 살아왔고 살아가고 있다는 것이다. 사람이 가정이든 직장이든 지역사회든 어떤 단위의 구성원으로 살아가지 않고 홀로 살아간다면 아마도 그는 인간 이하의 동물적인 수준에 가깝거나 그렇지 않으면 신의 경지에 다다른 위대한 존재일 것이다. 대부분의 우리인간은 일정한 사회 속에서 함께 어울리고 정치적인 행위를 하며 살아갈 수밖에 없다. 그래서 우리 인간은 사회적인 동물이자 정치적인 동물인 것이다.

정치란 작게는 가정에서부터 세계에 이르기까지 서로의 존립을 중시하며 행복한 삶을 추구하는 인간의 행위적인 과정이라 할 수 있는데 그 과정에는 일정한 형식이 존재하며 그 형식을 체계화한 것이 규범, 규칙, 법률 같은 것이다. 이런 인간 세상의 약속과 규정에 의해 국가가 존재하고 세계의 질서가 유지되는 것이기도 하다. 또한 정치란 명예, 자존감, 역사 등의 무형의 흐름이라고 할 수도 있기 때문에 경제적인 계수의 가치로 표현하기는 어려운 것이기도 하다.

사람들이 살아가는 세상에는 집단이나 단체, 국가 운영에 많은 권한을 가지고 있고 실질적으로 이끌어가야 하는 사람이 있는데 그들을 정치인이라 표현하고 있다. 과거 민주주의 시대가 아니었을 때 정치인은 일정한 타생적 한계를 가질 수밖에 없는 대중과 무관한 존재일 수도 있었으나 국민들이 선거에 의해 정치인을 선출하는 오늘날에는 누구나 피선거권이 있으면 정치인이 될 가능성이 있는 시대를 살아가고 있는 것이다.

국민들이 직접 정치인을 선거를 통해 선출하다 보니 결국 정치인은 그 나라 국민 수준에 맞는 사람들이 탄생할 수밖에 없고 정치 행위를 국민 수준에 맞게 할 수밖에 없다. 그래서 정치는 현실이라 말하는 것이고 또한 현실적인 소통 능력이 없으면 그 시대의 정치인이 될 수가 없는 것이다. 하지만 우리 대한민국에서는 이런 원론적인 정치와는 거리가 먼 근현대 정치사의 시대를 살아왔다.

해방 이후 우리 정치사를 뒤돌아보면 파란의 역사를 살아온 우리 민족의 고뇌를 가히 짐작할 수가 있다. 일제가 물러가고 한반도는 외세에 의해 남과 북으로 분단되고 남쪽은 미군정이 실시되었다. 이후 미군정의 지원을 받은 자유당 정권이 들어서게 되었고 정치적 기반이 없는 자유당 정권은 친일 잔재들을 척결하지 않고 오히려 그들에게 많은 특혜를 주어 그들을 정치적인 기반으로 국정을 운영하게 되었다.

노쇠한 이승만 대통령은 이기붕이라는 권모술수가 뛰어난 정치인이 주도한 3·15 부정선거로 4·19라는 엄청난 국민 혁명에 부딪혀 대통령에서 하야하고 이기붕 일가는 처참한 최후를 맞으며 몰락하고 말았다. 이것이 해방 이후 대한민국 제1공화국의 슬픈 역사이며 국민과 소통하지 않는 독재 정권의 말로를 현실적으로 보여준 한국 최초의 역사이다. 자유당 독재 정권이 무너진 이후 야당 정치인들의 치졸한 권력 투쟁이 시작되었고 그로 인해 소통의 정치 민주정치는 제대로 해보지도 못하고 군사 쿠데타의 빌미를 제공해 제2공화국 장면 정권은 쿠데타 세력에 의해 결국 붕괴되고 말았다.

육군 소장 출신인 박정희 장군은 쿠데타 이후 군복을 벗고 마침내 대권을 장악해 길고긴 군사 정권의 시대가 시작되고 말았다. 박정희 군사 정권은 국민과 소통하는 정치를 하기보다는 강력한 절대 권력으로 경제를 일으켜 세우고야 말겠다며 선 경제성장, 후 분배라는 성장 일변도의 국정 운영으로 오늘날 경제 선진국의 기초를 닦아놓은 것만은 부인하기 어렵다. 이런 결론적인 측면에서 박정희 정권을 긍정적으로 평가하는 국민이 많다는 것 또한 현실이다. 정치 행위에 대한 평가는 관점에 따라 다를 수 있고 그것은 국민의 자유 영역에 속하는 것이니 어떤 결론이 옳고 그르다 단정 지을 수는 없을 것이다. 어쨌든 권력은 영원하지 않고 절대 권력의 최후는 불행할 수밖에 없듯이 김재규 중앙정보부장의 총탄에 박정희 대통령이 쓰러져 18년 장기 집권을 한 공화당 정권도 무너지고 말았다.

그 후 국무총리를 하던 강원도 원주 출신의 최규화 씨가 대통령 권한대행으로 국정을 이끌고 있었으나 전두환, 노태우 씨가 계엄 정국이 마무리되었는데도 군으로 돌아가지 않고 정권을 장악해 대한민국은 또다시 소통의 정치와는 거리가 먼 새로운 형태의 군사독재 정권 시대를 맞이하게 되었다. 광주 시민의 피를 뒤집어쓰고 탄생한 전두환 정권은 야당 정치인들을 비롯해 재야인사들을 국가보안법 위반이나 부정 축재자 및 파렴치범으로 몰아 가혹한 탄압을 하였으며 정권 말기에 노태우 씨에게 정권을 넘겨주기 위해 개헌을 하고자 하였으나 국민적 저항에 부딪혀 6·29 항복 선언을 하였다. 그러나 결국 노태우 씨가 선거를 통해 대통령에 당선되고 말았다.

이 과정에서 우리 국민은 국민과 소통하지 않는 독재 정권은 큰 국민 저항에 부딪힐 수 있다는 사실을 깨달았고 이해하기 어려운 또 하나의 사실은 그런 과정을 겪었지만 노태우 씨가 선거를 통해 대통령에 당선되었다는 것이다. 물론 엄청난 금권 부정선거라는 것을 국민들이 대부분 알고 있지만 쉽게 이해하기는 어려운 결과다. 양 김 씨가 단일화를 이루지 못해 생긴 결과라는 민주 진영의 비판이 있었지만 어쨌든 국민에게 항복 선언을 한 후보가 선거로 대통령에 당선되었다는 것은 우리 국민의 정치 수준을 평가할 만한 충분한 잣대가 되었다. 그렇게 전두환 ,노태우 군사정권 시대도 지나가고 새로운 민주화 시대가 시작되었다.

닭의 목을 비틀어도 새벽은 온다며 군사정권 종식을 외치던 김영삼 씨와 노태우, 김종필 씨가 3당 합당을 해 김영삼 정권이 탄생했는데 문민정부라는 간판을 내건 김영삼 정부는 금융실명제 등 개혁 정책을 추진해 보려고 노력했으나 IMF로부터 구제 금융을 받는 부도 직전의 국가 경제 상태를 만들어 많은 실업자가 생겨나고 기업이 문을 닫는 불행한 시대를 불러오고 말았다. 이것으로 인해 문민정부는 잘한 것도 많이 있지만 국가 경제 부도 위기를 불러온 무능한 정권이라는 오명에 덮어 좋은 평가를 받지 못할 수밖에 없었다.

그 후 김영삼 정권 탄생 과정의 3당 합당 효력을 지켜본 김대중 씨가 정권을 잡기 위해서는 김종필 씨의 역할이 중요하다는 것을 깨닫고 합당도 아닌 연합이라는 한국 정치사에도 없던 새로운 형태로 정계 은퇴를 번복하고 선거에 나서 당시 여당이었던 이회창 후보를 근소한 차이로 누르고 대통령에 당선되었다. 색다른 관점에서 보면 국민과 소통하는 정권 교체라기보다는 정치인들끼리 정치 공학적 연합을 해 탄생된 정권이라고도 할 수 있다. 결국에는 이념이 다른 정당이 연합해서는 성공할 수 없다는 선례를 남기고 김대중 씨와 김종필 씨는 추한 모습을 보이며 각자의 길을 걷게 되었다. 김대중 정부는 여러 논란이 있을 수 있으나 국민의 인권을 신장시킨 정권 국가 경제 부도 위기에서 어느 정도 탈출할 수 있도록 한 정권이라고 평가할 수도 있을 것이다.

김대중 정권 이후 조금은 자유인 같은 정치인, 어떻게 보면 이상주의자 같은 정치인이지만 그래도 감성이 풍부한 노무현이라는 다소 이색적인 정치인이 대통령에 당선되면서 선거 및 정치 자금 제도가 바뀌고 정치적인 시스템에도 많은 변화가 있었다. 역대 대통령 중 아마도 국민과 소통하기 위해 가장 많이 노력해 온 유일한 대통령이 바로 노무현이라는 정치인일 것이다. 소통을 하려고 하는 과정에서 다소 세련되지 못한 언어를 구사해 많은 화재를 낳기도 하였지만 아마도 영혼이 깨끗한 정치인이었던 것 같다. 그러나 순수한 열정으로 대선 과정에서 TV 광고에 눈물을 흘리며 출연했던 노무현이라는 한 정치인도 형제, 부인, 아들과 원활한 소통이 이루어지지 않아 재임 기간 동안 돈과 가족이 얽힌 문제로 자연의 한 조각으로 돌아가겠다는 유언을 남기며 비참하게 생을 마감하고 말았다. 모든 불미스러운 과정을 제쳐놓고서라도 퇴임이후 대통령에 당선되기 전에 살던 집으로 돌아갔으면 하는 것이 국민의 한 사람으로서 내 바람이었다. 비록 고향이라고 하여도 시골 마을에 가서 퇴임 후를 생각해 빚을 내 큰 집을 짓고 하는 것에서부터 불행의 씨앗이 뿌려진 것이다. 이것은 깨끗하고 순수한 열정을 소유하고 있었던 대통령이 할 정치 행위나 개인적인 행위는 아니었다는 생각을 해본다.

지금까지는 정치의 스통을 이야기하려다 보니 우리 과거 정치사를 돌아보지 않고는 현실 정치를 논하기 어려운 면이 있어 해방 이후 오늘이 있기까지를 나의 주관적인 입장에서 개략적으로 평가하였다. 정치란 현실인 것인데 자꾸만 흘러간 옛 노래를 틀어놓고 감상에 젖어봐야 서글퍼지기만 하고 후회스럽기만 한 것이니 현실적인 정치 이야기를 해 보아야겠다.

오늘 이 시점에서 우리 대한민국을 깊이 있게 들여다보았을 때 정치가 원활한 국민적 소통의 역할을 하고 있는 것인가. 기초 지방단체까지 완전한 자치제가 실시되고 국회의원, 대통령까지 국민이 직접 선출하는 완벽한 소통의 시스템을 제도적으로 갖추고 있으나 국민으로부터 권력을 위임받은 정치인들이 국민의 요구를 제대로 이해하며 국민과 소통을 잘하고 있다고 많은 사람들이 생각하지 않고 있다. 이렇게 정치인들이 국민과의 소통에 소홀한 것은 잘못된 행정 집행이나 정치 행위에 대하여 책임을 물을 수 있는 제도적인 장치가 부족한 것이 가장 큰 원인이다. 행정적 감사나 불법 행위에 대한 수사 이외에는 이들 정치권력을 견제할 기구나 행위가 마땅히 없는 것이다.

불법적인 정치 행위에 대하여 결국 국민이 감시 감독하여 주민소환을 하거나 국민소환을 하여야 하는데 이런 역할을 수행할 국민적인 기구도 제대로 존재하지 않고 있다. 도덕적인 기준이 부족한 사람도 선거에 당선만 되면 막강한 행정 권력과 정치권력을 가질 수 있고 그 권력을 제한할 수 없으니 국민과의 소통에는 관심이 없고 자기 기준대로 정치적 행정 행위를 마구 해 국민의 혈세가 낭비되는 사례가 수도 없이 많이 발생하는 것이다.

먼저 대통령부터 국민을 두려워할 줄 알고 국민을 받드는 정치 행위를 해야 한다. 다음 선거에 다시 출마해 평가를 받을 것이 아니니 지도자의 정신 철학으로만 꿋꿋하게 하면 되는 것이지, 하는 식의 사고를 가지고 국정의 최고 책임자가 정치를 한다면 국민을 어찌 존중하는 국정 운영을 할 수 있겠는가. 광우병 파동으로 촛불 집회를 하는 사람들이 광화문 광장을 가득 메우고 있는 광경을 청와대 뒷산에서 지켜보며 많은 것을 깨달았다는 대통령을 보고 우리 국민은 이제 국민과 소통하는 정치를 하겠구나, 하고 기대하고 있었다. 하지만 여전히 청와대를 비롯한 권력 기관에는 부자들만이 넘쳐나고 있는 이명박 정권이 오늘 이 화려한 시대에 가난으로 슬프게 살아가는 대중의 마음을 어떻게 달랠 수 있겠는가.

인간은 부자나 가난한 자나, 배운 자나 배우지 못한 자나 행복하게 삶을 살아가기를 원한다. 또한 인간은 누구나 세상에 태어난 이상 행복을 추구할 권리를 가지고 있다. 오늘의 이 부자 정권을 보고 지금 이 순간도 가난에 몸부림치는 수많은 국민들은 어떤 생각과 마음을 가지고 있을 것인가. 과연 그렇게 많은 재산을 가지고 있는 사람들이 오늘도 눈물 젖은 빵 한 조각을 먹고 있는 서민의 마음을 조금이라도 헤아릴 수 있는 것일까, 하는 의문이 내 뇌리에서 사라지지 않는다. 눈물 젖은 빵을 먹어보지 못한 사람은 인생의 깊이를 이해할 수 없다는 말이 있듯이 이명박 대통령처럼 시장 좌판에서 일해 본 경험이 있는 사람들도 아닌 대통령 주변의 많은 부자 권력자들이 개인도 아닌 국민의 심리를 이해할 수 있을 거라 대통령이 생각하고 있다면 큰 오류다.

이명박 대통령이 선거 과정에서 공언한 전 재산을 사회에 환원하겠다는 약속을 지키는 실천적인 행위를 보고 대통령이 사욕이 없고 진정으로 역사에 남는 대통령이 되고자 한다는 것을 생각이 있는 국민이라면 충분히 이해할 수 있을 것이다. 이명박 대통령에 이어 김영삼 전 대통령도 전 재산을 환원한다고 하고 한나라당 원희룡 의원은 부자는 부끄러운 것이 아니나 부자로 죽는 것은 부끄러운 일이라며 아직 젊은 정치인이 재산을 사회에 환원하겠다고 선언한 것은 모두가 경의를 표해야 할 일이다.

정치인이든 사업가이든 자신의 전 재산을 사회에 환원하고 생을 마감하겠다는 것은, 삶과 죽음 그리고 인생에 대한 분명한 소신이 정해져 있지 않고서는 할 수 없는 일이다. 이런 사람들에게는 적도 있을 수 없고 승리나 패배 같은 것도 살아가는 과정 속에서 나타날 수 있는 하나의 현상일 뿐, 어떤 상황에서도 인간 본연의 모습이 흐트러지지 않는 인간 최고의 경지에 오른 깨우친 사람들이라고 할 수도 있다. 대통령을 비롯하여 국회의원, 장차관, 자치단체장, 지방의원 등을 이처럼 자신의 개인적인 이익을 벗어버릴 수 있는 사람들로 모두 하게 된다면 그것은 아마 이상 사회일 것이다.

그런 이상 사회는 이루어질 수도 없겠지만 최소한 공직에 나서는 사람이 부정 축재를 할 수도 있다는 정신적인 사고를 해서는 안 되며 그런 사람은 절대 공직자가 되어서는 안 된다. 권력이 존재하는 구석구석마다 재벌형 공직자들이 청와대의 눈치만을 살피고 있는 상황에서 대통령 혼자 세계를 누비고 G20 경제 대국의 세계 지도자들을 한국에 불러들이고 해도 나라를 대통령만이 새벽부터 일어나 이끌어가는 느낌이 들고 수십억, 수백억씩 자신들의 곳간을 가득 채워 놓고 있는 사람들끼리 모여 국민을 위한 정책이나 서민 정책을 이야기해 봐야 상대적 빈곤감에 허덕이는 가난한 국민들은 그 진정성을 의심할 수밖에 없다.

그렇다고 해서 재산을 많이 가지고 있는 사람들이 잘못되었다고 하는 것은 절대 아니다. 자본주의 국가에서는 재벌도 있을 수 있고 가난한 사람도 있을 수 있다. 사업을 해서 많은 재산을 모은 사람에게 자본주의 사회에서는 성공한 사람으로 평가하기도 한다. 그러나 사업을 해 본 경험도 없고 공직에 있었거나 학교에 있었거나 정치를 하던 사람들이 많은 재산을 축재해 놓았다면 그들을 성공한 사람으로 보아야 하겠는가. 나는 개인적으로 그렇게 보지 않는다. 정당하지 못한 행우를 했거나 또는 어떤 상황에서 많은 이익을 남겼거나 한 것이기 때문에 자신의 이익만을 위하여 살아온 사람의 표본은 될 수 있으나 존경할 만한 훌륭한 사람은 되지 못한다. 그런 사람들이 공직에 특히 고위 공직에 올라서는 안 되며 그런 사람들이 공직에 있는 한 국민 대중과 소통할 수 없을 뿐더러 국가의 장래가 밝다고 할 수만도 없다는 생각이 든다. 적어도 한 나라의 국정 운영에는 돈 많은 사람도, 돈이 없는 사람도, 제주도 사람도, 전라도 사람도, 젊은 사람도, 나이든 사람도 조화 있게 형평성 있게 참여할 수 있도록 하여야 하는 것이다 그것이 바로 국민과 소통하는 정치이기도 하다.

정치권력을 가지고 있는 사람들은 항상 국민의 입장에서서 국민을 이해하고 배려하는 자세를 가져야 한다. 또한 그런 자세로 정치를 하려고 할 때 진정한 소통의 정치를 할 수 있는 것이며 국민은 정치에서 희망을 발견할 수 있다. 대한민국의 정치에서도 세련된 대화와 협상으로 국가 중대사를 타협하는 소통의 정치가 이루어지는 것을 보고 싶다. 혹시 지나친 기대를 하고 있는 것은 아닌지 모르겠다.

4. 여와 야의 소통

　민주주의 국가에서는 일당만이 존재하는 정치 체제를 가지고 국가가 운영될 수는 없다. 양당제든 다당제든 여와 야로 나뉘어 정치를 할 수밖에 없다. 대통령중심제의 국가에서는 양당 체제가 많으나 내각책임제에서는 다당제의 형태가 많다. 정권을 장악하고 있는 여당 정권 획득을 목적으로 각양각색의 사람들이 모여 있는 야당 책임정치를 실현해야 할 여당이나 집권당을 견제해 주어야 하는 야당이나 국민의 입장에서 보면 민주주의 발전을 위해 양쪽 모두 없어서는 안 될 중요한 정치 집단이라고 할 수 있다.

　또한 여와 야는 수레바퀴처럼 양쪽이 적당히 균형을 맞추어야지 지나치게 한쪽으로 기울면 수레가 잘 굴러갈 수 없듯이 국가도 민주적인 발전을 하기가 어렵다. 그렇기 때문에 여와 야는 정치적인 이념이 달라도 상생할 수밖에 없는 어쩌면 공동의 운명체라고 볼 수도 있다. 국가라는 틀 안에 여와 야가 존재하는 것이므로 국가의 중대한 안보나 외교 문제에서는 당을 초월해 협력해야 할 이유가 여기에 있기도 하다. 하지만 우리 대한민국에서는 천안함 사태가 발생했을 때나 연평도 포격 도발이 있을 때처럼 국가가 중대한 위

기 상황에 처했을 때에도 여와 야의 소리는 제각각 다르다. 여와 야
는 대화하고 타협하며, 즉 소통해야 하는 대상인데 서로가 소통의
대상으로 생각지 않고 싸움의 대상으로만 인식하고 있는 것이 아닌
가 하는 생각이 들 때도 있다.

몇 년 전, 이명박 정권을 확 죽여 버려야 한다고 막말을 하던 의
원을 비롯한 야당 의원 몇 명이 2010년 12월 추가 협상으로 타결된
한미자유무역협정을 한국도 아닌 미국 의회에 가서 저지하는 활동
을 한다는 소식을 들은 적이 있다. 하나의 기업이 수출을 많이 해
연간 150조가 넘는 매출을 올리고 수출을 하지 않고서는 국가 경
제를 지탱하지도 발전시킬 수도 없는 구조적 한계를 가질 수밖에
없는 나라에서 FTA를 하지 않고 어떻게 하겠다는 것인지 국민적인
설득도 부족한 현실에서 미국 의회를 상대로 저지 운동을 한다니
기본적인 상식 있는 정치 행위를 하는 것인지 의문스럽기도 하다.

정치인이 자신의 편협한 주장을 마치 진리인 양 고정시켜놓고 무
엇이 국익인지 객관적인 논증도 없이 독선적인 정치 행위를 한다면
그것은 민주를 가장한 가장 비민주적인 정치인일지도 모른다. 정치
란 고정된 불변의 진리란 없는 것이다. 시간에 따라 상황에 따라 항
상 변화할 수 있는 것이 정치인 것이다. 그렇기 때문에 정치적 행위
를 판단할 때 1차적인 기준은 국익이 우선이라는 것을 잊어서는 안
될 것이다. 적어도 국회의원들은 말이다. 여당뿐만 아니라 야당 의
원들도 진정한 소통에 대하여 고민해 보아야 할 시점이 아닌가 하
는 생각이 들기도 한다.

과거 독재 정권 시절에는 정보기관을 동원해 야당 사람들을 뒷조사하며 공작 정치를 해 협박하고 매수하는 비열한 정치 행위가 흔히 있었다. 그러다 보니 밤에는 여당 낮에는 야당을 하는 사이비 정치인들이 실질적으로 있기도 하였다. 또한 독재 정권 시절에는 야당이나 국민과 여당이 소통을 하지 않아도 여당이 선거에서 승리하는 괴이한 현상이 많이 있었는데 그것은 막강한 권력을 가지고 있는 여당이 기업인으로부터 불법 정치자금을 때로는 반강제적으로 빼앗기도 하고 특혜를 약속하며 기부를 받아 천문학적인 자금을 조성해 선거 때가 되면 조직적으로 금권 선거를 하였기 때문이었다.

또한 한국의 정당사를 뒤돌아보면 여당이 되었건 야당이 되었건 뚜렷한 정치 이념에 의하여 결성되어지지 않고 사람을 중심으로 정당이 만들어져 보스를 중심으로 한 패권 정치를 할 수밖에 없었으며 보스가 권력이 없어지거나 사망하면 정당도 함께 사라져 버리는 현상이 나타날 수밖에 없었다. 그렇게 뚜렷한 이념 없이 사람을 중심으로 정당이 존재했기 때문에 대부분의 정당이 창당 이념이나 정강 정책에 통일, 민주, 정의 같은 원론적인 언어를 비슷하게 사용하였다. 그렇다 보니 정당의 지지 기반도 이념과는 무관하게 지역으로 나누어질 수밖에 없었던 것이다.

박정희 정권은 대구 경북을 지지 기반으로, 김영삼 전 대통령은 부산 경남을 지지 기반으로, 김대중 전 대통령은 호남을 절대적 지지 기반으로, 김종필 씨는 충청도를 기반으로 지역 할거 정치를 해

왔는데 이로 인한 지역감정적인 투표 행위는 오늘날에도 사라지지 않고 있다. 지역감정을 앞세운 선거는 결국 국민을 분열시켜 국력을 낭비할 수밖에 없으겨 국민이 정당과 진정한 소통을 할 수 없도록 만드는 것이다. 하지만 지역감정을 부추겨야만 정치 생명을 연장할 수 있는 많은 정치인들이 존재하는 한 지역 패권 정치를 사라지게 할 수는 없다. 이것 또한 국민이 해결해야 할 몫이다. 국민이 일부 정치인의 현란한 세치 혀에 휘둘려 깊은 사고에 의한 투표 행위를 하지 않고 지역감정적인 투표를 21세기 오늘 이 시대에도 계속한다면 국민은 정치를 비관할 수 있는 자격을 스스로 포기한 것이나 마찬가지이다.

지금 여당이나 야당이나 국회의원 공천 과정을 혁명적으로 바꾸고자 개혁위원회에서 안을 준비 중인 것으로 알고 있다. 그 핵심은 당원과 국민에게 공천권을 주겠다는 것인데 성공한다면 정치의 제도적 혁명이라고 할 수도 있다. 물론 순탄하지만은 않을 것이다. 하지만 정치인들은 국민과 소통할 수밖에 없는 개혁적인 공천 제도를 누가 가로막고 있는지 국민이 지켜보고 있다는 것을 직시해야 할 것이다. 특정 지역에 특정 정당에서 말뚝을 꼽아놓고 선거를 해도 이긴다는 속설은 이제 사라지게 해야 한다. 정치 발전의 첫걸음은 깨끗하고 공정한 공천 과정에서부터 시작되는 것이다. 공천심사위원회가 구성되기는 하였으나 실질적으로는 당 대표를 비롯한 지도부나 대통령에 의해 좌지우지하던 과거의 하향식 정당 공천을 당원과 국민에 의한 상향식 공천으로 변화를 시도하고자 하는 것은 지방차치제가 실시되고 있는 민주주의 시대에 당연한 변화라고 할 수 있다. 이것은 여와 야가 동시에 실시해야만 하는 제도이기도 하다.

과거 독재 정권 시절에는 여당은 말할 것도 없고 야당도 공천 과정에서 많은 비리가 발생하였다. 전국구 국회의원은 수십억씩 돈을 받고 당에서 순번을 주었으며 당선이 확실한 지역구도 엄청난 액수의 당비를 내거나 총재의 낙점에 의해 공천을 받았다. 이처럼 막강한 공천권을 행사하는 야당의 총재들은 당내에서는 대통령 못지않은 권력을 가지고 있었다. 이처럼 공천이 총재한 사람에 의해 좌우되다 보니 국회의원들이 국민과 소통하고 여야가 소통하는 데 관심이 없고 오로지 정당의 보스만을 쳐다보고 정치를 하는 후진적인 행태의 관행이 오늘날까지도 이어지고 있는 것이다.

이런 정치적 기반 위에서 정치를 학습하여 온 현실 정치가 여야 국민과 소통이 잘될 수 있겠는가. 여야가 소통하지 않고 갈등과 정쟁만을 일삼는 한국의 정치 현실을 민주정치라고 자신 있게 말할 수 있겠는가. 대한민국 국회가 얼마나 소통되지 않으면 민의의 장, 토론의 장이라 할 수 있는 국회에서 쇠망치가 등장하고 야당 국회의원이 책상 위에 올라가 날뛰며 싸움하는 해괴한 현상을 국민이 지켜볼 수밖에 없었겠는가. 여당이든 야당이든 평온한 마음 상태에서 진정한 정치의 의미를 깊이 생각해 보아야 할 시점이다. 무엇이 국민을 위한 정치 행위인가를 말이다.

중앙정치권에서의 여야 소통 부재는 지방정치에 그대로 전달되어 조그만 지역에서도 여야로 나뉘어 분열이 일어나고 있다. 지방의회의 의장 선거를 하거나 상반되는 정책을 놓고 대립할 때는 국회에서 여야가 싸우는 것에 뒤지지 않는다. 여와 야가 소통의 정치를 하지 못하면 정국은 안정되지 않고 항상 불안할 수밖에 없다.

우리 대한민국에서는 정치가 국가 발전을 선도해 나가지 못하고 뒤에서 오히려 국가 발전에 장애 역할을 한 경우가 많이 있었다. 군사정권 시대는 국민보다는 정권이 더 앞에 있을 수밖에 없으니 도덕과 정의가 설득력을 잃어 권력의 힘으로 국민을 이끌어 갈 수밖에 없었을 것이다. 그러나 민간정부가 들어서면서도 정치는 국가 발전의 선구적 역할을 제대로 해 왔다고 하기 어렵다. 국가 경제가 부도 직전까지 가질 않나, 내각제를 고리로 이면 합의를 해 국민을 헷갈리게 하지를 않나, 대통령을 탄핵하느니, 수도를 옮기느니, 얼마나 많은 국력이 낭비되고 국론이 분열되었었는가. 소통의 정치를 경험해 보지 못하고 권력의 힘으로 국민을 위협하는 여당과 투쟁의 정치를 반복해 온 야당이 한국의 여와 야의 정치사이기 때문에 거기에 그 원인이 있기도 하겠지만 정치인들이 상대를 배려하는 마음을 생활화하지 못하고 욕심이 먼저 앞선 정치 행위를 해 왔기 때문이기도 하다.

1987년 6월 민주항쟁이 있은 후 여당의 노태우 후보와 야당의 세 김 씨가 대권 레이스를 펼칠 때 양 김 씨가 수차례 만났으나 국민의 열망을 무시한 채 단일화를 이루지 못하고 끝까지 경쟁한 사례는 항상 입만 열면 국민을 이야기하는 세 김 씨를 비롯한 정치인들이 얼마나 자기 욕심이 앞서는 사람들인가를 잘 보여주고 있다. 오늘날 국민적 통합의 정치가 잘 이루어지지 않고 지역적인 갈등이 완전히 해결되지 않는 것은 현실정치도 낡은 지역감정의 정치에 그 뿌리를 두고 있기 때문이다. 또한 그 지역감정을 이용하여 반사적인 이익을 보고자 하는 정치인이 아직도 많이 있기 때문일 것이다.

요즈음 한국의 정치 현실을 들여다보면 참으로 이해하기 힘든 현상이 많이 있다. 우선 여권을 보면 청와대에는 대통령을 정점으로 돈과 부동산을 많이 가지고 있는 사람들이 모여 있다. 이들은 대통령에게 특별히 직언을 하는 사람도 없는 것같이 보이며 자기 자신의 소신은 그저 대통령의 눈치를 살피는 정도로 생각하는 언제까지 권력을 행사할 수 있을지 모르지만 아무튼 대통령을 등에 업은 다수의 세력이 있다.

또한 차기 대선 후보 지지율 조사를 하면 40퍼센트를 웃도는 지지를 받으며 마치 대통령 당선은 시간만 남아 있는 것같이 주변에서 착각하고 있는 박근혜라는 미래 권력 예상자를 중심으로 한 세력이 있다. 이 박근혜 세력은 이명박 정권 말기로 접어들수록 권력의 생리상 많은 사람들이 몰려들 것으로 생각된다. 하지만 대선 후보로 대통령으로 가는 길은 순탄치 않을 전망이다. 어쨌든 이들 모두는 다 같은 집권 세력이지만 정책적 사안에 따라 세종 시 문제와 같이 의견과 주장이 다른 역대 정권에서는 찾아볼 수 없었던 현상이 나타나고 있다. 여권 내에서 정치적 소통이 이루어지고 있는 것인지 의심스럽다.

야당은 어떠한가. 정당 이름을 기억할 수조차 없을 정도로 많기도 하다. 과연 이런 군소정당들이 정권 획득을 목적으로 하는 정당이기는 한 것인가 하는 생각이 들기도 한다. 2010년 지방선거에서는 후보도 내지 못하는 정당들이 야권 연대니 하면서 과거 김대중, 김종필 씨가 하던 연합정부를 흉내 내며 코미디 같은 선거 상황이 전개되기도 하였다. 정치적 이념과 노선이 다른 것 같은 정당이 야당이라는 이유 하나로 표를 더 얻기 위해 하는 이런 선거 공학적 행위는 이해하기 어려운 부분이기도 하다. 오늘 대한민국의 정치 현실은 여든 야든 변화가 필요하다. 우선 여당은 같은 당내에서부터 소통되어야 한다. 당내 세력 사이에서도 소통이 이루어지지 않으면서 어떻게 국민과 소통하는 정치를 할 수 있겠는가.

2011년 2월 1일 이명박 대통령이 대통령과의 대화라는 제목으로 패널 두 명과 토론을 하였다. 2009년 11월 27일 비슷한 형식의 대담 이후 비록 자유스런 질문과 토론의 형식은 아니지만 참으로 오랜만에 국민과 또한 야당과 소통을 시도한 것이라 평가되었다. 외교 안보와 경제 문제에 대하여 대통령의 진솔한 생각을 들을 수 있었다. 그 이후, 대통령이 국민과 소통하고자 하는 모습을 본 기억이 없다. 이명박 대통령은 남은 임기 동안 그때의 좌담보다 더 다양한 소리를 들을 수 있고 답변할 수 있는 소통의 장을 많이 만들어야 한다. 그리고 야당 대표들과도 적극적으로 만나 국정 현안을 논의하고 필요한 것은 협조를 부탁해야 한다. 20세기 지도자들처럼 밀어붙이기 식으로 국정을 운영하면 또다시 큰 저항에 부딪힐 수밖에 없을 것이다.

또한 야당은 국민의 주권 행사에 의해 어느 정도 정비되어야 한다. 이름도 잘 모르는 정당을 투표용지에 넣어놓고 국민들에게 선택하도록 하는 것은 국가 재정의 낭비다. 정권을 획득할 목적도 능력도 없으면서 선거 때에는 연합이라는 술수적 정치 행위로 당의 생명을 유지해가고 있는 일부 야당은 수준 높아진 국민의 정치적 욕구를 충족시켜줄 수가 없다. 보수는 부패로 망하고 진보는 분열로 망한다는 말이 있듯이 왜 한국의 야당들은 예나 지금이나 분열을 잘 하는 것인지 이해하기 어렵다. 아마도 자신이 아니면 안 된다는 사고에 묻혀 있는 비바람 앞에 등불 같은 정치인들이 많이 있기 때문일 것이다.

제1 야당인 통합 민주당도 국민과의 소통을 이야기하기 전에 당 내에서 지도자들 간, 각 세력 간 소통하여야 한다. 복지 정책 하나를 가지고도 당 지도부에 있는 사람들 의견이 다르며 또 대표는 설득력 있는 재원 조달 방법도 없이 무상 복지 정책을 발표하고 국민은 누가진짜 야당의 논리적 정책을 말하는 것인지 헷갈리기 짝이 없다. 그리고 툭하면 점거 농성을 하고 장외 투쟁을 하는 구시대적 관행에서 벗어나야 한다. 과거 정보 통신이 발달되지 못하였던 시절에 국민에게 잘못된 정치 현실을 알리기 위해서 선택했던 장외투쟁을 전 세계가 네트워크화 되어 있는 오늘 이 시대에도 투쟁이라는 이름으로 야당이 하고 있으니 국민의 입장에서 보면 그곳 사람들만 19세기를 살아가고 있는 것같이 보인다.

지금 대한민국 정치권에서는 자기주장만이 있을 뿐 상대를 존중하고 배려하는 소통의 기본적인 자세가 여당이든 야당이든 되어 있다고 할 수 없다. 상대 당이 하는 정책은 무조건 반대를 하고 민주주의 최선의 방법이라고 할 수 있는 표결이 제대로 이루어지지 않고 점거하고 날치기하는 군사독재 정권 시대에서나 볼 수 있는 정치 현상이 오늘날에도 일어나고 있는 것이다. 그 어느 때보다도 여와 야가 대립과 투쟁이 아닌 상생 소통의 정치적인 리더십이 필요한 시기이기도하다. 민주주의 국가에서 여와 야가 대화하고 협상하고 타협하는 소통의 정치를 하지 못하고 대립과 갈등으로 정쟁만을 일삼고 있다면 그르 인한 국가적 손실은 고스란히 국민에게 돌아가는 것이다.

그럼에도 불구하고 대한민국에서는 왜 여야가 소모적인 대립과 갈등의 정치만을 반복하는 것일까. 과거 정권에서도 여야가 원만한 대화를 통해 국정 현안을 합의하에 잘 통과시켰다는 소식을 듣기가 어려운 것이었기는 하였다. 쉬운 일은 아니겠지만 이명박 정권이 들어선 이후 오늘날까지 여야가 정책이나 국정 현안을 원만한 타협으로 표결하지 않고 합의하에 처리했다는 소식을 들어보지 못했다는 것은 어떤 이유를 불문하고 현 정권과 야당은 소통 부재의 정치 세력이라는 오명에서 벗어나기 어려울 거라 생각된다.

한국의 정치 현장에서 여야가 상생의 소통 정치를 하지 못하는 원인에는 절대 권력을 행사할 수 있는 대통령중심제의 권력구조를 가지고 있는 국가이기 때문이기도 하다. 승자와 패자가 전부 아니면 전무인 정치권력을 놓고 싸우는 선거는 치열할 수밖에 없고 정치 행위는 선거와 직결될 수밖에 없다. 그렇다 보니 양보와 배려 협상과 타협이 없는 정치를 계속 하고 있는 것이다. 이런 후진적이고 소모적인 정치에서 벗어날 수 있는 방법적인 측면에서 개헌을 생각해 볼 수 있기도 하다.

2011년 2월 1일 국민과 미완의 소통적 대화를 대통령이 하면서 개헌은 할 필요가 있으며 2012년에 한다면 늦을 수 있지만 올해 여야가 머리를 맞대고 하면 늦은 것이 아니라고 하였다. 맞는 말이기도 하였으나 과연 여야가 정책 하나를 놓고도 타협하지 못하는데 2012년 상반기와 말에 총선과 대선을 치러야 하는 상황에서 머리를 맞대고 순수하게 오직 국가의 미래만을 생각하는 개헌 협상을 할 수 있을 거라 생각한 것은 큰 착각이다. 한치 앞을 내다보기 어려운 정치, 예측이 불가능한 정치, 이것은 여야가 소통되지 않는 정치를 계속해 오고 있기 때문이다. 정치는 과거와 오늘의 거울로 미래를 비추어 볼 수 있어야 한다. 그런 예측 가능한 정치가 이루어지지 않으면 정치 불안으로 국민도 불안할 수밖에 없다.

오늘 한국 정치의 소통 부재 현상에는 정부 여당에 그 1차적인 원인이 있다. 원전 수주와 같은 국가사업도 투명한 공개가 제대로 이루어지지 않고 비밀 행정, 비밀 외교, 비밀 정치 형태로 추진하여 온 것을 보면 이명박 정권이 오늘의 국민 수준을 3공화국 시절 정도로 인식하고 있는 것이 아닌가 하는 생각이 들기도 한다. 오늘 우리 시대는 무조건 밀어붙이기 식으로 좋은 결과만을 창출하면 되는 독재 정권 시절과는 다른 민주화된 시대라는 것을 정부 여당이 분명하게 인식하고 있어야 한다. 그래야만 야당과 국민과 소통할 수 있는 정치를 할 수 있는 것이다.

또한 야당은 무조건적인 반대만 하는 책임 없는 정치 행위 또는 아니면 말고 하는 폭로 형식 정치로 국민을 혼란스럽게 하지 말고 정부 여당에 반대하는 정책 하나하나에 국민이 공감할 수 있는 대안을 제시해야 한다. 현실적인 재정 고려도 없이 무상 복지를 하겠다는 식의 선언적인 정치 행위 말고 4대강 사업을 반대하면 수질, 홍수, 수변 환경 등은 어떻게 하겠다는 구체적인 대안을 제시해야 하는 것이다. 대안 없는 비방과 비판은 가장 후진적인 야당의 정치 행위에 불과하다. 시대에 걸맞게 여당보다도 앞서갈 수 있는 정책적 대안을 가지고 있는 체계화되고 과학화된 야당이 필요하다. 그래야만 수준 있는 여야의 소통 정치를 국민이 관전할 수 있다.

이 세상에는 개인적으로나 집단적으로나 또는 국가적으로나 반드시 소통을 해야만 하는 당위적인 소통의 관계가 있고 소통을 해도 되고 안 해도 되는 비당위적인 관계가 있을 수 있다. 부부가 함께 행복한 가정을 꾸미고 살아가기 위해서는 반드시 소통해야만 하듯이 여와 야는 국민을 잘살 수 있게 하기 위해서 해도 되고 안 해도 되는 것이 아니라 반드시 소통해야만 하는 관계라는 것을 잊어서는 안 된다.

시대가 급속히 빠른 속도로 변화하고 있다. 첨단 디지털 문화의 시대를 맞이하고 있는 오늘 이 시점에서도 우리의 현실 정치는 날치기하고 점거하고 거리투쟁을 하고 싸움을 하는 아날로그식 정치 행태로 대립을 일삼으며 국민을 피곤하게 만들고 있다. 이제는 이런 여와 야의 소통 부재의 정치가 변화된 시대에 발맞추어 국민들이 승자든 패자든 손뼉 쳐줄 수 있는 상생의 소통 정치로 변화될 수 있기를 기대해 본다.

5. 소통하지 않는 공무원

공무원은 한 나라의 행정 수반인 대통령에서부터 마지막 아래 직급까지 국민을 위해서 일해야만 하고 국민이 있음으로서만 존재할 수 있는 국가의 최대 조직이기도 하다. 그렇기 때문에 공무원은 국민과 필연적으로 소통해야만 하는 책무를 가진 집단이라 볼 수 있다. 공무원은 입법부, 사법부, 행정부 등 소속이 다를 수 있는데 이들 모두 국민을 위해 일해야 하는 의무는 같으나 공무원직에 입문하게 되는 과정은 각각 다른 형식을 가지고 있다. 어떻게 공무원이 되든, 어떤 분야에서 일하는 공무원이든 간에 국민이 낸 세금으로 월급을 받고 퇴직 후에도 국가가 안정적인 생활을 보장해주는 국가라는 단위 안에서는 안정된 일자리의 가장 대표적인 직업이 바로 공무원이기도 하다.

그래서인지 요즈음 공무원 시험에서는 몇백 대 일은 기본이 되어버렸고 대학 도서관에는 전공과 관계없이 공무원 시험을 준비하는 학생들로 넘쳐나고 있다. 과거 어떤 때에는 공무원이 신분이 보장되고 안정적인 직업이기는 하나 보수가 일반 대기업보다 훨씬 작아 그리 선호하는 직업이 아니었을 때도 있었으나 이것이 완전히 바뀌어 있는 오늘 현실을 보고 약간은 어리둥절하기도 하다.

또 다른 한편으로는 창의적이고 역동적으로 일해야 하는 젊은 인재들이 안정적인 측면만을 추구하며 직업 선택을 하는 것 같아 다소 안타까운 마음이 있기도 하다. 왜냐하면 젊다는 것은 새로운 세계에 도전하는 것만으로도 의미가 있는 것이고 도전과 실패 속에서 새로운 창조를 할 수 있는 것이기 때문이다. 그런데 단지 안정적이라는 이유만으로 무한한 도전의 세계를 버리고 공무원을 선호한다는 것은 개인적으로나 국가적으로나 아주 좋은 현상만은 아닌 것 같기도 하다. 아마도 젊은이들이 부모 세대를 지켜보면서 불안정한 가계가 얼마나 어렵고 삶을 고달프게 하는 것인지 느껴왔기 때문이 아니겠는가 하는 생각이 들기도 한다. 하지만 이처럼 경제적인 측면만을 고려해 공무원이 된다면 과연 그런 사람들이 국민을 위해 봉사해야 하고 때로는 높은 도덕성을 요구하는 공무원의 직무를 충실히 수행할 수 있을지 걱정스럽기도 하다.

공무원들은 국가에서 급여를 받고 그 재원은 국민이 낸 세금으로 충당하는 것이다. 그렇기 때문에 고급 인재들이 창의적인 분야에서 일을 해 결국 돈을 많이 벌어서 국가에 세금을 많이 내야 국가 재정을 튼튼하게 하여야 나라가 잘살 수 있는 것이라 할 수 있다. 그런데 젊은 인재들이 역동적이라고 볼 수 없는 공무원 집단으로만 몰려든다면 어떤 사람들이 국가의 이익을 만들어내 공무원에게 월급도 주고 국민의 복지도 실현할 것인지 의문이 갈 수밖에 없는 현실이기도 하다.

공무원을 단순히 월급을 받고 일하는 직장인 정도로 인식하고 공무원이 되고자 한다면 그 사람 개인적으로는 큰 오류를 범하는 것이며 국민에게는 많은 손실을 입히는 것이다. 한 나라의 세금으로 월급을 받는 공무원은 높은 도덕성을 요구하는 직업이며 일생을 국민에게 봉사하며 살겠다는 자기 철학이 요구되는 직업이기도 하다. 이런 사명감이 없으면 공무원 한 사람이 엄청난 국가적 재앙을 불러올 수도 있는 것이다.

지난겨울 대한민국에서는 구제역이라는 가축 전염병이 발생하였다. 300만 마리가 넘는 가축을 땅속에 매몰 처리하고 전 공무원이 동원되어서 방역을 하였으며 과로로 공무원들이 사망하기도 하였다. 이 사태는 일부 공무원들의 무사안일 행정으로 확산된 대표적인 바이러스성 가축 전염병이다. 경북 안동에서 최초 구제역 의심 신고가 들어왔을 때에 공무원들은 바이러스가 가축에 전염된 뒤 항체 형성까지 최대 2주간의 시간이 소요되는데도 안전하다는 판단을 해 분뇨 처리 차량, 사료차 등이 구제역 발생 농가를 거쳐 갈 수 있게 하여 결국 전국적으로 확산되는 엄청나게 큰 공무상의 과실을 저지르고 만 것이다.

그럼에도 담당공무원의 방송 인터뷰 모습에서는 죄책감이라고는 찾아볼 수 없었다. 자신들은 정부의 매뉴얼대로 했을 뿐이라고 태연하게 말하는 것을 지켜보며 공무원은 누구를 위해 존재하는 것인가 하는 원초적인 의문이 들기도 하였다. 구제역 발생에 공무원들이 초동 대응하는 것을 보고 공무원이라는 막중한 업무를 함에 있어 국민에게 봉사하겠다는 사명감 없이 하는 사람이 아직도 많이 있다는 것을 국민들이 알 수 있었을 것이다.

지난 2011년 1월 21일 대전에서는 경찰대 출신의 엘리트 경찰 공무원이라고 할 수 있는 대전지방경찰청 강력계장 이 모 씨가 자신의 어머니를 때려서 숨지게 한 패륜 범죄가 발생하였다. 늦은 밤, 어머니가 살고 있는 아파트에 헬멧을 쓰고 들어가 잠자고 있던 어머니를 볼링공으로 세 차례 때려 갈비뼈 6개를 부러트려 과다 출혈에 의한 쇼크로 숨지게 하였다. 이 씨는 이런 범행을 저질러놓고 형량을 줄이기 위해 허위 자백을 하는 것 같은 모습까지 보여 많은 국민들을 분노하게 만들었다. 이런 사람이 경찰서 강력계장을 하고 있었으니 무고한 피의자를 만들어 내지 않았다고 누가 자신 있게 말할 수 있겠는가. 일반인이 이런 사건을 저질렀다고 하여도 큰 충격이지만 공무원이 이처럼 패륜 범죄를 저질렀다는 것은 공무원 사회에 개인적이든 국가적이든 도덕성의 척도를 가름해볼 수 있는 잣대이기도 하다.

우리 공무원들의 선출 방식에 과학적인 방법으로 인성을 측정할 수 있는 과목을 신설해 공무원이 되려면 반드시 통과하도록 하는 시스템을 만들어야 한다. 또한 정기적으로 공무원들의 인성을 점검하는 체계를 갖추어야 하며 국민과 소통하는 교육을 국가적인 차원에서 수시로 해 인사고과에 가장 큰 비중으로 반영시켜야 한다.

한편 공무원들은 일반 국민과는 달리 재산 증식 과정이 투명하게 공개되어야 한다. 공무원이 적법한 저축이나 투자에 의하지 아니하고 엄청난 재산을 축적해 놓았다면 훌륭하게 공무를 잘 집행해 온 존경하는 공무원으로 평가받기 어렵다. 실제로 공무원들이 국가나 지방자치단체의 개발 정보를 미리 알고 사돈네 팔촌까지 동원해 부동산 투기를 하며 심지어 공금까지 빼돌리는 사례를 우리 국민은 언론을 통해 지켜본 바도 있다. 요즈음은 공무원조 직에 대하여 과거처럼 사정한다는 이야기가 없어 그만큼 공직사회가 깨끗해졌기 때문인지는 모르겠지만 과거 우리는 행정조직의 최 말단 공무원이 수십억, 수백억 공금을 빼돌려 개인적으로 유용했던 사건을 아직도 기억하고 있다.

또한 지방자치 단체장이 이권에 개입해 수억, 수십억의 뇌물을 받고 결국 물러나는 경우를 수없이 보아 왔다. 국민과 소통해 아픈 곳이 있으면 치료해 주고 국민의 가려운 곳까지 긁어 주어야 할 공무원이 자기 자신의 개인적인 이익에만 눈을 크게 뜨고 있다면 국가적으로 큰 손실이다. 완전한 지방자치가 실현되고 있는 요즈음에는 선출직 공무원인 지방자치 단체장뿐만 아니라 지방의회 의원들까지 각종 이권에 개입하는 사례가 많으니 열심히 일하면 충분한 대가가 돌아오는 사회라는 것을 믿고 오늘도 열심히 일하는 평범한 국민들은 아마도 허탈한 마음을 달랠 길이 없을 것이다.

또한 준공무원이라고 할 수 있는 국영기업체 직원들도 변화의 시대에 걸맞게 도덕적인 무장을 하여야 한다. 뚜렷한 주인도 없고 책임의 소재도 정확히 파악되지 않는 각종 사업의 실패와 방만한 경영은 결국 국민에게 엄청난 재정적인 부담을 안겨주고 있다. 공기업

중에서도 토지주택공사가 하는 사업을 보면 국민의 기본권을 침해하는 경우가 많이 있다. 수년 동안 택지 개발 예정 지역으로 땅을 묶어놓기도 하고 자신들 임의대로 개발 지역을 취소도 하고 강제수용도 한다. 민주주의 국가에서 헌법이 보장하는 재산권을 마구 침해해 기본권을 짓밟는 행위를 서슴없이 하고 있는 것이다.

요즈음 한국에서 일부 고위 공직자들을 지켜보면 '금동이 가득한 좋은 술은 만백성의 피요, 옥소반 맛있는 음식은 만백성의 기름이'라고 한 춘향전의 어사 시가 생각날 정도로 도덕성이 흐트러져 있어 안타깝고 걱정스럽기도 하다. 고위 공직자 재산 등록 현황을 보면 과연 그들은 어떤 과정을 거쳐 그렇게 많은 재산을 모을 수 있었는지 궁금하기 짝이 없다. 공직자는 재산 형성 과정이 깨끗하고 투명해야 한다. 그렇지 못한 사람들이 많이 공직에 있을 때 국민들의 입장에서 보면 불행한 일이 아닐 수 없다. 부정 축재를 한 공무원은 끝까지 추적해 법적인 책임을 물어야 한다. 공무원은 부유한 사람들뿐만 아니라 삶의 현장에서 피눈물 흘려가며 힘들게 일하는 서민 대중의 세금으로 급여를 주는 사람들이기 때문에 부정한 행위에 대하여는 더욱 엄격할 수밖에 없다.

공무원이라는 직업은 신분 보장이 되고 노후를 걱정하지 않아도 될 정도로 연금제도가 잘되어 있다. 그렇다 보니 진취적으로 국민을 위해 무엇을 할 것인가 하는 창의적인 사고를 하지 않고 지나치게 움직여서 문제를 만드느니 차라리 복지부동하면서 탁상행정을 하는 것이 낫다는 생각을 가지고 있는 공무원들도 많이 있다. 이런 사고를 가지고 있는 공무원도 국가발전을 저해하는 공무원이라고 할 수 있다.

공무원은 국민이 지금 어떤 생각을 가지고 있고 그들이 불편한 것은 무엇이고 그들을 위해서 국가기관이나 지방자치단체에서는 무엇을 해야만 하는 것인가를 끊임없이 고민하며 항상 현장의 소리에 귀를 기울여야 한다. 그래야만 국민과 소통하고자 하는 공무원의 기본적인 자세를 갖추고 있는 것이라 할 수 있다. 소통은 상호적인 작용이지만 국민과 공무원의 소통은 공무원이 우선 소통의 기초적인 자세를 갖추고 있어야 한다. 왜냐하면 국민은 그 나라에 살고 있고 세금을 내며 국민으로서 의무를 다하고 있는 한 소통의 1차적인 요소인 배려를 하고 있는 것이다. 결국 국민은 소통의 기본적인 자세를 이미 갖추고 있는 존재라는 것을 공무원들은 잊어서는 안 된다.

현재 지방의 일부 지방자치단체에서는 그 지역의 자체 재원으로는 공무원들의 월급도 제대로 줄 수 없는 가난한 자치단체들도 있다. 이런 지방자치단체는 중앙정부의 지원 없이는 지방행정을 꾸려갈 수도 없다. 현실적으로 이런 지방단체는 공무원의 숫자가 너무 많은 것이다. 또 이런 지역에서는 전 공무원이 나서서 지역의 생산성 향상에 전념해야 하는데 실제로는 그렇지 않고 단순한 행정 업무에 매달려 하루하루 시간을 보내는 공무원들도 또한 많이 있다. 그래도 자신들의 인사에 대한 권한을 자치단체장이 가지고 있기 때문에 국민과 소통을 하지 않아도 단체장에게만 잘 보이면 신변에는 아무 이상이 없다. 심지어 국민과의 소통은커녕 인사권자에게 뇌물을 갖다가 바치고 진급을 부탁하기도 하며 선거 때에는 여러 가지 형태로 도움을 주고 미리 줄을 서기도 한다. 대부분이 그런 것은 아니지만 소통을 널리 주민들과 하지 않고 상급자인 인사권자하고만 하려는 공무원이 넘쳐나고 있다. 인사 시스템을 전면적으로 바꾸지 않는 한 이런 불합리한 공무원들의 처신은 계속될 것이다.

이처럼 도덕적으로 정신이 흐트러져 있는 공무원들이 많으니 예산도 깊은 고민 없이 집행해 국민 세금을 낭비하는 사례도 비일비재하다. 별 쓸모없는 건물을 지어 놓아 매년 관리비만 쏟아 붓고 있는 경우도 수없이 많고, 또한 이런 세금 낭비를 막아야 할 지방의회는 그 기능을 제대로 수행하고 있는 것인지 의심스럽기만 하다. 머지않아 우리나라에서도 지방자치단체가 파산 상황에 처하게 되는 곳도 생겨날 수밖에 없을 것이다.

이미 성남시 같은 경우는 새로운 시장이 취임하면서 모라토리엄을 선언해 전임 시장 재임 기간 중의 채무를 지급유예하고 있다. 성남시는 전직 직선 단체장들이 모두 뇌물 수수 혐의로 구속되기도 하였다. 현재 구속되어 재판이 진행 중인 영화배우 출신 전임 시장은 그의 인척들을 동원해 8년간 수수한 뇌물 액수가 정확히 확정되지는 않았으나 거의 드러나고 있는 것만 15억 원 정도나 되고 있다. 그는 또 수천억 원을 들여 호화 청사를 지어 혈세를 낭비하기도 하였다. 지난 2010년 새로 취임한 신임 시장은 초긴축재정으로 일천억이 넘는 예산을 절감하겠다고 하였으나 6천여만 원을 들여 관용차

량을 바꾸는 등 긴축재정을 하는 것이 의심스러울 수밖에 없는 행정을 하고 있어 시민들에게 비난의 대상이 되고 있기도 하다. 이제는 자치단체장이나 공무원에게 잘못된 행정의 집행으로 발생된 국고 손실이나 혈세 낭비의 재정적인 책임을 물어야 할 때이기도 하다.

정부나 지방자치단체의 공무원이 아닌 특정직 공무원의 소통 부재도 심각한 수준이라 할 수 있다. 특히 한 나라의 미래를 책임진다고 할 수 있는 교육계의 소통 부재는 많은 사회적 부작용을 낳고 있기도 하다. 많은 학생들이 대부분의 시간을 학교나 학원 등에서 보내기 때문에 교육을 담당하는 사람들과 학생들 사이의 소통 부재는 1차적으로 학생들에게 큰 불행 요인이며 2차적으로는 교육을 담당하는 사람들에게도 불행이다. 또한 학생의 학부모도 교육적 소통 부재의 피해자라고 할 수 있다.

2010년 11월에는 여자중학교에서 수업 도중에 여선생님과 학생이 머리채를 맞잡고 싸움을 하는 상식 이하의 상황이 벌어지기도 하였으니 교육 현장에서의 소통 부재가 어느 정도인지를 생각해 볼 수 있는 단적인 사건이기도 하였다. 이와 같은 사건을 두고 선생님의 잘못이냐 학생의 잘못이냐를 따진다면 닭이 먼저인가 계란이 먼저인가 하는 논쟁에 불과한 것이다. 결국 선생님이나 학생이나 소통의 기술이 부족해 생겨난 사건이라고 볼 수밖에 없다. 굳이 누구에게 더 큰 책임이 있느냐고 결론을 지으라면 정신적인 성숙이 덜된 아이들이 이런 행동까지 할 수 있게 만든 현실 사회 속에서 살아가는 우리 어른들 모두에게 공동의 책임이 있다.

오늘 우리 사회는 갈등의 시대를 살아갈 수밖에 없는 우리 학생들보다도 지각과 성숙된 판단력을 가진 어른들이 현실 사회 속에서 진정한 소통이 무엇인지 깊이 사색해 보는 시간이 필요하다. 특히 한 나라의 공무를 담당하고 있는 공무원들은 우리 시대의 소통 부재가 사회적인 비용을 얼마나 많이 낭비하고 있는가를 진지하게 고민해 보아야 한다. 또한 대한민국에서 살아가고 있는 우리 국민은 숨 가쁘게 앞만 보고 달려가지 말고 냉철하게 현실을 한번 돌아보고 무엇이 우리 사회에서 시급히 필요한 것인가를 내가 아닌 우리의 관점에서 깊이 있게 생각해 볼 필요가 있다.

이처럼 모두의 진지한 고뇌 속에서 소통의 필연성을 깨우칠 수 있는 것이고 또한 소통의 방법을 발견할 수 있다. 인간이란 존재가 나를 벗어날 수 없는 독립적인 존재이기는 하나 그렇다고 나만을 생각해서는 진정한 행복을 느낄 수 없는 존재이기도 한 것이다. 나만을 위해 살지 않고 국민을 위해 봉사하는 삶을 살아가야만 하는 천직을 가진 공무원들이 가진 자나 가지지 못한 자나 이 땅 위에 살아가고 있는 모든 국민과 끝없이 소통하려고 노력하는 그런 희망이 넘치는 시대가 오기를 기다려 본다.

6. 한반도에서의 소통, 그리고 6자회담

아시아 동북쪽에 자리 잡고 있는 작은 반도인 한반도, 지리적으로 보면 대륙과 대양이 연결되는 통로의 역할을 하고 있어 이루 헤아릴 수 없을 정도로 많은 외세의 침략 대상이 되었었다. 또 그 작은 영토 안에서 살아가는 사람들끼리도 소통이 잘 되지 않아 수도 없이 국가의 경계선을 바꾸어온 곳이기도 하다. 어찌 보면 너무 잘난 민족이라 해야 할지 그 반대로 이야기해야 할지 세계 각국에서 특이한 시선으로 바라보고 있기도 하다.

전 세계에서 분단의 아픔을 겪었던 독일, 예멘, 베트남 등의 나라들이 모두 통일되었는데 아직도 반쪽으로 분단되어 한쪽은 눈부신 경제성장을 이룩해 세계인들이 놀란 눈으로 쳐다보며 감탄을 하고 있는데, 다른 한쪽은 세계인들이 더 놀란 눈으로 핵 실험을 하고 대륙간탄도미사일 발사실험까지 하는 것을 지켜보고 있는 곳, 바로 이곳이 우리 한민족이 수천 년간 숨 쉬며 살아왔고 살아가야만 하는 한반도이다.

과연 한반도에서 살아가고 있는 남과 북은 소통이 가능할 수는 있는 것인지 한때는 소통의문이 열리는가 싶더니 북한에서는 하루아침에 공화국에서는 금강산 일대의 모든 남측 재산을 몰수한다며 소통의 문이라고 볼 수도 있는 금강산 관광마저도 문을 닫아버렸다. 또한 서해안에 떠있는 남측 군함을 몰래 바다 속으로 잠입하여 두 동강이를 내 무고한 젊은이들을 죽음으로 몰아넣었고 섬 주민들이 평온하게 살아가고 있는 연평도에 포격을 가해 민간인을 학살하는 만행을 저지르기도 하였다. 그런 만행을 일삼던 독재자 김정일이 마침내 사망했다.

몇 년 전, 나는 금강산 관광이 한참 진행될 때 (사)남북청소년교류연맹의 임원들과 함께 금강산 일대를 돌아본 적이 있었다. 11월 김장철에 소달구지에 배추를 싣고 축 처진 어깨를 한 채 어디론가 하염없이 걸어가고 있는 노인, 10대의 어린 나이에 머리에 맞지도 않는 헐렁한 모자를 쓰고 얼굴에는 영양 크림을 바르지 못해 버짐이 난 채로 무거워 보이는 총을 어깨에 걸치고 보초를 서며 나를 응시하고 있는 북한의 군인이 한없이 불쌍하게만 보였다. 또한 끝이 보이지도 않는 길을 등에 땔감처럼 보이는 나뭇가지를 지고 힘들게 걸어가고 있는 아주머니, 허름한 초등학교 건물 옆에 서서 코를 훌쩍이며 오른쪽 소매로 흘러내린 코를 닦고 있는 어린 학생, 1960년대 우리가 살던 대한민국 바로 그 모습이 북한의 얼굴이었다.

현실적으로 이런 북한이 자신들의 형제 나라이기도 한 대한민국 세계 최고의 첨단 정보국인 우리와 어찌 자꾸만 전쟁을 하겠다고 침략을 하는 것인지 이해하기 어렵다. 그저 국지적인 액션과 말로 뻥을 치는 것이라는 생각도 들지만 북한이 실질적으로 전쟁을 일으키면 엄청난 희생을 몰고 올 수도 있다는 것은 부인할 수 없는 사실이기도 하다. 이들이 가지고 있는 화생방 무기만 모두 남쪽으로 쏟아 부으면 대한민국은 아마도 잿더미가 될 수밖에 없겠지만 그러기 전에 북한은 아마도 평양은 물론 전역이 초토화되어 있을 것이다. 왜냐하면 우리의 정보 능력과 북한의 아날로그식 정보 능력은 하늘과 땅 같은 격차가 있기 때문이다. 북한은 이런 현실적인 경쟁에서 남한을 따라올 수 없다는 것을 스스로 인식하고 있기 때문에 불안한 정권 유지의 감정을 합쳐 선군 정치를 외치며 자꾸만 핵무기 실험을 하고 이미 핵무기를 가지고 있다는 공개적인 선언을 하며 한반도에 긴장을 고조시키고 있는 것이다.

사실 북한이 핵무기를 가지고 있다면 이것은 이미 군사적인 균형이 깨진 것이다. 핵무기 앞에 아무리 성능 좋은 전투기, 군함, 탱크 등이 무슨 소용 있겠는가. 북한이 실질적으로 핵을 보유하고 있을 때 우리의 대북 정책은 새롭게 변화될 수밖에 없다. 그렇다고 우리도 핵을 개발하겠다고 한다면 한반도 주변 국가들도 서로 핵을 보유하겠다고 나설 수밖에 없을 것이다. 그렇게 된다면 동북아는 핵전쟁의 위험 속에서 절대 자유로울 수 없을 것이며 이런 비극적인 상황을 만들어서는 절대로 안 될 것이다. 그래서 지금 한반도 주변 국과의 원활한 소통으로 일관성 있는 대북 정책을 한국이 주도적으로 이끌어 나아가야 하는 세심한 외교력이 그 어느 때보다도 요구되는 시점이다.

이명박 정부는 북한이 핵무기 개발을 포기하고 한반도 비핵화를 추진한다면 3000불 북한 주민의 소득이 만들어질 수 있도록 하겠다는 '비핵개방3000'이라는 정책으로 대북 경제 지원 메시지를 보내고 있으나 북한에서 돌아온 화답은 금강산 폐쇄 압류와 천안함 폭침, 연평도 도발이니 정부로서도 답답할 수밖에 없을 것이다. 그렇다고 해서 북한과 전면적인 전쟁을 할 수도 없어 분하고 괘씸한 북한 정권이지만 또 다른 방법의 소통을 준비하고 시도할 수밖에 없는 운명적인 관계인 것을 어쩌겠는가. 왜냐하면 북한은 잘못된 이념 분쟁으로 분단된 우리의 동포, 우리의 형제의 나라라는 사실을 인위적으로 지울 수가 없기 때문이니 말이다.

그럼에도 역사와 문화의 단절은 많은 변화를 가져올 수밖에 없는 것인가 보다. 어느 여론 조사 기관의 조사에 의하면 2~30대 젊은이들이 통일을 왜 해야 하느냐며 통일을 할 필요가 없다는 여론이 찬성 여론보다도 높게 나왔다고 하니 반세기가 넘는 분단은 마침내 서로를 외면해 버릴 수도 있다는 현실 상황에 처해 있는 것이다.

사실 북한을 그저 못사는 나라라는 관점에서만 바라보고, 통일을 하게 되면 우리가 큰 경제적 부담을 지게 될 수밖에 없다는 단순 논리로만 본다면, 개인주의를 넘어 이기주의화 되어가고 있는 한국 사회에서 통일을 원하지 않는다는 젊은이들의 높은 여론은 어쩌면 당연한 것인지도 모르겠다. 그러나 북한은 그렇게 한쪽 측면만을 보고 우리가 판단할 수 없는 숙명적인 관계의 국가적인 집단이다. 지구상에서 유일하게 우리와 선조들이 같으며 똑같은 언어를 쓰고 같은 풍습을 가지고 있으며 불과 몇십 년 전에는 우리와 한 나라로 살아오던 부모이고 형제들인 것이다.

그런 당위적인 문제를 떠나 우리 대한민국이 세계의 중심에 서서 계속적인 경제 발전을 하기 위해서는 북한을 통과해 중국, 러시아, 유럽까지도 통할 수 있는 대륙 철도가 건설되어야만 한다. 또한 북한에 매장되어 있는 많은 지하자원을 우리가 개발해야 하며 북한의 노동력을 이용해 무분별하게 해외로만 나가는 우리의 기업들이 이 땅 안에서 정착할 수 있는 길을 만들 수 있도록 하여야 한다. 이것은 우리가 통일로 무조건적인 희생이 아닌 경제적으로 윈윈 할 수 있는 길이 있다는 것이기도 하다. 그것을 이익적인 계산이 빠른 젊은 세대가 잊고 있는 것이다.

북한이라는 곳에서는 내부적으로 소통이라는 것이 이루어질 수 없는 나라이다. 오로지 당의명령과 복종만이 있을 뿐이다. 주민들 간 소통하고자 하면 5호담당제, 10호담당제 등으로 감시 체계가 이루어져 있어 상부에 보고되기도 한다. 결국 북한은 소통이 이루어지는 사회가 되면 독재 정권이 무너질 수밖에 없는 것이다. 북한의 주민들 사이에 소통이 이루어질 수 없는 것은 눈과 귀를 막고 인간을 세뇌시켜 정권을 연장해 보겠다는 북한 정권의 술책에 불과하다. 우리 인간이 살아가는 세상에서 영원한 거짓말은 있을 수 없다. 무덤 속에까지 비밀을 가져가자는 말이 있기는 하나 무덤 속에 들어간 후에도 진실은 밝혀지게 되어 있다.

결국 북한 정권은 아무리 소통할 수 없는 사회를 만들어 20대의 젊은 애송이 김정은을 전면에 내세운다 해도 시기의 문제일 뿐 붕괴될 수밖에 없다. 그 이유는 총과 칼의 힘으로 체제를 이끌어가고 있으나 북한 주민은 배가 고프다는 현실적인 문제를 북한 정권이 해결할 수 없기 때문이다. 이제라도 북한 정권은 위장된 대화를 하려고 하지 말고 20여 년 전인 1991년 체결된 '남북기본합의서'에 충실한 행동을 하여야 한다. 화해 불가침 교류 협력이 골자인 기본합의서를 바탕으로 남과 북이 주도적인 대화를 해야 북한 경제가 회생할 수 있을 것이다. 지금처럼 핵으로 위협하며 침략 행위를 한다면 북한 정권은 비참한 최후를 맞게 될 수밖에 없다.

물론 우리 한반도는 주변 여러 강대국들의 이해관계가 맞물려 있기 때문에 단순히 남과 북의 직접적인 당국자들만의 문제로 볼 수는 없다. 한반도를 정점으로 세계를 패권화하려는 미국과 한반도와 지리적 경계를 하고 있는 중국과 러시아, 북한의 미사일 사정권 안에 들어와 있는 일본, 이들의 이해관계가 복잡하게 얽혀있는 곳이 바로 우리 한반도이기도 한 것이다.

우리는 청일전쟁과 러일전쟁뿐만 아니라 미국과 러시아(구소련)의 이념 전쟁을 우리 의사와 관계없이 우리 땅에서 치르고 우리의 땅을 자신들끼리 회담을 해서 갈라놓아 오랜 세월 동안 강대국들의 각축장이었던 아픈 역사를 간직하고 있는 곳이 동방의 작은 반도 우리 한반도인 것이다. 지금은 6자회담이라는 새로운 틀로 각국의 이해관계를 논의하고자 하는 우리보다도 우리 영토에 더 관심이 많은 주변 강대국으로 둘러 쌓여있는 곳이기도 하다. 우리의 아픈 역사에서 보듯이 우리가 살아가고 있는 한반도에서는 우리 의사와는 관계없이 주변국들의 소통이 잘 이루어지지 않으면 언젠가는 전쟁이 일어날 수 있는 잠재 상황을 가지고 있는 곳이라고 볼 수도 있다.

주변국들의 속내를 좀 세심하게 살펴보면 우선 미국은 우리의 우방 국가인 것만은 확실한 사실이라고 할 수도 있을 것이다. 민주주의를 지키고 자유를 지킨다는 명분 아래 6·25 전쟁에 참전하여 많은 희생을 치른 나라이기도 하다. 미국이라는 나라는 특별하게 주인이 없는 나라이다. 본래 주인인 원주민들은 멸족 위기에 있으며 모두 콜럼부스가 미국 대륙을 발견한 후 짐을 싸서 모여든 역사가 짧은 나라이다. 지금도 세계 각국에서 계속해 몰려들고 있는데 너무 많이 몰려오다 보니 철저하게 자격 심사를 해서 들어오게끔 하고 있지만, 누구나 가서 자리 잡고 살면 주인이 되는 민족적인 주인의식은 없고 민족적인 차별이 있는 나라가 미국이기도 하다.

또한 민주주의를 가장 높은 가치로 표방하고 있지만 달리 보면 총기 사건과 같은 비민주적인 요소를 많이 가지고 있는 나라일 수도 있다. 이러한 미국이란 나라가 한반도의 상황에 깊은 관심을 갖는 데에는 한반도가 지리적으로 동북아시아의 전진 기지로 미국의 세계 패권 정책상 포기할 수 없는 확실한 곳이기 때문일 것이다. 그렇기 때문에 미국은 우리와의 우방 관계를 절대로 포기할 수는 없을 것이다.

중국은 어떤 나라인가. 단군 이래 우리 한반도를 손아귀에 넣기 위해 가장 많은 침략을 해온 항상 경계를 늦출 수 없는 나라이기도 하다. 한때는 우리가 속국이라고 해서 조공을 바치기도 했는데 힘만 생기면 우리를 괴롭혔던 역사를 가지고 있는 나라이다.

또한 중국과 우리는 문화가 뒤섞여 우리의 문화는 중국으로부터 전해온 것이 많으며 중국 역시 우리의 문화들이 건너가 있는 것이 많이 있다. 전 세계가 정보의 네트워크화 되어 있는 현실에도 자국 내에서 살아가고 있는 정확한 인구 통계를 낼 수 없는 방대한 국가, 미국이 세계 패권을 장악하려고 하는 데 가장 큰 걸림돌로 생각하고 있는 거대한 나라 중국, 그들이 바라보는 한반도는 양면성을 가지고 있을 수밖에 없다.

북한과는 우호적인 관계를 유지하고 있으며 남한과는 상호 발전이라는 관계에서 교류를 하고 있으나 경계심을 늦추지 않고 북한의 핵무장을 내심으로는 가장 걱정하고 있는 나라이며, 한반도의 통일에는 별로 긍정적이지 않은 속내를 가지고 있는 나라가 바로 중국이기도 하다.

또한 대륙 북단에 위치한 러시아는 어떤 나라인가. 구 소비에트 연방공화국이라는 공산주의가 붕괴되면서 각 자치정부가 독립을 하였다. 그중에 가장 큰 정부였던 러시아의 거대한 영토가 그 꼬리를 두만강에까지 내리뻗고 있으며 한때 동서 냉전의 시대에 공산주의의 종주국으로서 위용을 과시하던 어찌 보면 조금은 잔인한 민족적 성품을 가지고 있는 나라라는 생각이 들기도 한다.

그 이유는 우리 민족의 탄압 정책을 돌아보면 알 수 있다. 과거 일본 제국주의 시대에 우리민족의 많은 사람들이 항일운동을 하기 위해 연해주 등지에 모여들었다. 동북아 지역의 곡창지대이자 비옥한 영토인 연해주는 우리 민족들이 우리 문화를 유지, 발전시키며 살아가고 있는 곳이기도 하였다. 그런데 어느 날 스탈린의 인구 말살 정책으로 이곳에 살던 우리 민족들을 기차에 태워 시베리아의 눈 덮인 벌판에 내려놓고 얼어 죽으라고 하였다. 그러나 우리 민족들은 강인한 정신력으로 시베리아의 추운 날씨 속에서도 얼음을 깨며 땅속에 구덩이를 파고 들어가 생존하였던 것이다.

그 후 우리 민족들은 각지에 흩어져 살게 되었으며 그 후손들이 러시아나 우즈베키스탄 등지에서 현재도 살아가고 있다. 과거에 이러했던 러시아는 현실적으로 동북아에서 자신들의 위상이 약화되자 한반도 문제를 앞서서 유엔에 상정하는 등 새롭게 재편되고 있는 강대국의 반열에 서기 위해 안간힘을 쓰고 있는 것이 현실이다.

그리고 저 바다 건너 섬나라 일본은 우리에게 어떤 의미를 가져다준 나라인가. 우리 영토 자체를 빼앗으려고 임진왜란을 일으켜 침략을 해왔고 실제로 우리 조국을 빼앗아 36년간이나 우리를 식민지화했던 나라이다. 비록 키가 조그만 민족이기는 하지만 사무라이 정신으로 칼을 잘 쓰며 겉은 미소를 짓고 있지만 내면에 가지고 있는 생각이 무엇인지 이해하기 어려운 우리 민족과 두뇌를 겨룰 만한 세계에서 몇 안 되는 민족 중 하나이기도 하다.

일본은 죄 없는 우리 민족을 그렇게 많이 살해하고 삼천리금수강산을 마구 짓밟아 놓고도 지금까지도 명확한 사과와 보상을 하지 않으면서 땅 욕심에 조그만 동해의 작은 섬 독도를 자기네들 땅이라고 최근까지도 우기고 있다. 우리 한반도에 남과 북의 통일을 가장 바라지 않고 북한의 핵무장에 우리 대한민국보다도 더 긴장하고 있는 나라가 바로 일본이라는 나라이다.

이런 일본은 대북 문제에서만큼은 남한의 입장을 존중하려는 모습을 보이고 있다. 지난해 1월 15일 서울에서 열린 한일 외무장관 회담에서는 6자회담이나 일본과 북한과의 대화에 앞서 남북대화가 먼저 이루어져야 한다고 합의해 남한 쪽을 배려한다는 모습을 보였다. 그러나 다른 측면에서는 미·중이 대화 국면으로 가는 상황을 대비해 북·일 대화에 의욕을 보이는 일본 특유의 외교정책을 보이고 있다.

우리 한반도는 이처럼 각자 속셈이 다르고 자국의 이익적인 관점에서만 한반도를 바라보는 주변의 4대 강국과 실질적인 분단의 당사국인 남과 북이라는 6개국이 합의된 소통을 이끌어 내야만 하는 복잡한 곳이다. 사람이 개인과 개인 간에도 소통이 쉬운 것만은 아니고 하나의 국가와 국가 간의 소통은 더없이 어려운 것인데 여섯 나라가 소통해 합의된 한반도 정책을 만들어 내려고 하니 그것이 쉽게 이루어질 수 있겠는가.

어쩌면 6자회담이라는 소통의 장은 영원히 합의된 소통의 정책을 만들어낼 수 없는 구조적인 한계를 가지고 있을지도 모르겠다. 우리로서는 세계 최대 강대국들의 이해관계 중심에 항상 서 있으니 이것을 좋은 일이라 해야 할지 나쁜 일이라 해야 할지 명확한 결론을 내리기는 쉽지 않은 일이기도 하다. 하지만 분명한 것은 우리의 역할 역량에 따라 기회의 땅이라고 볼 수도 있고 그렇지 않으면 불행한 분쟁의 지역으로 남을 수도 있는 것이다.

다시 말해 세계 최대의 강대국들이 우리의 뜻에 따라 움직일 수 있는 헤게모니를 우리가 가지고 있다 볼 수도 있다. 그렇기 때문에 남과 북은 실제적인 분단의 당사국으로서 주도적이고 자주적인 통일의 문을 열어야 한다. 그렇게 한반도의 통일을 이룩해서 6자회담이 아닌 마지막으로 남아있던 분단 지역인 한반도에서 세계의 난제를 해결하는 소통 회담, 평화 회담이 열릴 수 있도록 하여야 한다.

한반도가 통일을 이룩한다면 아마도 북한의 핵 문제가 6자회담의 의제가 될 수 없고 핵이 없는 세상, 핵으로부터 안전한 세계를 만드는 방법을 논의하는 회담으로 6자회담이 바뀌어야 한다. 그래서 동북아는 물론 전 세계가 핵의 위협에서 벗어날 수 있어야 한다.

사실 북한의 핵 문제는 전 세계가 보유하고 있는 핵무기나 핵을 이용한 시설들의 위험에 비유한다면 빙산의 일부분이라고 할 수도 있다. 전쟁이 아니더라도 천재지변인 지진이나 화산폭발 같은 것으로 인해 핵무기나 핵 시설들이 폭발한다면 지구는 큰 재앙을 맞을 수밖에 없다.

세계는 이제 이런 위험 상황에 대비해야만 한다. 또한 한반도에 살아가고 있는 우리가 이제 세계를 이끌어가는 주체적인 민족이 될 수 있도록 새로운 변화의 노력을 해야만 한다. 이런 한반도에서의 모든 변화는 북한 주민에게 빵을 제대로 주지 못하는 북한 정권이 어떤 선택을 하느냐에 달려있다고 할 수 있다.

7. 국가 간 소통 부재, 전쟁

이 지구상에서는 우리 인류가 출현한 이래 오늘날까지 이루 헤아릴 수조차 없을 정도로 많은 전쟁이 일어났고, 이로 인해 수많은 사람들이 전쟁터에서 피를 흘리며 처참하게 죽어 가야만 했다. 불과 얼마 전까지만 해도 우리들이 살아가고 있는 한반도의 서해바다에서는 잔악한 북한 정권이 몰래 도발을 해와 해군 함정을 두 동강이 내 가라앉힘으로써 대한민국의 젊은 군인들을 차갑고 어두운 바다 속에서 억울하게 숨지게 하였다. 또 서해의 작은 섬 연평도에는 무차별적인 포탄 공격을 가해와 무고한 생명이 죽어갔으며 많은 사상자를 내기도 하였다.

북한은 실질적으로 우리와 전쟁을 할 능력이 없는 나라이다. 만일 전면전이 발생한다면 우리도 큰 피해를 보겠지만 북한은 역사 속으로 사라질 수밖에 없다. 남북의 군사력만으로도 북한은 남한과 겨룰 만한 전쟁의 대상국이 되지 못한다. 대당 천억 원이나 되는 대구 공군기지의 F-15K 전폭기는 200km 떨어진 지점에서도 유도탄 공격이 가능하다고 한다. 북한은 이런 첨단 비행기도 없다. 미그29를 가지고 있으나 이는 성능 면에서 비교가 될 수 없다. 실제

로 전면전이 일어난다면 제대로 공격도 못해보고 북한의 모든 기지
가 파괴될 것이다.

우리의 전력만으로도 북한이 전쟁에서 승리할 수 없는데 미국의
항공모함이 출동하고 일본마저 가세한다면 북한은 단 며칠 만에 잿
더미가 되고 북한 정권이 숨을 곳은 아마도 지구상에 없을 것이다.
무엇보다도 북한은 전쟁을 할 경제적인 능력이 없다. 군에 비행 훈
련을 할 기름도 제대로 보급해주지 못할 정도로 북한 경제가 최악
의 상황이라는 것을 우리는 알고 있다. 이런 북한이 어떻게 우리의
영토를 선제공격해 왔단 말인가.

이것은 북한 정권이 그만큼 내부적인 경제 위기에 처해 있음을
알리는 신호였을 것이다. 수많은 북한 주민이 굶어 죽어가고 있는
데, 최고위층은 호의호식하면서 아무리 주민의 눈귀를 막는다 하여
도 고도의 지능을 가진 인간이 살아가는 사회에서 그것이 쉽사리
원만하게 이루어질 수 있겠는가.

우리는 북한 정권이 이런 내부적인 난제들을 대한민국과 준 전쟁
의 위기 상황으로 몰고 가서 해결해 보려고 한다는 것을 잘 알고
있다. 북한의 이런 벼랑 끝 전술의 의도에서 자유로울 수 없는 관계
의 현실에 우리가 서 있다. 물론 우리는 적을 제압할 능력을 가지고
있고 미국과 공조해 북한을 완전하게 섬멸할 수도 있지만 그래도
이 땅에 전쟁이 일어나서는 안 된다는 절대 명제를 가지고 있기도
하다.

우리는 과거의 세계 역사를 통해 권력자의 무모한 야욕이 합쳐진

국가 간의 소통 부재가 비참한 전쟁으로 이어져, 수많은 사람들이 억울하게 죽어간 비극적인 사실을 잊을 수도 없으며 잊어서도 안 된다. 국가 간의 잘못된 소통은 엄청난 희생을 몰고 올수 있다.

1914년 발생해 4년 4개월 동안 계속된 1차 세계대전은 국가 간 소통이 부족하여 일어난 대표적인 국제 전쟁이다. 오스트리아-헝가리의 황태자 부부가 길을 잘못 알고 사라예보의 샛길로 들어섰다가 1914년 6월 28일 세르비아의 한 청년이 황태자 부부를 살해하자 이 사건이 계기가 되어 전쟁이 발생한 것이다.

이로 인해 오스트리아-헝가리가 세르비아를 공격하고, 그해 8월 1일 독일제국이 대 러시아에 선전포고를 함으로써 세계대전으로 확대되었다. 1918년 독일의 항복으로 마침내 전쟁은 끝이 났지만 이 전쟁으로 인해 90여만 명이 전쟁터에서 처참하게 죽어갔다. 이 비극적인 역사의 사실을 보고도 인간이 살아가는 지구상에서는 전쟁이 종식되지 않고 계속되어 일어났다.

영국과 프랑스, 러시아 등의 연합군과 독일, 오스트리아, 헝가리의 주요 동맹국 간에 자국의 이익을 위해 소통하고자 하는 과정에서 충돌로 발생한 1차 세계대전은 독일과 영국의 소통 부재, 알자스 로렌 문제를 둘러싼 독일과 프랑스의 소통 부재가 원인이기도 하다. 또한 발칸반도에서 러시아와 오스트리아의 민족주의와 발칸 지역 문제에 대한 소통 부재로 삼국동맹과 삼국협상을 중심으로 벌어진 세계 최초의 대전은 국가 간의 소통이 얼마나 중요한가를 깨우치게 하는 데 충분하다.

미국과 영국, 소련이 연합하고 독일, 일본, 이탈리아가 동맹 관계를 유지하면서 시작된 2차 세계대전도 역시 국가 간 소통 부재로 발생한 전쟁이다.

1933년 히틀러는 독일의 정권을 잡고 오스트리아와 합병을 하면서 일본, 이탈리아와도 동맹을 맺었다. 그리고 소련과는 불가침조약을 맺으며, 다른 한편으로는 전쟁을 준비해 약한 폴란드를 점령하고 프랑스와 영국을 위협하기 시작했다. 결국은 프랑스와도 전쟁을 시작하였고 프랑스의 드골 대통령은 프랑스 자유군의 일원이 되어 전쟁터에 나가 싸우다가 주력 부대를 모두 잃자 마침내 항복을 하고 말았다. 그 후 독일은 그리스, 헝가리, 루마니아, 볼리비아를 차례로 점령하면서 합병을 하였다.

2차 세계대전에 미국은 처음에 참전하지 않았으나 1941년 12월 7일 일본군의 비행기가 미군을 향하여 기습 공격을 해 많은 미군의 사상자가 발생하자 결국 전쟁에 참가할 수밖에 없었다.

독일은 끝내 소련과의 불가침조약마저도 어기고 침략을 감행하였다. 하지만 독일은 1942년의 스탈린그라드 전투로 인해 많은 병력을 잃고 마침내는 후퇴를 하기 시작하였다. 그 후 소련군이 총공세를 펴 베를린이 점령당하고 말았으며 전쟁을 일으킨 독재자 히틀러는 차가운 지하 벙커에서 그의 아내와 함께 권총으로 자살하여 삶의 최후를 처참하게 마감하고 말았다. 결국 독일은 1945년 5월 7일 서부연합군에 항복을 하였고 5월 8일에는 소련군에 항복을 해 유럽 전선에서의 전쟁은 끝이 났다.

그러나 태평양 지역에서는 일본이 끝까지 싸울 거라고 해 일본과 미국의 전쟁은 오히려 더욱 본격화되었다. 일본은 계속된 전투에서의 패배에도 불구하고 결전을 다짐하였다. 하지만 미국 측도 많은 피해가 발생하여 이대로 가다가는 승자도 패자도 모두 망하겠다는 생각에 전쟁 와중에서도 피나는 연구 끝에 개발해 낸 것이 바로 핵무기인 원자폭탄인 것이다.

처음 한 방에는 히로히토가 버텼지만 두 번째 원자폭탄이 터지자 일본은 무조건 항복을 선언하며 백기를 들고 나왔다. 이것으로 인류 역사상 가장 큰 피해와 희생자를 낸 2차 세계대전은 승자에게도 패자에게도 많은 상처를 남긴 채 막을 내리고 말았다.

우리 인간은 이처럼 역사의 전쟁을 통해서 무고한 수많은 생명이 죽어간 것을 잘 알고 또 그런 전쟁이 얼마나 허망한 것인지를 기억하고 있을 텐데도, 아직 지구상에는 많은 전쟁의 요소가 도사리고 있다는 사실이 참으로 슬픈 현실이다.

세계 역사는 전쟁을 일으키고 많은 인명을 살상한 사람을 영웅적인 지도자로 평가한 경우가 많이 있으나, 이것은 우리 인간이 저지르고 있는 가장 큰 오류의 정신적인 행위이다. 인간이라는 생명 자체가 1세기를 넘겨 사는 사람이 별로 없는데 남의 나라 영토를 빼앗기 위해 남의 나라 병사는 물론 자국의 병사들을 전쟁터로 몰아넣는다는 것 자체가 얼마나 무모한 인간의 행위인가.

전쟁은 어떠한 명분으로도 발생해서는 안 되며 국지전이 발생했다면 국제사회가 모두 나서 어떤 소통의 구조를 만들더라도 확전되는 것을 막아야만 한다. 그렇지 않고 힘의 논리로 피에는 피로 응전하겠다는 생각을 세계의 여러 지도자들이 가지고 있다면 이 지구상에서 전쟁은 또다시 일어나고 말 것이다. 또한 전쟁이 일어난다면 특히 강대국 간에 전쟁이 발생한다면 우리 인류는 결국 자멸의 길을 걷게 되고 말 것이다. 그것은 현실에서의 전쟁은 과거와 같이 총알을 주고받는 전쟁이 아니기 때문에 승자도 패자도 존재하지 않는 자멸, 그것이 21세기의 전쟁이다.

이제 우리 인류는 전쟁이 없는 세상을 만들기 위해 다 같이 노력해야 한다. 전 세계가 평화공존의 시대를 열어가기 위해서는 부강한 나라가 가난한 나라를 도와주어야 하며 전 세계가 소통할 수 있는 회의의 시스템을 새롭게 갖추어야 한다. UN 안보리가 국가 간 이해 조정의 역할을 하고 있으나 전 세계의 문제를 해결하는 소통적인 시스템으로는 부족한 면이 많이 있다. 좀 더 구체화된 지역적 소통의 시스템을 만들어 결합해야 한다는 뜻이다.

소통의 시스템이 국제사회에서도 체계적으로 잘 갖추어지기만 한다면 전쟁은 일어나지 않을 수 있다. 하지만 현재 국제기구인 유엔과 안보리 체제하에서 전쟁은 일어났었다. 수많은 인명이 살상된 이라크 전쟁을 우리는 어떻게 보아야 할 것인가. 물론 중동 지역의 전쟁은 그 내면 깊은 곳에 지역에 따라 종교적인 특수성을 가지고 있기 때문에 국제기구의 시스템이 영향력을 행사하는 데 한계가 있다고 할 수도 있겠으나 국제기구는 이런 것까지도 고려된 객관성과 평등성을 띠고 있어야 된다는 것이다.

본래 중동 지역에서의 전쟁은 이라크와 이란의 종교적인 파벌 싸움에서부터 시작되었다고 볼 수 있는데 두 나라 모두 이슬람교도들인 이들은 시아파와 수니파로 나뉘어 오랜 기간 동안 종파적인 싸움을 해 왔었다. 그러나 미국이 중동전에 개입했다는 것을 두고는 외형적으로 평화 유지를 말하지만 그 이면에는 경제적인 이익 추구가 바탕에 깔려 있는 거라고 많은 나라들은 생각하고 있다.

걸프전 때에도 보면 이라크가 쿠웨이트를 침공하고 석유 시장을 불안하게 하자 1991년 1월 16일 사막의 폭풍 작전이란 이름으로 이라크를 공습해, 국제사회의 여러 나라에서는 명분 없는 미국의 침략이라고 말하기도 하였다. 그 후 2001년 9월 11일 세계무역센터 일명 쌍둥이 빌딩이 공격당하자 미국은 후세인을 악의 축으로 지목하고 2003년 3월 20일 이라크를 총공격하였다. 대량 살상 무기를 찾아내겠다는 명분을 내걸고 이라크를 침략하였으나 결국에는 찾지도 못하였다.

2003년 4월 9일에 바그다드를 점령하고 2003년 5월 1일에 전쟁은 끝이 났으나 미군은 이라크를 철수하지 못하였고 이 전쟁으로 인해 결국 미군도 4,000명이나 전사하는 희생을 치르고야 말았다. 오랜 논란 속에 미국은 결론 없는 전쟁을 완전히 끝내고 2010년 8월 31일 이라크에서 전원 철수를 하고 말았다.

이런 국가 간의 전쟁은 지도자들의 지나친 욕망에서 발생하기도 하지만 결국은 국가 간 소통이 잘 이루어지지 않아 일어난다고 할 수 있다. 국가 간의 커다란 이해관계를 어떻게 소통을 통해 해결할 수 있느냐는 반문이 있을 수도 있지만, 소통은 자국의 이익이라는 일방적인 시각의 잘못된 관점이 아닌 상대국을 배려할 줄 아는 높은 차원에서의 국가 관계를 요구하는 합리적인 논리를 말하는 것이다. 자국의 이익을 위해서라면 전쟁도 불사한다는 국가의 정책 논리를 가지고 있는 나라가 있다면 이는 국가 간의 소통 자세가 기본적으로 되어 있지 않은 것이다.

약소국은 약소국대로 강대국은 강대국대로 국가대 국가의 지위를 인정하고 모든 문제에 있어 평화라는 꽃을 테이블 위에 올려놓고 세계 각국의 지도자들이 허심탄회하게 대화할 준비가 되어 있을 때 비로소 국가 간 소통의 기본적인 관계의 자세가 성립되어지는 것이다. 이것은 먼저 강대국들의 배려에서부터 시작되어야 한다.

우리는 힘이 있는 나라이고 너희는 힘이 없는 나라이니 우리의 의견과 주장을 너희가 따라야 한다는 논리는 21세기 세계의 중심 리더국들이 해야 할 국가적 처신이 아니다. 왜냐하면 앞으로의 시대는 전쟁의 위협으로 강대국이 약소국을 움직이고 조정할 수 없기 때문이다.

20세기의 전쟁에서도 전쟁은 전쟁을 낳고 무고한 사람들이 죽어가는 희생을 낳았을 뿐, 그 어떤 것도 인간에게 이로운 점을 남기지 못하였는데 하물며 21세기의 전쟁은 어떠하겠는가? 아마도 그 결과는 모두에게 파멸이라는 재앙을 불러올 수밖에 없다. 그것은 지금 세계 여러 국가가 핵무기를 보유하고 있기 때문이기도 하지만 핵무기를 만들겠다고 마음만 먹으면 많은 나라가 핵무기를 만들 수 있는 능력을 가지고 있기 때문이다. 북한처럼 가난하고 과학이 발달하지 못한 나라에서도 핵무기를 개발하고 실제로 보유하고 있다고 주장하는데 경제력이 있는 다른 나라들이야 못 만들 이유가 어디에 있겠는가.

세계가 핵전쟁의 소용돌이에 휘말린다면 이 엄청난 재앙으로부터 자유로울 수 있는 나라는 아무도 없다. 그렇기 때문에 지구상에서 전쟁이 일어나지 않도록 강대국이나 약소국이나 모두가 새로운 소통의 구조를 만들어 협상하고 타협하여야 하는 것이다.

우리 대한민국은 실질적으로 민족 간의 이념 대립으로 잔인한 전쟁을 경험한 나라이다. 공산주의와 자본주의의 이념적인 대립 시대에 국가 간의 소통은 더욱더 어려울 수밖에 없었다. 이념을 앞에 놓고 이야기할 수밖에 없어 타협이 잘 이루어지지 않기 때문에 전쟁도 그만큼 빈번하고 쉽게 일어나게 되었던 것이다.

한반도에서 일어난 전쟁은 냉전 시대의 대표적인 전쟁이다. 한반도에서 동족 간에 이념 전쟁을 하여 수많은 형제자매가 죽어간 것을 보고 이념은 피도 눈물도 없이 대립할 수 있다는 사실을 모든 세계인이 실험적으로 느꼈을 것이다.

하지만 이제 공산주의의 종주국이었던 구소련의 붕괴로 이상론적인 사회주의는 장례를 치른 지 오래다. 중국이 중국식 사회주의라며 자본주의도 아닌 완전한 공산주의도 아닌 불안정한 국가 이념을 가지고 나라를 이끌어가고 있으나 이것이 성공한다고 보기는 어렵다. 중국은 아마도 국가 간의 전쟁 위험을 논하기 전에 전쟁 같은 내부의 사태를 걱정해야 할 것이다.

얼마 전, 중국에서 한 농민공이 고달픈 삶의 애환을 노래해 그것을 인터넷에 올려 중국 전역을 뜨겁게 달아오르도록 한 적이 있다. 이것은 중국의 대다수 국민들이 잘살 수 있다는 희망이 보이지 않는 사회 현실에서 자신들의 비참한 심정을 대변해 준 것에 대한 공감이라고 생각된다. 여기에 중국은 엄청난 사회적 혼란을 불러올 요소가 잠겨 있는 것이다.

중국은 아직도 민주화되어 있지 않은 나라이다. 공산당 일당 독재 체제를 아직도 유지하고 있고 대부분의 국민이 생존을 위해 힘들게 살아가고 있는데 당 간부인 극소수의 세력이 엄청난 부를 축적해 놓고 있다. 천안문 사태를 무력으로 제압했지만 제2의 천안문 사태가 발생한다면 무력으로 쉽사리 사태 해결을 하기 어려울 것이다.

우리 대한민국은 이미 수십 년 전에 민주화의 과정을 거치면서 많은 희생을 치른 나라이기도 하다. 지난해 리비아에서는 민주화를 요구하는 국민에게 전투기를 동원해 백 명을 살상하기도 했다.

얼마 전, 이집트 독재 정권이 무너지는 것을 모든 세계인들이 지켜보았다. 리비아든 중국이든 북한이든 민주화를 하지 않으면 국민에 의해 반드시 독재 정권은 무너지고 만다는 교훈을 깨달아야 한다. 과거 정보의 네트워크화가 되어 있지 않았던 시대에는 독재 권력이 국민들의 눈과 귀를 막아 통재할 수 있었으나 손바닥 안에서 전 세계의 정보를 검색해볼 수 있는 네트워크화 시대에 투명한 정치·경제·사회·문화로의 변화는 필연적이라고 할 수 있다. 이러한 역사의 흐름을 거역하고자 한다면 개인이든 국가든 큰 저항에 직면할 수밖에 없는 것이다.

역사는 어느 시대나 그 시대의 흐름이 있는 것이다. 달리 말하면 시대마다 인간이나 국가가 추구하는 정신이 다른 것이다. 그것을 시대정신이라고 말할 수도 있다. 전 세계인이 정보 네트워크화를 통해 소통하고 있는 문화혁명의 시대에 국가가 민주화되지 않고서는 발전할 수 없다. 아직도 이 간단한 진리를 깨닫지 못하고 있는 독재국가들이 있는데 언제이냐의 문제이지 독재 체제는 반드시 무너지게 될 것이다.

또한 이런 독재국가들이 무너져야만 세상은 전쟁의 위협에서 벗어날 수가 있다. 독재국가에서는 민주주의의 절차적 방식인 소통이 이루어질 수 없다. 남과 여, 부자와 가난한 자, 도시와 농촌, 이런 계층 지역 간에 막힘없는 소통이 이루어지면 독재 정권은 존재할 수 없다. 결국 모든 곳에서 소통이 이루어져야 평화의 세상을 만들 수 있는 것이다.

국가와 국가 사이에 전쟁이 일어나지 않게 하기 위해서는 국가 간, 민족 간 배타적인 사고를 갖지 말아야 한다. 어느 나라 사람이든 간에 인간을 중시하고 인간을 사랑하는 마음을 가져야한다. 특히 미국과 같은 선진국에서는 인종을 차별하는 일이 없어야 한다. 이것은 어떤 종교적인 관점의 자비나 사랑 같은 것과는 다른 인간 중심의 세상을 의미하는 것이다.

또 내 나라만 잘 살면 된다는 잘못된 사고에서 벗어나야 한다.

물론 건전한 무역 관계를 통해 국가가 이익을 내는 경쟁을 해야 하지만 어느 정도 경제력을 갖춘 나라들은 국제 기금을 통해서든 개별 국가적이든 먹을 것도 제대로 없는 가난한 나라를 도와주어야 한다. 그래서 지구상에서 절대 빈곤을 없애야 한다. UN은 제일 먼저 이런 일을 해야만 한다.

또한 평화로운 세계, 상생하는 지구촌을 만들기 위해서는 새로운 소통의 국제기구가 만들어져야 한다. 강대국들만이 이사국으로 활동하는 UN 안보리 같은 시스템의 기구가 아니라 가난한 나라, 개발도상국, 선진국이 함께 어우러져 소통할 수 있는 평등한 기구 말이다. 이런 기구를 만들어 통일된 대한민국 우리 한반도에서 정례적으로 세계 평화 회담을 개최하여야 한다. 통일이 되어서 부산에서부터 북유럽까지 연결되는 대륙간 철도가 완성되면 우리 한반도는 대륙과 대양이 교차하는 지점으로, 또 지구상에서 이념의 대립을 마지막으로 사라지게 한 지역으로, 또 전쟁의 잿더미에서 가장 빠른 속도로 경제성장을 이룩한 세계 유일의 국가로, 식민지 국가, 독재국가에서 가장 먼저 민주화를 이룩한 모범적인 국가로서 세계 평화 회담을 주도할 자격이 충분히 있다고 생각된다. 이제 21세기 한반도에는 새로운 통일 평화의 시대가 활짝 열리게 될 것이 분명하다.

행복한
소통을 위하여

소통

1. 건강을 지켜라

우리 인간이 행복한 소통을 하기 위해서 가장 기본적으로 갖추어야 할 것은 누가 뭐라 해도 바로 건강이다. 육체적인 건강뿐만 아니라 정신적으로 건강하지 않으면 행복한 소통을 하기가 어렵다. 얼마 전 여성가족부가 조사한 바에 의하면 행복을 가져다주는 요소가 무엇이냐는 질문에 건강, 돈, 일, 자녀 순으로 사람들이 응답하였다고 한다.

요즈음 고수부지나 공원에 가면 건강을 지키기 위하여 운동을 하는 사람들이 참으로 많이 있다. 그런데 운동을 밝고 명랑한 표정으로 해야 하는데 보리수나무 밑에서 무엇인가를 깨닫기 위해 열심히 수행하고 있는 부처님보다 더 심각한 얼굴 표정을 한 채 운동을 하는 사람들을 볼 때가 있다. 또 운동마저도 빨리빨리 해치워야 한다고 생각하는 사람들처럼 왜 그렇게 빨리 걷는지. 여기저기서 건강에 대한 상식이 홍수처럼 넘쳐나는 세상이기도 하다. 몸에 좋다고만 하면 곰쓸개건 뭐건 이것저것 가리지 않고 먹어치운다.

우리가 건강을 지키기 위해서 하는 행위로 운동을 하든 음식을 먹든 중요한 것은 자신의 몸 상태에 맞아야만 한다는 것이다. 예를 들어, 관절이 별로 좋지 않은 사람이 달리기를 하거나 또는 지나친 걷기 운동을 한다면, 그것을 건강을 지키기 위한 운동이라고 할 수 있겠는가. 또한 인체의 오장육부의 발달 기능이 사람마다 다를 텐데 다른 사람에게서 좋다고 하여 자신에게도 좋다고 보장할 수 있겠는가. 이 말은 자신의 몸 상태를 자기 자신과의 소통 속에서 자신이 알아야 한다는 것이다.

다른 사람이 담배를 피웠는데도 100세 가까이 장수를 했다고 하여 선천적으로 폐 기능이 약한 사람이 자신도 괜찮을 것이라고 매일 지나친 흡연을 계속하고 있다면, 아마도 그 사람은 매일같이 독약을 조금씩 먹는 것이나 마찬가지이다.

그렇다고 건강이 의사의 지시대로만 한다고 지켜지는 것도 아닐 것이다. 각 전문 분야별로 의사가 하라는 대로 병원에 가 정기검진을 받는다면 아마도 환자는 병을 예방하기에 앞서 몸이 지쳐 새로운 병을 얻을지도 모른다. 물론 병이 발견되면 병원에서 수술도 하고 약 처방도 하지만 그것은 예방이 아니라 치료일 뿐이다.

또 암 같은 불치 수준의 병을 조기에 발견하면 완치한다고 주장하나 아직도 조기의 수술적인 치료가 최선의 방법이 아니라는 주장이 있고, 수술 후 5년 생존을 완치로 보는 의료계의 결론도 완벽한 설득력을 갖추었다고 보기에는 어려움이 있다. 특히 환자의 관점에서 생각해 본다면 완치라는 표현 자체가 잘못이다.

현대사회에서는 의료 기술의 발달로 인간의 평균수명이 연장되었다고 하나 암이나 심혈관계의 질환으로 인한 사망률은 계속해서

상승하고 있다. 하기야 나 같은 경우는 20살 때에 맹장 수술을 했으니 수술적인 기술이 발달되지 못한 시대라면 20살에 사망했어야 하는 사람이기도 하다. 발달된 의료 기술에 누구보다 감사해야 할 사람이다.

하지만 현대 의학도 인간의 생명을 한없이 연장시키지는 못한다. 요즈음은 일찍 성공한 사람들이 암이나 심장마비 같은 병으로 평범하게 살아온 사람보다도 일찍 사망하는 경우가 많이 있는데, 이는 아마도 성공에 대한 강박관념과 완벽한 성격에서 올 수 있는 스트레스에도 원인이 있지 않을까 하는 생각이 든다. 그런 측면에서 보면 사람들이 성공의 기준을 바꾸어 생각해 볼 필요도 있다. 사람이 살아가는 모든 목표를 성공이라는 이상에 놓지 말고 일상의 모든 현상들은 인간이 행복하게 살아가기 위한 하나의 요소일 뿐이라는 것을 깨달을 필요가 있다는 그런 의미이다.

우리가 살아가는 삶의 모든 문제는 건강이라는 바탕 위에서만 성립할 수 있는 문제이기 때문에 일찍이 처칠은 '건강을 잃으면 모든 것을 잃은 것'이라고 말했다. 요즈음은 암뿐만 아니라 혈관계의 질환이 나이에 관계없이 30~40대에서도 많이 발생하고 있는데 이는 우리의 식생활 습관 변화에도 큰 원인이 있다. 오랜 세월 채소 위주의 식단 생활을 해온 동양인의 체질이 갑자기 육식 위주의 서구적 식단으로 바뀜으로 인해서 인체에 발생하는 병도 많이 변화하게 되었다고 볼 수 있다.

우리 인체 내에서도 피의 원활한 소통이 이루어지지 않으면 그것이 병이 된다. 또한 앞으로의 시대는 각종 변종된 바이러스에 의한 감염으로 많은 생명을 잃을 수 있다. 이것은 우리 인간이 건강을 지키기 위해 노력만 한다고 해결할 수 있는 문제도 아니다. 그저 철저한 위생 관념을 가지고 상황이 발생하면 철저히 소독하고 감염되지 않도록 주의하는 방법밖에는 없다.

나이가 젊든 그렇지 않든 사람에게 심각한 병이 찾아오면 행복한 감정을 느끼기가 매우 어려워진다. 사람에게 찾아오는 병을 우리가 인위적으로 다 막을 수는 없지만 적절한 수준까지의 예방은 인간의 노력으로도 가능하다. 무엇보다 건강은 적절한 음식 섭취와 적절한 수면, 적절한 운동이 중요하다. 이 적절함이 깨지면 인체의 병 요인이 된다. 그리고 자연과 가족이나 친구 주변의 사람들과 원활한 소통을 이루어가면서 살아가는 것이 건강을 지키는 것이다.

하지만 우리 인간은 영원히 건강하게만 살아갈 수 없는 존재이다. 언젠가는 병이 찾아올 것이고 또 그 병마에 시달려야만 한다. 또 인간은 병에 의해서가 아니더라도 천재지변 같은 자연적인 현상에 의해서 죽을 수도 있다. 그것이 어찌할 수 없는 인간에게 주어진 진리라는 것을 우리는 삶 속에서 인식할 필요가 있다. 그리고 그 상황이 다가오면 지나치게 저항하려하지 말고 상황을 받아들여야만 한다.

2. 가정을 화목하게 하라

사람이 살아가는 데에 있어 공동체를 구성하고 집단적인 생활을 하는 가장 기본적인 단위가 바로 가정이다. 우리는 예부터 가정이 화목해야 만사가 잘 이루어진다고 배워 왔다. 이 말을 바꾸어 이야기한다면 가정이 화목하지 않으면 모든 일이 이루어지지 않는다는 말과 같다.

'수신제가 치국평천하'라는 말이 있는데 이이야기를 가지고 가정 일을 잘 할 수 있는 사람이라야 큰일을 할 수 있다는 주장과 가정을 잘 돌보는 사람은 큰일을 할 수 없다는 논리가 대립하기도 한다. 분명한 것은 가정이 평온하지 않으면 남자나 여자나 밝은 표정으로 사회생활을 하기 어렵다는 것이다. 또한 우리가 살아가는 이유는 행복하기 위해서라고 볼 수 있는데 가정이 화목하지 않으면서 행복을 이야기한다는 것은 매우 어려운 일이다.

과거 대가족제도에서 가정은 매우 범위가 넓어 가족 내에서도 소통이 이루어진다기보다는 위에서 아래로 지시적인 소통만이 이루어졌다고 할 수 있다. 하지만 산업화 시대를 지나면서 가정도 핵가족화가 되어 그 범위가 좁아지면서 수평적인 소통은 가정의 화목을 위해 중요성이 더욱 커졌다. 어느 여론 조사 기관이 조사한 바에 의하면 청소년들이 조부모까지도 가족의 범위로 생각하지 않는다는 결과가 나온 것을 본 적이 있는데 시대적 변화에 따른 가족관의 변화를 알아볼 수 있는 지표이기도 하다.

우리는 보통 가정을 나를 기준으로 부모, 배우자, 자녀까지로 보는 경우가 많다. 요즈음은 결혼과 동시에 자식이 분가를 하여 자녀가 태어나도 할아버지와 할머니가 한 공간의 집에서 살아가지 않는 경우가 대부분이다 보니, 아이들의 입장에서 보면 가족을 부모형제로만 생각할 수도 있다.

조부모와 함께 살든 그렇지 않든 한 가정의 가족 구성원 간에 소통이 잘 이루어지지 않으면 행복한 가정이 될 수 없다. 그렇게 되면 가족이 서로 각자 무엇을 고민하며 살아가고 있는지 알 수 없고, 공통으로 추구하는 행복이 없어 가족이라고 하여도 하나의 사안을 놓고도 전혀 다른 관점에서 바라볼 수 있으며 그래서 갈등이 발생하고 심하게 다투는 경우도 있을 수 있다. 이렇게 가족 간에 갈등이 생기면 그로 인한 가정의 손실은 정신적으로 매우 크다. 그렇기 때문에 한 집안에서 살아가는 가족의 소통은 선택적인 것이 아니라 필수적인 것이라고 할 수밖에 없다.

사람이 살아가면서 지나치게 가정만을 중요시하다 보면 가족 이기주의가 생길 수도 있다는 너무 추상적이 우려를 하는 사람들도 있는데 자기 가정의 소중함을 깨달은 사람만이 다른 사람들의 가정도 중요하다는 것을 알 수 있기 때문에 걱정할 일은 아니라고 생각된다.

가정이 화목해지려면 가정을 만드는 시작이라고 할 수 있는 부부 사이가 어떠한가가 가장 중요하다. 결손가정은 제쳐놓고서라도 부부가 너무 자주 싸우고 대화가 단절되어 소통이 이루어지지 않는다면 그 가정의 자녀나 부모나 절대로 행복할 수 없다. 그렇기 때문에 부부가 사랑을 바탕으로 서로 존중하는 관계가 가정 화목의 1차적인 덕목이라 할 수 있다. 물론 자녀 문제나 고부의 문제 등 가정 화목을 위해서는 여러 가지가 전제되어야 하나 모두가 2차적인 문제이다.

우리 역사를 돌아볼 때 우리 사회가 가장 폐쇄적이고 발전할 수 없었던 시대는 일부다처제를 사회적으로 인정하던 시대이다. 비슷한 남녀의 비율을 가지고 있는 나라에서 임금에서부터 상류층이라 하면 후궁이니 후처니 하며 여러 여인과 한 남자가 한 가정에서 살기도 하였으니 그런 가정이 화목할 수가 있었겠는가.

다른 많은 것들의 변화가 있어서이기도 하지만 우리 대한민국이 비약적인 발전을 할 수 있었던 계기는 여성들이 사회 전면에 나서고 일부다처제를 용납하지 않는 사회를 만들면서부터이다. 시대 변화에 따라 가정의 화목도 이제는 여자의 역할에 의해 많이 좌우된다. 어떻든 가정의 화목은 행복한 삶의 근본이다.

3. 긍정적인 사고를 하라

우리는 인생을 살아가면서 우리에게 기쁨을 주는 것들이 무엇이며 우리에게 고통과 슬픔을 가져다주는 것들이 무엇인지를, 누군가 가르쳐주지 않아도 자연스럽게 알 수 있게 된다.

사랑하는 사람들과 함께하는 것, 즐거운 놀이나 운동, 좋은 집과 차, 맛있는 음식, 좋은 가전, 가구, 옷 등등 이런 것들이 비록 잠시뿐일지라도 우리를 기쁘게 할 수 있는 요소들이라는 것을 인생의 경험을 통해 알 수 있다.

또 사랑하는 사람과의 이별, 죽음, 외로움, 가난함, 따돌림, 전쟁, 각종 질병, 시기, 질투 이런 것들이 우리 인간을 고통스럽게 만든다는 것도 잘 알고 있다. 하지만 우리는 살아가면서 항상 기쁜 일만 생기게 할 수도, 또 슬픈 일만 계속되게 할 수도 없다.

결국 인생은 희로애락의 감정을 느끼며 살아갈 수밖에 없는 것이고 그것이 인간에게 주어진 삶이기도 하다. 그런데 우리가 행복한 인생을 살아가기 위해서는 이러한 삶 속에서의 문제들을 어떻게 받아들이고 이해할 것인가 하는 깊은 고뇌가 필요하다. 삶의 문제들을 어떤 생각으로 어떤 관점에서 바라보고 있느냐에 따라 인생의 행복을 느끼는 지수의 차이는 천차만별이라 할 수 있기 때문이다.

우리는 주변에서 세상을 바라보는 시각이 비관적이고 부정적이며 삶을 절망적으로 살아가는 사람들을 볼 수가 있으며, 모든 일을 긍정적이며 희망적이고 발전적인 시각으로 바라보며 살아가는 형태의 사람들을 볼 수도 있다. 이처럼 크게 두 가지 형태의 사람들 중에 어느 쪽에 서 있는 사람이 더 행복할까 하는 것은 초등학생도 쉽게 알 수 있는 문제지만 사람이 실제로 긍정적인 생각과 행동으로 살아가는 것이 그리 쉬운 일만은 아니다.

사람은 감정적인 동물이기 때문에 흥분된 상태, 화가 나 있는 상태, 또는 어떤 사건을 앞에 놓고 다른 사람들과는 전혀 같지 않은 사고를 하고 있을 때가 있는 것처럼 항상 일정한 심리 상태를 유지하며 살아간다는 것은 아마도 불가능한 일일지도 모른다.

종교적으로 오랜 수행을 한 사람들 같은 경우에는 이런 여러 감정까지도 평온한 내면의 세계로 승화시킬 수도 있겠지만 평범한 우리 인간들이 무한 경쟁 구도의 세상 속에 살아가면서 마음의 평온을 항상 유지하며 살아간다는 것은 매우 어려운 일이다.

하지만 우리가 행복한 삶을 살아가기 위해서는 나와 다른 관점에서 사물을 바라보는 사람들마저 이해해야 하고 나에게 현재 처해져 있는 불합리한 상황들을 나와는 관계없이 외부의 잘못으로 만들어진 비정상적인 것이라고만 인식하지 말고 현실로 받아들이는 긍정적인 마음 상태로 정리해야만 한다. 이런 행위가 바로 긍정적인 사고를 하는 것이다.

이처럼 우리가 존재하는 모든 사물을 긍정적인 시각으로 바라보지 않는다면 진정한 행복의 세계를 맛보기는 매우 어렵다. 그렇기 때문에 긍정적인 사고를 가지고 살아간다는 것이 어려운 일이지만 우리 자신의 행복한 삶을 위해서라도 우리들은 긍정적인 생각과 행동을 하기 위해 노력하며 살아야 한다.

어떤 상황에서든 자신의 내면적인 심리 상태를 평온하게 유지할 수 있고 상대적인 관점에서서 긍정적인 사고를 할 수 있다는 것은 성숙된 정신의 세계를 이해할 수 있는 사람만이 가능한 고도의 소통적 행위다. 긍정적인 사고를 갖는다는 것은 남을 배려하고 존중하며 겸손할 줄 아는 인간 내면의 넓고 깊은 정신의 사고에서만 나올 수 있는 덕목이기 때문이다.

우리들은 사람을 만나면 그 사람이 긍정적인 사고를 하는 사람인지 그렇지 않은 사람인지를 알아차리는 데 그리 오랜 시간이 필요하지 않다. 사람이 내면을 숨기기는 어렵다. 나는 항상 긍정적인 사고를 하며 살아가겠다고 결심하고 행동할 때 이미 그는 행복한 소통의 세계로 크게 발을 내디딘 것이다.

4. 나의 생각과 다른 것을 이해하라

이 지구상에 존재하는 사람들을 정확히 헤아릴 수는 없지만 아마도 수십억 명의 사람들이 지구에는 살아가고 있을 것이다. 그렇게 많은 사람들이 살아가고 있는데도 똑같이 생긴 사람이 한 명도 없듯이 나와 똑같은 생각을 가지고 있고, 똑같은 사고를 하는 사람 또한 한 명도 없다. 나와 같은 공간에서 잠자고 생활하는 배우자도 똑같은 생각을 할 수 없으며 나를 낳아준 부모도 내가 낳은 자녀도 나와는 다른 생각을 하며 살아가고 바라는 꿈도 생활 방식도 조금 또는 많이 닮았을지는 모르지만 똑같을 수는 없다.

그래서 우리 인간은 태어나는 순간부터 하나의 독립적인 존재이다. 우리는 세상을 살아가면서 나와 다른 생각, 다른 가치관을 가진 사람들과 끝없이 부딪히며 갈등하기도 한다. 이런 갈등을 최소화하기 위하여 사람들은 소통하려고 노력하며 살아가는 것이다.

자기 생각의 반대의 편에 서있는 사람들을 이해하지 못하고 합리적인 설득력 없이 자신의 생각을 그 반대편에 서 있는 사람들에게 무조건 따르라고 한다면 그것이 바로 독재이다. 그런 사람과의 소통은 물론 안 되겠지만 그런 사람은 하나의 개인적인 인간으로서도 불행한 삶을 살아갈 수밖에 없다. 자기 생각만을 옳다고 주장하는 사람의 시야는 그만큼 협소할 수밖에 없으며 그런 사람의 가슴 깊이는 또한 아주 얕을 수밖에 없기 때문이다.

나와 다른 쪽의 생각을 모두 이해할 수는 없다고 하여도 반대쪽의 생각에 귀를 기울일 줄 아는 자세만 가졌다고 하면, 그것은 이미 상대를 50퍼센트 이해한 것이나 마찬가지이다. 상대의 마음을 이해하는 첫 번째 단계는 바로 경청이기 때문이다.

요즈음은 많은 사람들이 남의 말에 귀 기울이기보다 자신의 성숙되지 못한 논리를 일방적으로 주장하는 사람들이 많이 있다. 이런 사람들은 소통의 기본적인 자세가 되어 있지 않은 것이며 어떤 측면에서 보면 편향적인 사람이기도 하다.

나와 생각이 다른 것을 이해하라는 말은 사람과 사람의 차이를 인정하라는 말이다. 사람들은 눈과 귀로 실체를 발견할 수 있는 것, 예를 들어 남과 여, 북쪽과 남쪽, 겨울과 여름, 이런 것들의 차이는 쉽게 인정하기도 하나 심리적 정신적 내면세계의 차이는 쉽게 인정하지 않으려고 하는 경향이 있다. 모든 사람들은 나와 다르게 자신의 관점에서 세상을 바라보며 살아가는 것이기 때문에 다양성과 차이는 인간관계에서 나타나는 당연한 현상인 것이다. 이런 차이가 분명하게 나타나기 때문에 사람은 글이나 말을 통해 쓰고 읽고 말하고 듣는 언어적인 소통을 끊임없이 하고 있는 것이다.

우리 인간뿐만 아니라 자연계에 존재하는 모든 생명체는 종에 따라 또는 종 사이에도 분명한 차이가 있다. 이것은 우리가 살아가고 있는 자연계의 섭리이기도 하다. 동물의 세계에서도 서로의 차이를 인정하여 싸움을 피하기도 하며 감각적으로 또는 자기들만의 언어로 소통을 하기도 한다. 하물며 지능이 낮은 동물들도 이처럼 차이를 감각적으로 알아차리는데 사람들에게는 차이를 알면서도 인정하지 않으려는 본능적인 아집이 내면 깊은 곳에 존재하고 있는 것이다.

남녀의 사이에서도 이런 차이를 인정하지 못해 갈등하고 싸우는 경우가 많이 있다. 남여의 차이는 외적으로뿐만 아니라 내적인 차이가 분명한데 자신의 관점에서만 상대를 판단하고 평가할 때가 있다면 이때 남녀의 행복한 소통은 절대 이루어질 수 없다.

결국 사람은 나와 다른 것들을 이해해야만 행복한 소통의 세계에 들어설 수 있다. 그렇지 않고 자신의 고정된 생각을 가지고 상대의 현재 상황을 고려하지 않은 채 자기 방식의 주장만을 한다면 행복한 소통이 이루어질 수 없으며 이런 방식의 자기주장은 망망대해 위에서 나침반 하나 없이 무조건 열심히 노를 젓는 행위나 같다. 사람마다 인생의 목적이 다르기 때문에 행복을 느끼는 기준도 다르다. 이런 차이를 이해해야 한다.

5. 돈, 권력, 명예가 행복의 전부는 아니다

무엇이 우리 인간을 행복하게 만들어 주는 것인가. 이 질문에 대하여 누구나 공감할 수 있는 명쾌한 해답을 내리기에는 어려움이 많다. 세상에 살아 있는 모든 생명체가 행복하기를 원하고 있다는 것은 사실이다. 단순한 동물들이야 배부르게 먹고 또 자고 무리지어 놀면 행복감을 느끼고 만족하겠지만 만물의 영장이라고 하는 우리 인간이 이런 본능적인 욕구 충족만으로 행복한 삶을 살아갈 수 있는 것일까? 결코 그렇지만은 않다. 우리 인간들은 스스로 만들어 놓은 사회적인 공동체 생활을 하면서 돈, 권력, 명예, 이런 것들을 삶이 추구하는 중요한 가치로 정해 놓고, 그것을 얻고 또 더 많이 소유하기 위해 경쟁하고 싸우고 때로는 화합도 하며 살아간다.

그렇지만 이런 것들을 많이 얻었다고 해서 그것에 비례해 삶의 행복 지수가 높아지고 또 실제 그런 것들을 소유한 만큼 더 많은 행복을 느끼며 살아갈 수 있다고 자신 있게 말하기는 어렵다. 다시 말해 이런 것들이 행복한 삶을 살아가기 위한 중요한 요소로 작용하기는 하지만 행복의 전부가 될 수는 없다는 말이다.

우리는 주변에서나 또는 언론을 통해서 자신이 소유하고 있는 재산을 정확히 얼마인지 계산하기조차 어려울 정도로 많이 가지고 있는 사람들이 가족끼리 재산 분쟁을 하고 법정 소송을 하는 경우를 볼 수가 있다. 또 명예와 권력을 가진 사람들이 재물에 눈이 어두워 부정의 늪에 빠지고 끝내는 감옥에까지 가는 사례도 보았다. 과연 인간의 재물 소유 욕구는 어디까지이며 또 얼마까지 소유해야 행복할 수 있는 것인가? 이런 질문에 대한 답은 아무 데도 없다. 그 기준을 법률로 정해놓은 것도 없고 도덕적으로 정해진 기준도 없다.

어쨌든 현실적으로 돈과 권력 명예가 생기면 인간이 행복할 거라고 생각하는 사람들이 많이 있다. 또 이런 것들이 어느 정도는 인간을 행복한 기분이 들도록 만들 수도 있다는 사실은 부인하기 어렵다. 하지만 행복이라는 것은 인간의 마음 깊은 곳에서부터 느껴지는 감정의 상태이기 때문에 마음의 평화를 얻지 못한 상태에서라도 돈, 명예, 권력이 있으면 반드시 행복해질 수 있다고 말할 수는 없다.

우리는 어느 재벌 총수가 한강 물에 뛰어들고, 최고의 권력을 행사하던 대통령을 지낸 분이 바위에서 뛰어내리고, 화려했던 연예인이 화장실에서 목을 매 자살하는 경우도 보았으며, 여기저기서 행복 강의를 하던 사람이 병마에 시달리다 남편과 함께 자살을 한 경우도 보았다.

진정 무엇이 우리 인간을 행복하게 만들어 주는 것일까? 이 말의 정의는 누가 명쾌하게 내려줄 수 있는 것일까? 이런 질문의 답은 인

간 각각의 마음속에 어떤 생각을 하고 있느냐에 달려있다. 저 사람
은 행복할 거야, 또는 불행할 거야, 하는 타인의 생각이 아니라 자
기 스스로 느끼는 행복의 감정 말이다. 그 감정이 어떤 상태에 있느
냐에 따라 사람은 행복할 수도 있고 또는 한없는 불행의 늪에 빠질
수도 있다. 비록 과학적인 연구를 통해 얻은 결과는 아니라 할지라
도 누구에게나 공통적으로 말할 수 있는 행복은 돈, 명예, 권력 이
런 것만이 아니라는 것이고 사람과 사람들 사이에 따뜻한 감성이
흐르는 내면적 마음의 소통이 이루어질 때 진정한 행복의 세계로
다가갈 수 있다는 것이다.

우리는 많은 사람들과 내면적인 깊은 소통을 할 수는 없다. 많은
사람들과 심적인 소통을 한다는 것은 종교적이거나 정치적인 지도
자들이 시도할 수 있는 것인데 이것은 인간의 내면적 깊이가 있는
감성이 흐르는 소통이라고 말하기보다는 사상적 기반 위에서 또는
이념적 바탕 위에서 하는 피상적인 소통이라고 보는 것이 더 나을
것이다.

깊은 내면적 마음의 소통은 고도의 정신적인 교류 과정을 통하
여 이루어질 수 있는 것이기 때문에 먼발치에서 또는 미디어를 통
해서 이루어질 수 없는 인간의 감성적인 교류를 말하는 것이다. 그
렇기 때문에 이런 소통은 배우자나 자녀나 친구 등 많지 않은 인간
관계에서 이루어질 수 있는 것이다.

어쩌면 인간은 이런 깊이 있는 소통의 대상자가 한 명이라도 있
다면 어떤 상황에서도 절망적인 판단을 하지 않을 수 있다. 다시 말

해 심적 소통의 대상자가 있어야만 인간은 행복한 인생을 살아갈 수 있다는 말이다. 그렇다고 해서 자본주의 사회를 살아가는 우리 인간이 돈, 명예, 권력을 추구할 필요가 없다는 말은 절대 아니다. 단지 그것이 우리가 살아가는 목적의 전부가 되어서는 안 된다는 뜻이다.

우리가 살아가는 이 세상은 경제적 부흥으로 생활이 풍요로워졌음에도 불구하고 자살률은 가난했던 시절보다도 더욱더 높아졌다. 아마도 그 이유는 인생의 목적을 이런 세속적인 것에 두고 열심히 일해 어느 정도 결과를 이루었으나 사람들 마음의 양식은 더욱더 가난해졌기 때문일 거다. 또한 많은 사람들이 진정으로 내면적인 소통을 할 사람이 없어 허탈한 감정이 생기고 병적으로 우울해져서 나타나는 극단의 현상일 거라는 생각이 든다. 무엇보다 행복은 어떤 마음 상태를 갖고 있느냐에 달려 있다. 행복의 과실을 '딸 수 있느냐, 없느냐'도 결국 각자 자신의 마음속에서 어떤 선택을 하느냐에 달려 있다.

6. 만족할 줄 아는 삶을 살자

사람이 무엇인가를 이루기 위한 욕구를 벗어나 인생의 깊은 내면을 사색해 보지 않는다면, 자신이 처해 있는 현실을 직시하기 어렵고, 추구하고자 하는 많은 일들이 또는 마음속에 있는 욕망들이 얼마나 헛된 것인자를 스스로는 인식하지 못하기 때문에 행복한 삶에 이르기가 어렵다.

행복은 만족감과도 깊은 관계가 있는데 어떤 상황에서도 만족을 하지 못한다면 그런 사람을 행복하다고 말할 수 없다. 우리는 삶이 어디까지가 목적지인지도 모르고 앞으로 달려가는 연습만 하고 경쟁에서 이기는 훈련만을 해왔기 때문에, 또 이런 사회적 구조 속에서 인생을 살아온 현대인들은 어떠한 노력의 결과를 얻었다 하더라도 그 결과에 만족하기보다는 그 결과를 지키고 더 나은 결과를 추구하기 위해 계속해서 뛰어갈 수밖에 없었다. 그렇기 때문에 만족감을 느낄 수 있는 여유의 휴식이 없었던 것이기도 하다.

우리 인간은 즐겁고 재미있게 살기 위해 즉 행복하게 살기 위해 일을 하고 돈을 버는 것이다. 돈은 벌어 쓰면서 자기만족을 느끼고 행복한 감정을 느끼기 위한 것이지 일만 하고 돈을 모으기만 한다면 그것은 잘못된 것이다. 다시 말해 돈은 쓰기 위해 버는 것이란 뜻이다.

사람이 행복한 만족감을 느끼기 위해서는 어떤 일을 하고 돈을 벌든 또는 정신적 사회적인 무엇을 성취하든 그 현실적인 사실을 음미할 여유와 휴식이 반드시 필요하다. 또 만족은 물질적 풍요의 만족뿐만 아니라 정신적 만족이 이루어져야 행복으로 심리적 승화를 할 수 있는 것이기도 하다.

아마도 자녀를 키워본 부모라면 누구나 느껴본 감정이겠지만, 아기가 추운 겨울 책을 보고 있는 부모의 이불 속 품으로 조용히 들어와 잠이 들어, 사랑스런 아기의 따뜻한 열기가 자신의 몸 전체로 전이되어 옴을 가슴으로 느끼고 있을 때, 아! 이것이 진정 행복이구나 하는 포근한 감정적 느낌을 경험해 본 부모라면 누구든 이 심리적 만족의 행복을 이해할 수 있을 것이다.

물론 심리적인 만족은 물질적인 것과도 깊은 관련이 있다. 하지만 요즈음 시대는 옛날처럼 단순하게 의식주를 해결하기 위해 살아가는 시대는 아니다. 누가 더 좋은 옷을, 좋은 음식을, 좋은 집에 사느냐 하는 차이는 있으나 절대적인 빈곤은 거의 없어졌다. 그러나 상대적인 빈곤감은 더욱더 커졌다고 볼 수도 있다. 이런 자본주의의 경쟁적 구도의 사회 시스템은 우리 인간을 점점 숨 가쁘게 달리게 하여 결국 사람들에게 만족의 행복을 느끼지 못하도록 하고 있는 것이 또한 오늘 우리가 살아가고 있는 현실 사회이기도 하다.

하지만 우리가 인생을 살면서 깨우쳐야 할 것은 위만 쳐다보며 경쟁적인 삶을 살아가는 문제가 아니라 길가에 파란 새싹이 움트는 자연의 아름다움을 보고 새봄을 알리는 종달새의 지저귐을 들으며 이 자연과 세상 우주가 나 자신과 분리되어 있는 것이 아니라는 사실을 깨닫고 사색하며 만족하는 마음 자세를 가질 수 있다면 아마도 그것이 행복일 것이다.

만족이라는 것은 상황을 이해할 줄 알고 감사할 줄 알며 겸손할 줄 아는 데에서 나올 수 있는 자기 느낌이기도 하다. 그렇기 때문에 만족하는 삶을 이해하지 못하고서 진정한 행복을 맛보기는 어렵다. 만족할 줄 모르는 사람들은 어떤 불행한 사고나 사건이 발생했을 때, '나는 아무 문제가 없었는데 왜 이런 일이 나에게만 발생하는 거지? 세상은 너무 불공평해' 이런 생각을 가장 먼저 한다. 그런 사람들은 만족에서 느끼는 행복을 이해하기 어렵다.

만족의 삶을 살아간다는 것은 고차원적인 자기 수양이 필요한 절제된 생활 속에서 가능하다. 생의 마지막 문턱에 서 있는 사람들에게 건강하다면 무엇을 할 것인가를 묻는다면 돈을 더 벌 거야, 일을 더 할 거야, 과연 이런 대답을 할까? 아니면 사랑하는 사람과 어디론가 여행을 떠나 만족의 행복을 느끼고 싶다고 할까? 그 답이 지금 우리가 행복해지기 위한 길이다.

7. 변화를 받아들여라

우리는 인생을 살아가면서 가끔은 우리 주변의 모든 것이 변화한
다는 것을 망각하고 있을 때가 있다. 또한 때로는 오늘의 행복이 영
원히 이어질 거라는 착각 속에 서 있을 때도 있다.

언제나 즐거운 가정, 건강한 생활, 풍요로운 살림살이, 사랑스런
배우자, 그리고 자녀 또는 사회적인 지위, 이런 것들이 우리를 행복
하게 해주는 요소들이기는 한데 이 모든 것은 항상 어떤 상황에서
정체되어 있지 않고 계속해서 변화하고 움직인다. 또한 행복을 가져
다주는 요소들뿐만 아니라 우리에게 불행을 가져다주는 사고, 사
건 등 나쁜 상황도 계속되는 것이 아니고 항상 다른 형태의 상황으
로 변화한다.

이 지구상에 존재하는 그 어떤 것도 변화하지 않는 것은 없다. 그
것이 생명을 가진 존재든 생명이 없는 존재든 말이다. 사람이라는
생명이 하나 태어나서 죽음을 맞이할 때까지는 끝없는 변화를 계
속한다. 변화는 진보적인 발전도 퇴보적인 쇠퇴도 변화이다.

사람은 어느 정도의 연령까지는 육체나 정신이나 계속된 발전적
변화를 한다. 하지만 어느 순간부터인가는 육체도 정신도 쇠퇴되어

간다는 것을 스스로 느끼게 된다. 이런 노화의 변화가 오면 마침내는 생을 마감해야 하는 때를 맞이해야 하는 것이다.

삶의 진정한 변화를 받아들일 수 있는 사람에게는 아마도 죽음마저도 큰 두려움으로 남지 않게 될 것이다. 왜냐하면 그 죽음마저도 변화의 한 부분으로 받아들이기 때문이다. 그런 심리적인 자세가 되어 있는 사람은 건강한 현재 삶의 가치를 알기 때문에 현실의 행복을 음미하며 살아갈 수 있는 것이다.

이렇듯 변화라는 것은 삶의 과정에서 찾아올 수밖에 없는 당연한 현상이다. 그러므로 변화는 인생이며 삶 그 자체이다. 이 자연스런 삶의 현상을 받아들이지 않고 거부하려고 하면 할수록 사람은 더욱더 불행의 늪으로 빠져들 수도 있다.

사람이 이런 변화되어 가는 모든 것들에 순응하고 적절하게 잘 적응하기 위해서는 자아를 키워야만 한다. 그렇지 않으면 세상의 많은 변화에 나약한 인간이 잘 적응하지 못하고 무너져 내릴 수 있다. 급격한 환경 변화에 절망하고 또 최악의 상황에서 극단적인 선택을 하는 것도 이런 자아의식을 잃었기 때문인 것이다.

인간 개인뿐만 아니라 국가적으로도 시대에 따라 추구하는 정신이 다르다. 우리의 역사를 뒤돌아 볼 때 일제 치하에서 독립을 하기 위한 독립운동이 국민의 시대정신일 때가 있었고 해방 후 이념 대립 시대에 맞는 시대정신이 있었으며 산업화 시대나 민주화 시대나 각기의 시대정신이 있었다. 오늘의 우리 현실에서 우리가 추구해야 할 시대정신은 무엇이라 할 수 있을까?

개인적으로 저 북쪽에 굶주리고 있는 우리 동포들을 독재와 가난의 수렁에서 건져낼 수 있는 통일이 이 시대의 시대정신이 아니겠는가 하는 생각을 한다. 이렇듯 각각의 시대마다 그 시대가 추구하는 시대의 정신도 변화하는 것이다. 지금 오늘 대한민국에서 시대에 맞지 않는 화두를 가지고 데모를 하게 된다면 국민의 눈빛은 아마도 싸늘해질 것이다. 결국 국민과 함께 호흡하려면 정부나 국민이나 시대정신에 부합하는 행위를 해야만 하는 것이다. 그것이 사회와의 소통인 것이다.

좋든 싫든 우리 인간은 개인적으로나 국가적으로나 계속된 변화를 받아 들여야만 한다. 만일 오늘 이 문화 문명의 시대에 무지하고 배고파했던 지난 시절의 정신적인 사고에서 벗어나지 못한다면 그것은 자기 자신이 스스로 불행의 길을 선택한 것이나 다를 바 없다.

변화를 어떻게 받아들일 것인가 하는 것은 결국 자기 자신과의 내면적인 소통의 문제이다. 자기 자신과의 소통을 통해 자아가 실현되고 그런 자아실현을 통해 모든 변화를 받아들일 수 있는 마음의 자세가 열리고 그것이 곧 행복한 소통의 길을 걸어가게 되는 것이다.

8. 모든 것을 사랑하라

사랑이라는 말은 듣기만 하여도 가슴이 설레고 따듯한 느낌이 들게끔 하는 말이다. 세상에 존재하는 두 글자 단어 중에 사랑만큼 많은 사람의 마음을 흔들어 놓은 말도 없을 것이다. 사람은 누구나 어떤 다른 대상을 사랑해본 적이 있을 것이다. 그대상이 부모든 자녀든 또 누군가를 사랑할 대상이 있다는 것은 그 자체만으로도 인간의 큰 행복이라는 것을 알아야 한다.

아이가 어렸을 때 부모로부터 많은 사랑을 받고 자란 아이는 커서도 남을 배려할 줄도 알고 사랑할 줄도 아는 정서적으로 따뜻한 사람으로 성장하나, 어린 시절 부모의 사랑을 받지 못하고 자란 아이는 정서적으로 불안정할 수밖에 없으며, 다른 사람을 사랑하는 것 또한 부족하다. 사랑은 받아본 사람이 줄 수 있는 것이고 줄 줄 아는 사람이 받을 수 있는 것이다.

사랑은 어쩌면 우리가 살아가는 데 추구하고 바라는 최고의 가치일지도 모른다. 사랑이 없이 우리 인간이 행복해질 수는 없기 때문이다. 아무리 많은 것을 가지고 있다 하여도 사랑하는 마음이 없다면 소유하고 있다는 것만으로는 행복하다고 말할 수 없다.

사랑은 상대와의 교감이기도 하며 최고의 소통적인 행위이다. 이 세상에 존재하는 모든 것은 사랑스럽다. 아무도 봐주지 않는 들꽃 한 송이도 얼마나 아름다운지 모른다. 우리는 풀 한 포기라도 자연은 아름답다는 마음 자세를 가지고 살아야 한다. 그래서 모든 자연 현상을 사랑으로 바라보아야 한다. 그런 가운데에서 인간 삶의 소통을 이해해야 한다.

또한 가정에서든 학교에서든 사랑의 가치를 가르쳐야 하고 우리가 살아가는 것 자체가 사랑하며 행복하게 살아가는 데 의미가 있다는 것을 깨우칠 수 있도록 하여야 한다. 사랑은 진정으로 아름답고 행복한 소통의 세상을 만들 수 있기 때문이다.

사람이 세상에 존재하는 모든 것을 사랑해야만 하는 이유가 있다. 그것은 세상이 어느 한 사람만의 공간일 수 없기 때문이다. 우리가 함께 숨 쉬는 공기를 식물들과 번갈아가며 마시고 햇빛, 물, 바람, 존재하는 자연은 공생을 하는 데 필요한 것이다. 그래서 자연과 존재하는 생명체는 분리되어지는 것이 아니라 결국 하나인 것이다.

세상 만물을 하나로 또 사랑의 눈으로 바라볼 수 있다는 것은 결코 쉬운 일은 아니다. 하지만 우리가 행복한 소통의 삶을 살아가기 위해서는 사랑으로 세상을 바라볼 수 있도록 끊임없이 노력해야만 한다. 세상 모든 것을 사랑으로 바라보는 사람은 홀로 길을 걸어가도 외롭지 않다. 보이는 현실의 모든 것이 친구이자 동반자이기 때문이다.

또한 사랑의 깊은 의미를 아는 사람은 옆에 누군가가 없다고 하여 괴로워하거나 슬퍼하지 않는다. 가까이 무엇이 없다 하여 없는 것이 아님을 알고 보이지 않는다고 하여 존재하지 않는 것이 아님을 알기 때문이다.

사랑의 가치를 이해하는 사람은 자신이 사랑하고 자신을 사랑해 주는 사람들을 괴롭히거나 힘들게 만들지 않으려고 노력한다. 사랑은 모든 것을 포용할 수 있는 관용이고 존경이며 희생이기 때문이다. 사랑은 자신에게 돌아올 가치를 계산하고 하는 행위가 아니라 아무 이해를 따지지 않고 그냥 주고 베푸는 것이다.

결국 진정한 사랑의 가치는 아가페적인 사랑이다. 사랑을 단순하게 잘못 이해하고 해석하면 나를 중심으로 너무 좁게 생각을 할 수도 있다. 이처럼 너무 좁은 의미의 사랑을 지나치게 강조하는 삶을 살다 보면 공생할 수 있는 사랑의 가치를 망각할 수도 있다. 물론 우리 가까이 있는 존재들을 아낌없이 사랑하여야 한다. 하지만 우리 모두가 살아가는 세상을 나와 분리하지 말고 하나로 바라보며 사랑해야 한다는 것이다. 우리는 이 아름다운 세상 자연과 함께 살아갈 수밖에 없는 존재이기 때문이다.

사랑하는 사람들과 함께 모든 것을 사랑으로 바라보며 살아가는 사람은 아무리 무거운 인생의 짐을 짊어지고 가도 결코 무겁지 않을 것이고 하루하루가 행복할 수밖에 없을 것이다.

9. 행복을 원하는 것은 모두가 마찬가지다

인간은 누구나 행복하게 살기를 원한다. 인간뿐만 아니라 이 지구상에 존재하는 생명체는 모두가 행복하기를 원한다고 볼 수도 있다. 단지 우리 인간은 자신의 의사 표현을 언어를 통해 명확하게 전달할 수 있다는 것이고 다른 생명체는 그들만의 소통적 표현을 우리 인간이 잘 알아듣고 이해할 수 없다는 것이 차이일 수는 있으나, 모든 생명체가 행복하게 살기를 원한다는 것은 아마도 동물적인 본능일지도 모른다.

도살장에 가보면 소나 돼지가 안으로 들어가지 않으려고 울며 눈물을 흘리는 것을 볼 수가 있는데 그것을 보면 말 못하는 짐승들이지만 행복하게 살고자 하는 것이 우리 인간과 비슷하다는 것을 느낄 수가 있다. 하지만 동물들의 단순히 살기 위한 본능적인 삶의 욕구는 우리 인간들과 비슷한 면도 없지는 않지만 우리 인간이 진정으로 추구하고자 하는 행복한 삶과는 많은 차이가 있을 수밖에 없다.

우리 인간은 깊은 사고를 하는 동물이다. 그래서 단순한 본능적인 욕구 충족만으로는 진정한 행복을 이룰 수 없다. 결국 심리적인 깊이의 행복을 인간은 추구할 수밖에 없는 것이다. 인간이 추구하는 행복은 어떤 마음 상태로 어떤 관점을 가지고 살아가느냐에 따라 행복을 느끼는 분야도 다르고 차이의 정도도 다른 것이다.

종교적인 사상을 바탕에 놓고 종교적인 관점에서 세상을 바라보는 종교인들은 자신들이 믿고 있는 종교를 떠나서 행복을 말하기는 어려울 것이다. 기독교를 믿는 사람들은 예수나 하나님을 행복의 중심에 놓고 이야기할 수밖에 없을 것이며, 불교를 믿는 사람들은 부처의 사상을 행복의 중심에 놓고 말할 수밖에 없을 것이다. 그렇기 때문에 누구나 행복하게 살기를 원하는 것은 마찬가지이나 무엇으로 인해 행복을 느낄 것인가에 대한 질문의 답은 각자가 다를 수밖에 없는 것이다.

이런 종교적인 관점을 떠나 순수 인간으로서의 행복은 어떤 때에 느낄 수 있는 것이더 어떤 마음 상태를 유지해야만 행복의 기쁨을 만끽할 수 있는 것인가? 종교적이든 종교적이지 않든 우리 인간이 행복을 느끼는 것은 결국 마음을 통해서다. 마음을 움직이고 상태를 조절할 수 있는 사람은 자기 자신뿐이며 그 마음이 '무엇으로 행복을 느낄 것인가'의 조절도 자기 자신이 할 수밖에 없다. 그 자신의 마음이 가장 행복하게 느껴질 수 있는 것이 자기 자신만을 위한 무엇인가를 했을 때보다도, 타인을 돌보고 배려하고 봉사하며 희생했을 때라고 마음으로 생각되어지면 그때가 바로 그 사람에게는 최고 행복한 때인 것이다.

또한 내가 아닌 다른 모든 사람들이 행복하기를 원하고 있다는 사실을 깨닫는다는 것은 타인에 대한 깊은 이해에서 나올 수 있는 인간의 차원 높은 성찰이기도 하다. 이것은 고차원적인 행복한 소통의 자세이기도 하다. 우리 인간이 행복의 소통 세계로 들어가기 위해서는 자기 자신이 무엇으로 즐거움을 느끼는가에 기준을 두는 것도 가치 있는 일이라 말할 수는 있겠지만, 결국은 사랑과 자비의 마음을 가지고 타인을 바라보고 대해야만 하는 것이다. 행복한 소통은 다른 사람들도 나와 같은 감정 생각을 가지고 있다는 것을 깨닫고, 또한 그들 모두가 행복한 삶을 추구하고 있다는 사실을 인식하는 데서부터 시작되는 것이다.

이처럼 타인에 대한 깊은 이해는 타인의 관점에서서 사물을 바라볼 수 있는 소통의 눈을 뜨게 하여 다른 사람을 아프게 하거나 화나게 하지 않는다. 그렇기 때문에 행복한 소통이 이루어질 수 있는 것이기도 하다. 그런 상대적인 이해라는 선결 과정을 거치지 않고 자신의 성숙되지 않은 생각과 논리를 일방적으로 설명하고 설득하고자 한다면 진정한 행복의 소통은 이루어질 수 없다.

모든 사람들은 나와 같이 행복하게 세상을 살아가기를 원하고 있다. 결국 인간의 진정한 행복은 투쟁하고 싸우고 파괴하는 데 있지 않고 사랑하고 나누고 배려하고 희생하는 가운데 찾아오는, 평온한 마음 상태에서 느낄 수 있는 감정인 것이다.